學生街殺人

東野圭吾

学生街の殺人

王蘊潔
譯

導讀——

人心所組成的複雜謎團，遠比重重密室更為難解

暨南大學推理研究社指導老師◇余小芳

一九五八年出生於大阪市，東野圭吾少年時期深受青春推理小說《阿基米德借刀殺人》、松本清張知名著作的啟發，開啟他對推理創作的視野和想像。他以社會重大議題為主題，書寫第一部作品，可惜第二部小說未受大學同儕青睞，失去信心而決定暫行擱筆。爾後畢業於理工相關科系，就業時期重拾寫筆，並多次投稿旨於勉勵新人作家的江戶川亂步獎。

連續投遞三年，終以青春校園推理為主軸的長篇推理小說《放學後》和森雅裕的《莫札特不唱搖籃曲》並列，同獲第三十一屆江戶川亂步獎的殊榮，時年一九八五年。翌年，東野圭吾辭去原有工作而轉為專職作家，期間寫作不輟，但卻總是與獎項擦身而過。一九九八年《秘密》一書出版，隔年奪得第五十二屆日本推理作家協會獎且搬上大螢幕，終讓他脫離「一刷作家」的陰霾。至於真正揚名立萬、大紅大紫，則和《嫌疑犯X的獻身》在二〇〇六年接連得獎，以及作品不斷被改編為影視作品脫離不了關係。而後作品

融合寫實的人性，又能突破傳統推理的架構，給予讀者直抵內心的閱讀感，長年累積大量粉絲，迄今筆耕不息。

然而若未有先前作品的奠基，恐怕也難以成就後來的東野圭吾。沉寂許久，出道超過二十年後，東野圭吾赫然躋身暢銷作家之列並非是偶然。他之前為求延續作家血脈和生活而疲於奔命，年年嘗試各式題材和風格的書寫，造就多元的成品產量，同時間也使得自己說故事的技巧越發精進，因此他的成就是經歷多年蓄積充足能量，直至日後一舉受到矚目。

回頭檢視作者整體的創作歷程，其早期頗為喜愛撰寫以本格解謎為重點的類型小說，亦和多數學生時代即發跡的推理作家差異不大：他將個人生命經驗化成小說內容，作品以青春校園推理起家，創造的主人翁多以學生或年輕人為主。

一九八七年出版的《學生街殺人》，全篇瀰漫寂寥和頹廢的氣息，以沒落的舊學生街為全書精神象徵，描繪勢必凋零的頹勢，作者將秋水仙的花語作為隱喻，直指最美好的日子已經結束。少有景色的描繪，哀愁和冷漠的氛圍全面侵襲，中輟生、畢業生、平凡百姓和社會菁英等所有登場的角色，皆聚集在這個了無生氣之處，他們對未來充滿迷惘且欠缺對生活的熱情，連奮力一搏的氣力也蕩然無存。

無力又寫實、寂寥且冷清，故事在死亡事件之後才漸次展開。作中人物隨著兇案一個個消失後，感到悵然的事件關係人（津村光平）便開始了自我的思索。他漸漸明白了自己對於身邊之人是多麼地不熟稔，為了解開內心種種的疑惑，進而展開了調查，追尋並探索冥冥中的未知。

但畢竟這是作者創作初期的作品，就內容陳述而言，筆鋒尚在磨練的階段，而人物視角的切換、小說的結構設置之拿捏也未見精準。「謎底揭露代表小說結束」這類作者與讀者之間存在的共同默契，於本書當中未收束得如此通透，不過反因故事線持續延伸，合理串聯散落於內文的線索，進而造就故事的完整性及溫度。

全書的亮點是電梯和證詞共構的特殊密室，在推理史及作者個人創作生涯當中，「密室」絕對是具有代表性和重要意義的指標題材。於此之外，人心所組成的複雜謎團，以及糾結的內心描摹才是本書內最為特出之處。

這是一本推理小說，同時貴為一部成長小說。

人類無法面對自己總是不斷重複一些小錯誤，認為自己尋覓不著目標，轉而逃避現實生活，而往往繞走遠路後才徹底醒悟和重生。無論是處於畢業前後的迷惘、初入職場的徬徨，或是曾經年輕迷失的您，想必能透過本書內文的書寫，找到那似曾相識的苦澀和抑鬱不安。

CONTENTS

第一章 墮胎、紳士和殺人 009
第二章 妹妹、刑警和密室 075
第三章 聖誕樹、衢球和皮夾克男人 147
第四章 推理、對決和逆轉 228
第五章 墓園、教堂和再見 305

第一章——墮胎、紳士和殺人

1

FM電台廣播播放著路·唐納森（Lou Donaldson）演奏的樂曲，似乎不太符合兩個人此刻的心情。光平盤腿而坐，伸手關了收音機。

沉默頓時籠罩了三坪大的房間。

廣美的表情也比平時嚴肅，她將日本茶倒進兩個茶杯，把其中一個大茶杯放在光平面前。那是附近的壽司店開張時，抽籤抽中的獎品。

光平喝了一口茶，放下杯子低聲問：「為什麼嘛？」

廣美端坐在坐墊上，挺直身體喝著茶，聽到光平的發問，納悶地偏著頭。

「什麼意思？」

「就是那個啊，」光平大聲地把茶喝完，「妳為什麼去拿掉？」

「因為這樣比較好啊。」

原來是說這件事。廣美的嘴唇放鬆下來。

「為什麼？」光平的聲音比剛才更嚴厲，「為什麼不生下來？」

「生下來要怎麼養？」

「我養啊，由我來照顧。」

廣美放下茶杯，用手摸著額頭，似乎有點頭痛。

「謝謝，但這是我個人的問題。」

「也是我的問題啊。這也是我的孩子，雖然我年紀比妳小，但妳應該事先和我商量。」

光平直視著廣美。事關重大，今天他不打算輕易退縮。

然而，廣美並沒有因為他的直視而移開視線，一雙眼尾微微上揚的大眼睛迎著光平的視線，語氣平靜地說：

「如果我說孩子不是你的，你心裡會不會比較好過？」

光平愣住了，腋下流下一道汗。

「妳騙我的吧？」他終於擠出這句話。

廣美沒有移開視線，漠無表情地回答：「對啊，騙你的。」

光平鬆了一口氣。

「現在不是開玩笑的時候，我在為妳擔心。」

「不必為我擔心，我沒事。」

廣美起身打開窗戶，用力深呼吸，然後又重複了一遍：「我沒事。」

「幾個月了？」光平問。

「三個月。」廣美回答。

光平在心裡計算了一下，他當然知道想要從懷孕天數推算受孕日並不是加減法這麼簡單。

「所以是那一次……」

光平嘀咕道，廣美充耳不聞，拿起放在窗邊的盆栽。「已經發芽了，你播的是什麼花的種子？」

光平沒有回答，抬頭看著廣美說：

「錢由我來出。雖然我不想用這種方式負責，但既然已經拿掉了，多說也沒有用。」

廣美把盆栽放回原來的位置，然後穿起脫在一旁的外套，對光平嫣然一笑。

「你根本就沒錢。沒關係，不必在意啦。」

「這樣不好啦。」

「沒什麼不好。」

她拿起 Trussardi 皮包，穿上了鞋子。「其實我原本不想告訴你的，但說出來之後，心情稍微輕鬆了，你也算完成了分內事。」

我改天再來。廣美說完這句話，走了出去。光平想說些什麼，卻找不到話可說。門外傳來下樓的腳步聲很有節奏。

他無奈地站了起來，站在窗前目送她的背影，冰冷的空氣吹了進來，吹動了盆栽裡的新芽。

——到底會開什麼花？

光平在心裡嘟囔。

他也不知道那是什麼花的種子。

2

郵差在中午之前送來了裝滿西裝廣告的廣告郵件，和一封在白色信封上寫著工整楷書的信件。西裝廣告是光平去年夏天新買一套深藍色西裝的那家店寄來的，白色信封是老家的母親寄來的。

光平小心翼翼地撕開白色信封，從裡面抽出信紙。總共有三張。

「前略　最近還好嗎？我和你爸都很好，不用擔心。」

母親寫信的開頭語多年不變，接著又說家裡的生意順利，她帶孫子去參加了七五三節活動。母親說的生意是指和父親經營的蕎麥麵店，孫子是哥哥的兒子。

信尾的結語也一如往常。「研究所的課程忙不忙，下次回來之前先告訴我。」

光平把信紙塞回信封，放在矮桌上，人在榻榻米上仰躺著。他覺得胸口不舒服，有一種吃了太多油膩食物的感覺。

——研究所……嗎？

光平重重地嘆了一口氣，試圖排出體內的鬱悶。兩年之後，要再怎麼瞞下去？

下午，光平走出公寓，十分鐘後，走進一家名叫「青木」的咖啡店。這家咖啡店的店面並不大，一樓只有五張四人坐的桌子，牆上貼著炒飯和咖啡套餐的價目表，所以，絕對不是一家靠氣質吸引人的咖啡店，但牆邊書架上的漫畫吸引了零星的客人上門。

「來得剛好。」

看到光平進門，沙緒里張開紅唇笑了起來。她手捧的托盤上，放了四杯冒著熱氣的咖啡。

沙緒里去年從女子高中輟學後，一直在這家咖啡店打工。她整天濃妝艷抹，穿者迷你短裙大步走，這家店有幾位客人是為她而來的。

「二樓嗎？」

光平接過托盤問。

「二樓三杯，三樓一杯。」沙緒里回答。

「收到。」

光平拿著托盤走出店裡，從旁邊的樓梯上了樓。

「青木」的二樓是麻將館，二樓的樓梯口有一道玻璃門，就是麻將館的入口。可以說，「青木」的生意靠這家麻將館才得以維持，今天麻將館內也幾乎滿桌了。即使排氣扇整天在轉，玻璃門一打開，灰色的空氣就迎面撲來。不抽菸的光平把三杯咖啡放在吧檯上，向乾瘦的老闆打了一聲招呼，逃也似的衝出了麻將館。

三樓是撞球場。

光平來到三樓，看到有四桌客人。兩張是四球撞球的開倫撞球台，另外兩張是幾個人一起玩落袋撞球的落袋撞球台，客人都是學生，兩個穿著花稍毛衣的女生，似乎是來為男朋友加油的。

把咖啡交給其中一名客人後，光平環顧室內，看到松木元晴一如往常地呆然站在窗邊，眺望著店門前的街道。光平反手拿著托盤，緩緩走到他身邊。走到一半時，松木回頭發現了他，慢條斯理地對他「嗨」了一聲。

三個月前，光平開始在樓下打工時，松木已經在這家撞球場打工了。

他今年二十八歲，比光平大五歲，總是撥著抹了大量整髮慕絲的頭髮，像此刻一樣，站在窗前看著窗外。

「還好嗎？」

光平問，他每次都用這句問話代替打招呼。

「普普通通啦。」松木回答，「你看。」他用下巴指了指對面。

他指的是「青木」斜對面的那家理髮店，正在重新裝潢門面。

「這一陣子好像生意很差，所以要花錢重新打點門面了。」

松木語帶諷刺地說。「但這根本是換湯不換藥，剛開始，客人還會因為好奇上門，時間一久，就恢復老樣子了，反正就是這麼一回事。」

「老闆聽到你這麼說，一定會很傷心。」

「他傷心個屁啊，老闆心裡也很清楚，即使一直耗在這種地方也是徒勞，這個街道已經沒有呼吸了，大家只是沒有離開的勇氣。」

光平低頭看著馬路，雙線道的馬路貫穿南北，一直往北走，就是本地的一所大學，以前那裡是大學的正門，但現在已經拆掉了。目前的正門位置向東移了九十度，一方面是因為建造新教學大樓的空間問題，另一方面是因為離車站比較近。

當正門在北側時，這條街上擠滿了學生，這裡也成為大家熟悉的學生街。無論開了多少家咖啡店，每家店裡總是擠滿了人，甚至有學生一大早就去麻將館排隊等桌子。遊樂場、迪斯可等學生聚集的地方擠滿了整條街，「青木」的老闆用當時賺到的錢，把房子改建成三層樓。

但是，當正門位置改變後，學生很快就遠離了這條街。

這條街上的經營者在某種程度上已作好了心理準備，以後可能不會有過路客擠滿店裡的熱鬧景象，恐怕只剩下老主顧而已，店家之間會競爭更激烈。

然而，他們沒有考慮到學生的冷漠無情。那些店家老闆以為學生會更珍惜自己熟悉的店，但學生心目中，完全不是這麼一回事，他們根本不覺得非去哪一家店不可，或是非喝哪一家店的咖啡不可。只要在大學或車站附近有不錯的店家，對他或是她來說都一樣。

大學的新校門和車站之間的那條路上，新開了各式各樣的店面，逐漸形成新的學生街時，舊學生街上有一半的店家都歇業了，目前這條街上的商家數量不到鼎盛時期的四分之一。

「說實話，我討厭這裡。」

松木好像在總結似的說。

「那你為什麼來這裡？」

「因為我當初不知道是這種地方，如果早知道，恐怕就不會來了。」

「而且，你一直都住在這裡。」

「我會逃離這裡，」他從長褲口袋裡拿出泡泡糖，把一片丟進嘴裡，「我正在研擬計畫。」

「長期計畫嗎？」光平語帶挖苦地問。

「需要花一點時間。」松木的表情很嚴肅，「逃離就是這麼一回事，你有沒有看過《大逃亡》那部電影？」

光平搖了搖頭，他又問：「那《蝴蝶》呢？」

「沒看過，我很少看電影。」

「你要多看電影，可以提供很多參考。」

然後，他吹了一個像拳頭那麼大的泡泡。

松木是一個很奇特的人。光平認識他差不多三個月了，但他向來不提自己的事。光平只知道他很會撞球，和口袋裡沒什麼錢而已。光平曾經向「青木」的老闆打聽，問到的結果也差不多。老闆從去年冬天開始僱用他，當時他拿了「徵員工　歡迎有撞球經驗者」的廣告紙上門，除此以外，老闆也對他一無所知。

他雖然絕口不提自己的事，卻經常對光平問東問西，他對光平為什麼在大學畢業後，不找正職工作進入公司行號這件事很感興趣，曾經不只一次問光平其中的原因。

「你問我為什麼，我也不知道怎麼回答你，我並不是不想工作，我們機械工程系的學生只要一畢業，只能去製造業當上班族，我不想走這條路，我希望在更大範圍內尋找自己真正喜歡的事。」

如果在朋友面前說這種話，朋友一定會嗤之以鼻，但松木很認真地聽光平說話。

「我覺得你的想法很不錯，通常想要決定自己未來的出路時，其實已經站在軌道上了。但是，光作夢可不行，如果自己不付諸行動，這個世界不會改變。」

當時，光平覺得松木也懷有夢想，但從松木平時的樣子來看，又完全感受不到他是一個有夢想的人。

松木看著門口的方向，舉起了右手。光平也順著他的視線望去，「賭客紳士」面帶笑容地走了進來。

「很難得在白天就看到你。」松木招呼說。

「我請了假。」

「你請假來集訓嗎？真投入啊。」

「也不是啦，只是很想來這裡走一走。」

紳士脫下上衣，小心翼翼地掛在撞球場的衣架上。「今天我有贏的預感。」

「放馬過來！」

松木也脫下了黑色皮夾克，兩個人一起走向最角落的開倫撞球台。

「賭客紳士」——這是松木幫他取的綽號。他年約四十，總是一身深咖啡色的三件式西裝，所以，松木開始這麼叫他。他是這裡多年的老主顧，松木開始在這家店打工後，就和他混得很熟。聽說紳士住在附近，每隔幾天就會來這裡向松木挑戰，只是他的撞球技術卻平平而已。

「今天下班之後要不要去喝一杯？」

光平對松木做出喝酒的動作，松木在挑選撞球桿時，向他使了一個眼色。

下午一點到晚上九點是光平在「青木」打工的時間。他的主要工作是把客人點的餐點飲料送到客人面前，除了一樓的咖啡店以外，他必須不時跑上二樓和三樓，一天下來也很耗體力。

晚上八點左右，武宮走進了咖啡店。他穿了一件苔綠色的夾克，戴了一副沒有度數的淺藍色鏡片眼鏡。

他皺著眉頭走進店內，環視了一下，緩緩走到最裡面那張桌子。那是他的固定座位。光平知道他為什麼喜歡那個座位，所以就讓沙緒里去為他點餐。沙緒里把裝了冰水的杯子放在托盤上，一臉平靜地走了過去。

光平假裝在看綜藝節目，偷偷瞄向武宮，他不知道在和沙緒里說著什麼，撇著嘴角，把沒有度數的眼鏡微微向上推。沙緒里反手拿著托盤聽他說話，一雙美腿時而交叉，時而踢著地板。不一會兒，她走了回來。

「一杯咖啡。」她說。光平聽到後，走進了廚房，她也跟了進來。

「他說，」沙緒里向光平咬耳朵，「他已經和人約好要借保時捷的車子。」

「所以他邀妳去兜風？」

光平在倒咖啡時問。

「他自以為是我男朋友，但我不喜歡這種糾纏不清的人，我說我明天沒辦法請假，所以拒絕了他。」

「誰叫妳輕易和他上床。」

「我才沒有和他上床，」沙緒里嘟起紅唇，「只是讓他摸了一下，而且只有上面而已。」

「這只會造成反效果，」光平更壓低嗓門說：「尤其是對那種人。」

一會兒之後，店內只剩下武宮一個人。武宮一下子看報，一下子翻雜誌，有時候找沙緒里說話，不過，他似乎很快就膩了，突然叫了一聲：「津村。」光平這時正在擦空桌子。

「你找工作的事怎麼樣了？」

他說話的態度盛氣凌人，光平沒有停手，簡短地回了一聲：「沒怎麼樣。」武宮咂了一下嘴。

「什麼叫『沒怎麼樣』，真受不了你。你不可能一輩子過這種走一步算一步的生活，難道你想讓教授顏面無光嗎？」

光平沒有回答，重新摺好抹布，開始擦另外一張桌子。

「我也可以再幫你在教授面前說情，即使找不到一流的公司，至少可以找一個差強人意的地方吧。」

「不必了，」光平說：「我的事不用別人操心，我正在思考。」

「你別說大話，這樣蹉跎下去，年紀越來越大，到時候就來不及了。」

這一次，光平沒有說話，只是更用力擦桌子。武宮也故意大聲嘆氣，再度把注意力轉移到沙緒里身上。

武宮是光平在大學機械工程系的同學，他的成績優異，從一年級到畢業，成績都是班上的第一名。他當然沒有一畢業就去工作，今年開始讀研究所，大家都認為他以後一定可以當上教授。

光平開始在這裡打工後，才知道武宮是「青木」的老主顧。一個星期後，知道他來這裡的目的是為了沙緒里。

光平畢業後沒有進公司，在這裡打工當服務生，至今仍然沒有決定未來的方向，武宮在他面前有一種優越感，光平卻從來不會在他面前感到自卑。

九點不到，松木就下了樓，他粗暴地打開門衝了進來，甩著手上的一萬圓說：

「額外收入喔，從書店老闆手上賺來的。」

「是打四球贏的嗎？」

「如果是打四球，他才不會上鉤。我們是比他擅長的落袋撞球，是他找我賭的。」

「他簡直就是把錢往水溝裡丟嘛。」

「那也不見得。我放了他好幾次水，讓他對下次的賭局充滿期待，他放話說，下次絕對不會輸我。」

光平攤開手苦笑著。

沙緒里從廚房走了出來，松木拍了拍她的屁股。

「怎麼樣？我請客，明天有沒有空？」

「明天？」

「對，我明天休息，傍晚之後就沒事了，我們去吃點好吃的。沙緒里，也可以去妳喜歡的迪斯可。」

「不行，我沒辦法請假，這個月我已經休過兩天了，而且，我才剛拒絕別人的邀約。」說完，她瞥了裡面那張桌子一眼。武宮握緊報紙，瞪著松木。

「他的表情好可怕。」松木故意露出誇張的表情聳了聳肩，然後指著沙緒里，轉頭看著武宮問：

「讀書人，這種不良少女到底有什麼好？她很輕浮，讀書人不是應該找適合讀書人的千金大小姐嗎？」

「喂，你說話放尊重點。」

「別生氣，我說的都是事實啊。」

松木把雙手手掌朝向沙緒里時，武宮踢開椅子站了起來，用中指推了推眼鏡，露出好像看到殺父仇人般的眼神經過光平他們的面前，走向門口。松木對著他的背影說：「啊喲，你還沒付錢喔。」武宮停下腳步，猛然轉過身。

「喔，我想你應該只點了咖啡，所以是三百圓。」

松木搓了搓手，把手伸到他面前。武宮從錢包裡拿出三個一百圓，放在松木的手掌上。

「謝謝惠顧。」

松木說完，正想把咖啡錢交給沙緒里時，武宮的臉漸漸扭曲起來。光平還來不及叫出聲音，他已經向松木揮出了拳頭。松木機警地閃開了，動作敏捷地反過來用右手揍了他一拳。隨著一記沉悶的聲音，武宮的身體撞到了桌子，椅子倒地，玻璃菸灰缸掉在地上碎了。
一切都發生在轉眼之間。光平和沙緒里都呆然地看著武宮倒在地上。
「不要動手動腳的。」松木的話不太符合眼前的狀況，然後，他回頭看著光平說：
「走吧。」光平不知道該說什麼，只能輕輕對他點頭。
「如果你聽過什麼叫正當防衛，就不應該恨我──沙緒里，妳幫他貼一塊ＯＫ繃吧，這樣他就不會覺得挨了一拳吃虧了。」
松木說完，用力打開門走了出去。光平也跟了上去。
走了幾步後，他突然說：「我剛才好像反應過度了。」他的語氣聽起來真的有點後悔。
「是有點。」光平說，因為他覺得松木似乎期待他這麼說。
「太沒有志氣了，」他說，「因為沒有志氣，所以才會做這種無聊事。」
兩人默默走在舊學生街上。這裡已經感受不到活力，每天一到這個時間，街上只剩下零零星星的燈光。一隻野狗穿過馬路，但在野狗走到面前時，光平才發現牠。野狗走進小巷後，看著光平他們半晌，最後肚子發出了咕咕的叫聲，走進了小巷深處。
「那隻狗也沒有志氣，沒有志氣的狗很悲慘。」
松木突然這麼說。光平沒有吭氣。
從「青木」往南走一段路，就來到這家名叫「莫爾格」的店，店面不大，木門旁放了一盆橡膠樹的盆栽。花盆上用白色油漆寫著「MORGUE」，除此以外，看不到任何招牌。
光平推開門，頭頂上傳來叮叮噹噹的鈴鐺聲。坐在吧檯前的兩個客人轉頭瞥了光平他們一眼，但立刻繼續聊天。這對年輕男女看起來像學生，表情很嚴肅。

「你們怎麼會一起來？」

正在吧檯內看雜誌的日野純子笑著問他們。她的手上戴著聽說是她三十歲生日時，別人送她的藍寶石戒指。

「你這個老千，居然也來了。」

坐在桌旁的一個戴著紅色貝雷帽的男人抬頭看著他們。這個瘦瘦的男人身穿米色開襟衫，年約五十歲，氣色很好，但貝雷帽下露出的白髮和太陽穴附近的褐斑讓他感覺有點蒼老。

他叫時田，在這條街上開書店。

「你打算用從我手裡搶走的錢喝一杯吧，真是好命啊。」

「話別說得那麼難聽，而且，叫我老千也是在找碴嘛。」

松木笑嘻嘻地在他對面坐了下來，「我們剛才比的可是你擅長的落袋撞球。」

「你說得好聽，我猜你挑選了專門用來賭博的撞球桿，給客人用的都是一些歪七扭八的撞球桿，和你這個人的古怪脾氣差不多。」

「喂，喂，別開玩笑了，那下次用你挑選的球桿來比賽，這樣你就沒話說了吧。」

「你口氣倒不小，好，我奉陪，到時候你可別哭。」

在時田喝兌水酒時，松木立刻轉頭看著光平，向他擠眉弄眼，意思是說，又會有一萬圓的進帳了。

「時田老闆，你是因為輸了，來這裡借酒消愁嗎？」

光平坐在吧檯角落問，時田不屑地撇了撇嘴。

「我今天是放他一馬，哪需要借酒消愁？」

「所以，你今天是來看媽媽桑的。」

松木擅自從吧檯拿了平底玻璃杯，又擅自打開時田的酒瓶，語帶調侃地說。

「你別胡說八道。」時田斜眼頻頻瞄著純子。

「我店裡打算進新的雜誌，所以，我想一邊喝酒，一邊翻翻雜誌的內容。況且，怎麼說呢……我也想聽聽媽媽桑的意見。」

原來純子在看的雜誌是時田帶來的。

「這本也是嗎？」松木指著放在時田旁的雜誌問，那本書比週刊雜誌大一號，封面上畫著太空的插圖。

「是啊，但有點搞不清楚是什麼內容的雜誌。」

書店老闆把雜誌遞給松木，他的表情好像吃到了什麼難吃的東西。

「喔，是《科學紀實》，」松木看著封面，「對你來說太難了，可能會消化不良吧。」

然後，他翻起那本科學雜誌，突然「喔！」了一聲，停下了手。

「怎麼了？」

時田站起來，探頭看著雜誌，但松木把雜誌闔了起來，似乎不想讓他看到內容。

「不，沒事。老闆，這本雜誌可以送我嗎？」

「什麼？你騙我的錢，喝我的酒，連書也不放過嗎？」

「別這麼說嘛，下次你贏的時候會還你啦。」

「哼，說得比唱的還好聽。」

時田整整貝雷帽，「那我就回去了。」他對純子舉起了右手，「要記得向他們收錢，反正那也是從我手上騙走的錢。」

純子面帶微笑地向他鞠躬說：「歡迎再度光臨。」

松木和時田的鬥嘴結束後，店內的緊張氣氛頓時煙消雲散，簡直就像夏天過後，冷清的海邊小屋，感覺今天不會再有客人上門了。剛才那對學生情侶也不知道什麼時候離開了，可能是因為說悄悄話的氣氛被人破壞的關係。

光平喝著酒，看著純子白皙的手問：「今天只有妳一個人嗎？」在問話時，想像著她手上的藍寶石戒指是誰送的。顯然不是時田，他應該會送鑽戒。

「因為今天是星期二。」

純子看著她身後的月曆，語氣輕鬆地回答。

「對喔。」

光平看著手錶上的日期，嘆了一口氣。「我都忘了今天是星期二。」

「廣美不在，讓你很失望嗎？」

「多少有一點啦，」光平說，「不過，她還真固定，每到星期二都……」

「對啊。」

「她去哪裡了？」

「不知道。」

純子露出不感興趣的表情笑了笑。

「我真搞不懂，廣美差不多從一年前開始每週二都不來店裡，媽媽桑，難道妳不好奇其中的原因嗎？」

「當然好奇啊，但即使問她，她也不肯說，我有什麼辦法。她既然不想說，我也不想追根究柢。況且，雖然不能說是條件交換，我每個星期三也都休息啊。」

光平聽著純子說話，回想起今天早晨發生的事。他在窗前看著廣美離去的背影，她之後去了哪裡？

光平在三個月前邂逅廣美後，開始出入「莫爾格」。他還是學生時，這條街已經慢慢淪為舊學生街，他根本不知道哪裡有什麼店家。

「莫爾格」是兩年前，純子和廣美兩個人共同出資開的店。雖然是向房東租的店面，但因為那時候這條街上的人潮已大不如前，所以，聽說她們以打破行情的條件租下了這家店面。

光平不太清楚純子和廣美的關係，她們同年，從她們談話的內容來看，可能是國中或高中的同學，也可能是大學同學。光平曾經問過，但廣美從來沒有認真回答他。況且，即使不知道她們的關係也不會有什麼問題。

「對了，前天和大前天，廣美也休息吧？」

光平喝了一口兌水酒，不肯罷休地追問。

「聽說她有事。」純子仍然一派輕鬆地回答。

「我想找她也聯絡不到她，也不在家裡。」

「真慘啊。」

「沒想到今天早上，她突然來找我。一問之下，她說去了醫院。」

光平看了一眼松木，松木靠在椅子上，正在看剛才時田給他的雜誌。光平壓低嗓門說：「其實她去醫院，是因為……」他的話還沒說完，純子就搶先打斷了他：「你不用再說下去了。」

然後又說：「男人少說幾句比較帥。」

「妳果然知道。」

光平把「廣美懷孕的事」這幾個字吞了下去。

「因為我們整天在一起，而且都是女人——不過，她從來沒有為這件事徵求我的意見，我也從來沒有提起，全都是她自己做的決定。只是她說有事要請假時，我猜到了她的決定。」

「她也沒有找我商量。」

「因為她覺得這樣比較好。」

光平聽了，忍不住冷笑起來。「今天早上，她也這麼對我說。為什麼妳們都說同樣的話？難道覺得我缺乏生活能力嗎？」

「我認同你的生活能力，畢竟你能夠在這條街上生存。」

松木突然「啊哈哈」地放聲笑了起來，「這倒是，完全正確。」

光平斜眼瞪著他，他假裝沒在聽他們說話，其實聽得一字不漏。

光平把視線移回純子身上，「那為什麼覺得她不和我商量比較好？這個問題不是很重大嗎？」

「重大？」

「對啊，這是攸關人命的大問題。」

純子輕輕抱著雙臂，微微偏著頭，「雖然聽起來很有道理，但這種話誰都會說。」

光平心頭一驚，好像有一股電流貫穿心臟，然後微微低下了頭。他也覺得自己剛才那句話有點虛偽。

「我想知道明確的理由說服自己。」光平說。

純子鬆開抱著的雙手，好像在做化學實驗般小心翼翼地把威士忌倒進杯子後，拿到她漂亮的嘴唇邊，然後吐了一口感覺很熱的氣，審視著光平的臉。

「不要試圖知道所有的事。因為這也是一種暴力。」

光平無言以對，視線盯著純子在手中搖動的威士忌。

新客人進門時，純子才改變了姿勢。她露出和剛才在光平面前展露的笑容分毫不差的表情，迎接了新的客人。進門的是一位男客。

他穿了一件夾克，在剛才那對學生情侶坐的位置坐了下來，表情很嚴肅。

光平從純子的態度研判，他是店裡的老主顧，但光平以前沒見過他。這家店的熟客光平幾乎都看過。

他喝著兌水酒，思考著為什麼之前沒看過這個男人，當然，他找不到合理的解釋。

有一隻狗在店門口吠叫，光平心想，可能是剛才那隻野狗。

3

星期二已經過了三天，也就是說，今天是星期五。

廣美的家有一房一廳，客廳角落放了一架鋼琴，漆黑的顏色很像廣美的頭髮。原本光可鑑人的鋼琴，現在有些地方已經變成了霧面。雖然不知道這架鋼琴買了多久，但光平覺得應該有年頭了。

他也不知道為什麼這裡會有一架鋼琴，他從來沒有看廣美彈過，和她聊天時，她也從來沒有提起彈琴的事，但鋼琴總是擦得一塵不染，沒有任何灰塵。

「你在看什麼？」

廣美撕下牛角麵包，停下準備送進嘴裡的手，順著光平的視線望去。光平每個星期都會有幾天在她的公寓吃早餐，每次都固定是玉米湯、沙拉和牛角麵包。

「鋼琴，」光平回答，「我在想，為什麼會放在那裡。」

廣美把一小塊牛角麵包放進嘴裡，咬了幾口後回答：「因為我買了啊，而且還不便宜。」

「我知道……妳彈過嗎？」

「以前啦，」她聳了聳肩，「很久以前，比你現在的年紀更小的時候。」

「現在不彈了嗎？」

「不彈了。」

「為什麼？」

「因為我沒有天分，所以就放棄了。」

然後，廣美在光平面前張開右掌，「即使我的手用力張開，也只有這麼大。雖然我個子不矮，但手很小。我不僅沒有音樂方面的天分，身體條件也不理想。」

「那可以不當鋼琴家，只是基於興趣愛好，偶爾彈一下，我也想聽聽。」

廣美用叉子叉起小黃瓜，像兔子一樣用門牙咬了幾口問：「阿光，你喜歡鋼琴嗎？」

「並不是特別喜歡，只覺得音樂很不錯，鋼琴的音色也很好聽，會覺得在享受高級的時光。」

光平沒有吃完沙拉就站了起來，走向鋼琴。打開琴蓋時，一股木頭香味掠過鼻尖。

「我可以彈嗎？」光平問。廣美緩緩眨了眨眼，回答說：「可以啊，只是好幾年都沒有調音了，音準可能有點問題。」

「無所謂啦。」

光平伸出食指，對著在鍵盤的正中央敲了下去。室內響起「噹」的輕快聲音，他又按do、re、me……的順序試了八度音程，回頭看著廣美。

「音色沒問題啊。」

他的確聽不出任何問題。

「如果你真的這麼認為，」廣美喝了一口玉米湯，覺得很有趣地笑了笑，「代表你和我一樣，都沒有音樂的天分。」

「妳說對了。」

光平也笑著坐回椅子，看著錄影機上的數位時鐘說：「差不多該走了。」時鐘顯示九點三十分。

「今天真早。」

「對，昨天和前天，松木都沒有來，前天他請了假，昨天又曠職。打電話去他家也沒人接，老闆超生氣的，所以我要早點去幫他代班一下。」

「真難得啊，他做事向來很有分寸。」

「對啊，很難得，不過，他的個性有點古怪，完全不知道他在想什麼。」
「他今天也不去店裡嗎？」
「不知道，最好有這種心理準備吧。」
光平想起松木總是看著窗外的身影，他看起來像是沒有夢想，沒有希望，但只有一雙眼睛閃閃發亮，好像瞄準獵物的野獸，也許他找到了什麼美味的餌——
光平來到店裡，松木果然沒有來。頭髮中分，留著小鬍子的老闆氣鼓鼓地掛上電話。
「還是沒人接，他到底跑去哪裡了？」
「是不是去旅行了？」
沙緒里正坐在咖啡店最角落擦指甲油，她的語氣似乎在說，無故曠職並不是什麼大不了的事。在她的認知裡，可能就是這麼一回事吧。
「津村，你有沒有聽說什麼？」老闆問光平。
「不知道，我最後一次見到他是三天前。」
就是那天下班後，一起去「莫爾格」的時候。那天，光平離開時，他說要留在店裡繼續喝幾杯。之後，光平就沒再見到他。
「真是傷腦筋。」
老闆愁眉不展地對光平說，「那今天三樓也拜託你了。」
「知道了。」
老闆又看著仍然坐在那裡的沙緒里說：

「客人快上門了，妳到底要打扮到什麼時候？」

但沙緒里只是不服氣地嘟著嘴，超短迷你裙下的雙腿仍然在桌下交疊著。由於有不少客人是為了她的肉體而來，老闆也拿她沒轍，只能在戴圍裙時，不滿地嘀咕幾句。

這一天的中午之前，來了第一批撞球的客人，是三個學生，而且看起來只有一、二年級。三人同行時，通常真正的目的不是撞球，而是打麻將人數不足，在牌搭子現身之前，撞撞球打發時間。他們通常喜歡落袋式撞球勝於四球競賽，可能是因為隨時可以結束的關係，當然也不講究所謂的規則。撞球的時候大聲喧鬧，簡直和玩彈珠的小學生沒什麼兩樣。

光平像松木一樣看著窗外，同時注意他們有沒有用球桿去打彩色球，或是撕開球台上的絨布。斜對面理髮店的裝潢工程已經完成了大半，這家理髮店原本只在玻璃門前放了一個被汽車廢氣熏黑的旋轉彩色燈筒而已，如今在紅磚牆上做了好幾個小窗戶，老闆似乎有意把理髮店改成咖啡專門店。

光平當然不知道理髮店和咖啡店哪一個比較好，但松木認為，這只是無謂的掙扎，而且，那家店的老闆也很清楚這一點。

中午過後，「賭客紳士」和「副教授」一起現身。剛才那幾個學生似乎終於等到了牌搭子，已經去了二樓。

先進門的紳士緩緩環視空無一人的撞球場，一臉納悶地走向光平。

「他呢？」紳士問。

「他休假。」光平回答。

「是喔。」

紳士失望地垂下雙眼，然後轉頭看著「副教授」說：

「我們的教練缺席，我們兩個肉腳今天只能相互較量了。」

「副教授」點了點頭，他乾瘦的身體也跟著搖晃起來。

「嗯，嗯，對啊，我們只能自己玩了。反正今天也不能玩很久，這樣剛好。」

紳士把視線移回光平身上，指了指旁邊的撞球台說：「那我們玩一下。」

「沒問題。」光平回答。

兩名中年人分別仔細挑選了球桿，猜拳決定先攻和後攻後開始比賽。他們是用簡易規則玩四球撞球，光平在收銀台前看著他們比賽，發現他們有不同的個性，很有意思。

「賭客紳士」平時都很有紳士風度，但在緊要關頭，就會使用定桿的絕招。有可能一桿定勝負，也可能輸得一敗塗地，這種方法比較適合紳士。其實，真正的賭客是以撞球賭博為生的球手。

副教授基本上都是忠實而謹慎地打每一球，雖然不可能大幅領先對手，卻可以腳踏實地累積分數。一旦對方領先，他就很難反敗為勝。

光平最近才知道，這位副教授姓太田，就在附近的那所大學當副教授。聽說他在電力工程系有自己的研究室，光平也覺得以前好像見過他。副教授個子不高，瘦得像螳螂，身體好像一折就會斷。每週會有幾次看到他走上「青木」的階梯。他和紳士的交情不錯，經常一起撞球，光平也曾經有好幾次看到他們和松木一起撞球。

當他們打完第一局時，二樓又有兩個學生上來，開始在後面的撞球台玩落袋撞球。

那兩個人很多話，喋喋不休地聊著大學的事、女生的事、運動的事，當然還有撞球的事，對他們來說，撞球也是一種時尚。

紳士和副教授無視這種雜音，默默地繼續撞球，但那兩個學生突然大笑，害副教授不慎失手，他放下了球桿。

光平放下推理小說，抬頭看著他們，露出歉意的表情。

「不好意思……平時不會這麼吵。」

「你、你沒必要道歉。」副教授說，他說話有點口吃，「反正我們也差不多打完了。」

副教授瞥了一眼那兩個學生，雙腿併攏地坐在收銀台旁的長椅上。

「這、這種學生通常會來求情，要求可以補一份報告，把考試分數拉到及格，真受不了這些人。」

雖然他措詞嚴厲，但聲音小得像蚊子叫。

紳士用光平遞給他的小毛巾擦手時說：

「這些人就這樣混到畢業，到時候就會增加我們的負擔。」

然後，把小毛巾還給光平時問：「松木為什麼休假？」

「這個喔，」光平偏著頭，「我也不知道，他兩天前就沒來了。」

「兩天前就沒來？」

紳士似乎有點驚訝，然後，擔心地皺著眉頭說：「該不會生病了吧。」

「我猜應該不是，打電話給他也沒有人接，應該不在家。」

「所以是去旅行了？」

「有可能。」

「真、真好命啊。」

副教授說著，用小毛巾擦著脖子，「哪像我，根本沒這份閒情。」

「這可不像只要去大學露個臉就能吃香喝辣的人說的話。」

紳士語帶挖苦地說，副教授詫異地瞪大眼睛抬頭看著他。

「如果可以，我真想和你交換。為那些不想讀書的學生上課，簡直比竹籃子打水更空虛。」

「你把他們送出校門後，就輪到我們幫他們擦屁股。」

紳士笑著說。

「請問你從事哪一個行業？」

光平覺得機不可失，立刻問了之前就很在意的問題。因為他覺得一個中年男子白天來撞球太不可思議了。

但他只是輕描淡寫地回答：「只是普通的上班族而已。」似乎覺得這種事不值得一談。

「他是我大學的同學，」副教授開心地告訴光平，「有些從我手上畢業的學生去了他的公司，實在是很奇妙的緣分，或者說是孽緣。有時候他會來學校找我，順便邀我來這裡撞球。」

「今天是你邀我的。」

「明明是你。」

「你們好像和松木很熟。」

光平同時看著他們兩個人問，紳士搶先回答說：

「他是我們的教練。」

「他覺得我們是肥、肥羊。」

副教授說。

那天下班後，光平去了松木的公寓，因為老闆一直催他去瞭解一下情況。況且，松木不像是病倒了，所以，光平也有點擔心。

沿著「莫爾格」繼續往南走一小段路，在十字路口轉彎，往西走五分鐘左右，就到了松木家。路很狹窄，兩側又停了很多車子。公寓旁有一個小公園，只有鞦韆、滑梯和沙坑而已。

兩層樓的公寓是水泥建築，但外牆爬滿裂痕，樓梯旁的欄杆鏽跡斑斑，根本不敢用手去摸，而且，即使昨晚沒下雨，這種地方的樓梯也總是又髒又濕。

光平小心翼翼地走上樓梯，以免踩到水窪。松木就住在二樓的第一間。光平上樓後，很有節奏地敲了敲門。

沒有回應。

——他果然不在家。

他這麼想是有原因的。從馬路上可以看到各個房間的窗戶，松木房間沒有開燈，而且，門旁廚房窗戶也是暗的。

真是的。他忍不住又敲了敲門，確認屋內沒有回應後，習慣性地轉動了門把，門當然應該鎖住的——

「咦？」

光平忍不住叫了起來。因為門把可以轉動，他又繼續往外一拉，門竟然緩緩打開了。

「松木。」

光平把門打開十公分，對著門縫叫著，但和剛才敲門時一樣，屋內沒有任何回應。

光平打開門，鼓起勇氣走進屋內，用手摸索著燈的開關，啪的一聲打開了燈。日光燈遲疑了一下，眨了眨眼，立刻發出白光。

一進門，就有一個和廚房連在一起的三帖榻榻米大的房間，光平剛才打開的就是懸在這個房間天花板上的日光燈。裡面有一間四帖半的房間。

松木趴在四帖半的房間內。

光平無法發出聲音，手腳也無法動彈，他沒來由地很怕自己採取什麼行動。裡面的房間很暗，只能隱約看到松木的身影，但光平直覺地認為，松木並非處於普通的狀態。

眼睛漸漸適應了黑暗，清楚地看到了裡面的情況。他的心跳也同時加速，好像飢餓的狗般急促呼吸。

有什麼東西插在松木的後背。弄髒他身上那件淺色毛衣的，應該是他自己的血。

——要打電話……

光平轉動僵硬的脖子找電話，發現電話就在旁邊。他伸手準備拿電話，就在這時——電話鈴聲突然響了起來，光平覺得好像被人從心臟內側用力踹了一腳，差一點驚叫起來。

他用發抖的手拿起電話，聽到電話中傳來「喂、喂？」的聲音，但光平充耳不聞，然後自顧自地說了起來。

「趕快報警，松木被殺了。」

當他回過神時，發現電話中傳來「嘟、嘟」的掛斷聲，他完全不記得對方什麼時候掛了電話。

這件事讓光平心情平靜下來。他吞了一口口水，緩緩深呼吸，小心謹慎地按下了按鍵。一、一，然後又按了〇。

光平聽著鈴聲，又看了一眼松木的屍體。

他為什麼會被殺？

直到這個時候，這個疑問才浮上他的心頭。

4

屋齡有二十年的南部莊成為出租公寓後，那裡的房客就成為左鄰右舍的眼中釘。

由於離大學很近，南部莊的房客大部分都是大學生。他們的特徵就是白天見不到人，天黑之後，就開始出沒活動。有的房客在家裡通宵打麻將，洗牌的聲音不絕於耳；也有人在家裡喝酒、唱歌到深夜。很多人喝了酒就去旁邊的公園發酒瘋，第二天早晨，公園裡一定會有一、兩攤嘔吐物，附近都瀰漫著酸臭味。

十一月中旬，惡名昭彰的南部莊發生了殺人命案，但遇害的並不是學生。

「你叫什麼名字？」

「我叫津村光平。」

「你和松木是什麼關係？」

「我們在同一家店打工，就在學生街的一家叫『青木』的店。」

一個年約四十，穿著灰色格子西裝的男人，把光平帶到公寓內的空房間問話。他中等身材，不胖也不瘦，但臉特別大，燙著小鬈髮。光平猜想他應該是刑警，他說話的態度盛氣凌人，恐怕這就是刑警對老百姓的態度。

刑警問在門口立正的巡查，知不知道「青木」這家店。巡查回答說：「知道。」刑警點了點頭，將視線移回光平身上說：「可不可以請你說明一下今天晚上為什麼來這裡，以及發現屍體時的狀況。」

光平把這間空屋當成是松木的房間，比手畫腳地重現了剛才讓他感到震撼不已的場景。巡查和之後趕來的另一名年輕刑警認真地記錄著他所說的內容。

當他說到他打算打電話，電話鈴聲響起時，年長的刑警打斷了他。

「當時，對方說了什麼？」

「我只聽到『喂、喂』……好像是女人的聲音。」
「女人……然後呢？」
「就這樣而已。」光平搖了搖頭，「因為我那時候情緒很激動，她還沒有開口，我就大叫『趕快報警』，對方好像嚇到了，趕緊掛了電話。」
「是喔……」
刑警有點遺憾地吐出下唇，但立刻改變了話題問：「津村先生，你和松木很熟嗎？」
「嗯，應該吧。」光平不置可否地回答，「但說實話，我對他一無所知。我三個月前開始在『青木』打工，只知道他那時候已經在那裡打工了。我沒有聽過他談論自己的過去，也不知道他為什麼會住在這個學生公寓。」
光平根本沒有機會瞭解這些事，更何況他也沒有特別想知道。
刑警問他，最後一次見到松木是什麼時候。光平回想著原本就相當明確的記憶後，才說出他們星期二晚上一起去了「莫爾格」的事。關於這家店，巡查也回答說他知道。
「我十一點左右離開店，他說還要再喝幾杯，所以我就先回家了。」
「當時，店裡只有松木一個人嗎？」
「不，」光平搖了一下頭，「還有另一個男客人，我不知道他的名字，他也還在店裡。」
光平指的是那天最後走進店裡的皮夾克男。那個男人沒有說話，只是默默喝酒。
「還有店裡的人而已嗎？」
「對，只有媽媽桑一個人。」
「媽媽桑是？」

「媽媽桑叫日野純子。」

她很漂亮喔。身穿制服的巡查在一旁補充道。刑警用鼻子冷笑著。光平有一種不祥的預感。

「松木有沒有女朋友？」

光平的腦海中閃過沙緒里的影子，但他沒有說出口，儘可能面無表情地搖頭。刑警銳利的目光盯著光平的嘴，隨即輕輕點了點頭，不知道是否無法看透他的表情，還是故意放他一馬。

最後，刑警問光平，是否知道誰殺了松木，光平毫不猶豫地回答，不知道。

回答完最後的問題，光平正準備走出房間時，一個肥胖的男人突然走了進來，向燙著小鬈頭的刑警咬耳朵說著什麼，刑警微微皺起眉頭。

「喔，等一下，」刑警用比剛才更嚴肅的聲音叫住了光平，「你認識名叫杉本的人嗎？」

「杉本？」光平反問。

刑警向肥胖男確認後說：「杉本潤也。」

「不認識。」光平偏著頭，「我不認識他，他是誰？」

「這個嘛，」刑警故弄玄虛地停頓了一下，然後緩緩地說：「這是松木的本名。」

光平離開刑警後，改變了原本打算去「莫爾格」的想法，直接走回自己的公寓。他租的公寓也很老舊，但沒有南部莊那麼老，而且學生的素質也好很多。可能是因為有很多房客是女學生的關係。

光平打開家門時，腦海中掠過不祥的預感，幸好自己房間內一切正常。

他從壁櫥內拉出被褥，沒有換衣服就直接躺了進去。他並沒有感到害怕，只希望趕快為今天畫上句點。即使發生天大的事，事過境遷，影響力也會變小。

他把鬧鐘調到十一點之前。雖然現在睡覺還太早，但兩隻腳熱熱的，保持呼吸有規律後，竟然有了睡意。想到自己剛才的慌亂，光平也有點訝異，但可能因為松木死得太突然，沒有真實感，所以自己無法面對。

他從夢中醒來時，聽到有人用鑰匙開門的聲音。也可能是在夢中被開門聲驚醒了，總之，他忘了自己作了什麼夢。

「你睡了嗎？」

廣美開門後，關心地小聲問他。光平坐了起來，伸手拿起鬧鐘。十二點三十分。沒想到真的睡熟了。

廣美抱著紙袋走進屋內，把裡面的東西放在被褥旁的小矮桌上。百威啤酒、起司口味的零食，還有用保鮮膜包起的漢堡排。

「一個小時前，警察來我們店裡。」

應該是因為光平提到了「莫爾格」的關係。

「是嗎……妳們有沒有嚇一跳？」

有啊。廣美回答後，把百威啤酒的拉環打開後，遞到光平面前。光平喝了一口，重重地吐了一口氣。

「他們好像在找最後見到他的人，目前暫時鎖定我和純子。」

「妳？」

光平停下了正準備喝酒的手，「妳那天去了『莫爾格』嗎？」

「十二點左右，」她回答，「因為我忘了東西，所以去店裡拿。」

「是喔……所以妳那時候看到了松木。」

「對啊。」

「店裡只有松木一個客人嗎？」

「對。」廣美點點頭，「最近很少有客人一直耗到打烊再走。」

「是嗎……所以那個客人很快就走了。」

「哪個客人？」

「我準備離開『莫爾格』時，有一個男客人進來，當時已經很晚了。他穿著皮夾克，感覺很陰森。」

「皮夾克？」

「從媽媽桑的態度來看，像是老主顧。」

「……是嗎？」

廣美拿著起司口味的零食，視線在光平的胸前遊移。光平以為她要說什麼，但等了半天，也沒有等到下文，她叭啦叭啦地撕開了零食的袋子。

「聽說松木的房間，」不一會兒，廣美為自己開了一罐啤酒時說：「被人翻箱倒櫃。」

「翻箱倒櫃？」

「嗯。」她把啤酒罐拿到嘴邊，點了點頭，「書桌的抽屜、衣櫃裡都被翻過了。因為他已經死了，所以不知道被偷了什麼東西，但從他身上沒有找到皮夾。」

「所以是竊盜殺人?」

「不知道,」廣美聳了聳肩,輕輕閉起眼睛,「只是不排除有這種可能性吧?」

「我覺得他家應該沒什麼東西好偷的。」

「對啊。」

「妳有沒有聽說,松木元晴不是他的真名?」

廣美輕輕點頭,「聽說了。」

「聽說他的本名叫杉本潤也。」

「好像是。」

據刑警說,警方想要確認他的真實身分,但房間裡找不到任何能夠瞭解他身分的東西,他也沒有把戶籍遷入,最後從他申請的電話,才查到他的真實姓名,進而查到了他的戶籍地址。

「他在戶籍地址也租了一個房子,我們認識的只是他的分身。」

「對啊。」

她拿起兩塊漢堡排,拆下保鮮膜,丟進了烤箱。光平終於覺得肚子有點餓了。

第二天的早報小篇幅報導了松木的死訊。光平看了報紙後知道,刺進他後背的是到處都可以買到的登山刀,據警方推測,他在三天前的星期三早上被人殺害。

很有可能是竊盜殺人——報導內容差不多只提到這些。

光平來到「青木」時,發現昨天的刑警也在一樓的咖啡店。沙緒里坐在他們對面。

她像往常一樣豪放地蹺著腿，左手托著臉頰，右手拿著菸。她的表情很冷淡，廚房內的老闆也緊鎖著眉頭。

「啊，津村先生，等一下也有幾個問題要請教你一下。」年長的刑警一看到光平，立刻舉起右手。老闆瞪了刑警一眼，但沒有吭氣，顯然刑警已經向他打過招呼了。

「我都說完啦。」

沙緒里抓著燙鬈的頭髮，不耐煩地說道，「雖然我們關係不錯，但我們又不是男女朋友，其他的你們問光平就好了。」

她似乎和刑警聊得不太開心。

刑警拖泥帶水地說：「好，那如果有什麼新的情況，隨時記得和我們聯絡。」說完，他站了起來，走向光平。沙緒里在刑警背後從鮮紅的雙唇中吐出舌頭扮鬼臉。

兩名刑警昨天沒有自報姓名，今天先自我介紹了一下。年長的那位姓上村，至於年輕的刑警，光平聽完就忘了。他們都是轄區警署的刑警。

「有沒有想到什麼事？」

上村一開口就直截了當地問，他似乎在問松木遇害的事。光平搖了搖頭。

「我昨天也說了，我對他一無所知。」

「原來如此。」刑警說，他似乎覺得不知道就算了。

「所以，杉本……不，可能說松木你們比較熟悉，所以，你也不知道他之前的職業嗎？」

「當然……你們知道嗎？」

如果他們知道，倒想請教一下。上村故弄玄虛地清了清嗓子說：「已經查明了他的真實身分。」

「松木之前是做哪一行的？」

「是上班族。」

刑警回答時看著光平的臉，似乎想觀察他的反應。

「上班族？」

「對。」

然後，上村打開警察證後附的記事本。「你知不知道中央電子這家公司？」

「知道啊。」

那是一家生產商用計算機的公司，目前開發辦公設備、機器人、電腦和軟體。雖然在電腦業算是起步較晚的一家公司，但這家公司的技術能力很受好評，光平也有好幾個同學進了那家公司。

「松木以前在中央電子上班。」

「……」

光平不知道該說什麼，所以沒有吭氣。他既覺得意外，又覺得是意料之中。

「他一年前辭了職，至今仍然不知道他辭職的原因。」

光平想起松木之前問自己為什麼沒有去公司上班時的表情。當時，松木對他說，你的想法很不錯，但是，光作夢可不行，如果自己不付諸行動，這個世界不會改變——

也許那是他對自己說的話。

光平沒有說話，刑警探頭看著他的臉問：「你想到什麼了嗎？」光平慌忙搖了搖頭。

「他沒有向你提起過這件事嗎？」刑警問。

「對。」光平回答。

「那你平時都和松木聊什麼？」

「聊什麼喔……」光平抓了抓頭，「沒有什麼特別的主題，每天想到什麼就聊什麼，都是一些無聊的事。」

「有沒有討論別人的八卦？」

「我們什麼都聊，都是一些無關痛癢的事，比方說對面的理髮店，都是閒聊而已。」

「有沒有聊到興趣愛好，他有沒有什麼興趣？」

「不知道。」

光平真的不知道。雖然在一起工作了三個月，但從來沒有聽松木提起過。光平現在才發現這一點，也有點意外。

上村露出了傷神的苦笑，他的表情令光平覺得很不舒服。

「為什麼問這個問題？報紙上不是說，竊盜殺人的可能性很大嗎？」

刑警的苦笑變成了冷笑。

「報上寫的不一定都是對的，況且，只是可能性比較大，並沒有確定。」

「但你們的問題聽起來好像認定是熟人所為。」

「我們並沒有認定，只是……」

上村翻著警察證後附的記事本，瞇起眼睛看著其中一頁，「刀子不是刺在被害人的背後嗎？這代表兇手站在松木的背後。如果是陌生的訪客進屋，他不可能背對訪客，況且，現場也沒有打鬥的痕跡。」

「況且，他家也不像是小偷會鎖定的目標。」

年輕刑警說道。他的聲音很尖，和他高大的身體很不相稱。

光平想不到該怎麼回答，只能看著桌上的糖罐。熟人所為？誰會殺他而得到好處？

「對了，請問你認識武宮嗎？」

上村用好像聊天的輕鬆口吻問道，但他的眼神很銳利，似乎在說，如果你說不認識就死定了。

「我認識啊。」光平回答，刑警連續點了好幾次頭，好像在說：「很好。」

「星期二晚上，也就是松木遭到殺害的前一天晚上，武宮和松木之間發生了爭執——我沒有說錯吧？」

應該是沙緒里告訴他的。光平沒有理由否認，所以輕聲回答：「是啊。」

「那為什麼你昨晚沒有說？」

「我沒想到，而且，我也不想主動提到別人的名字。」

「原來如此，你和武宮讀同一所大學吧？還是同系的同學？」

「……對。」

光平似乎慢慢瞭解眼前的刑警想要說什麼。

「你是不是想袒護他？」

我就知道。光平心想，但他毫不猶豫地否認說：「怎麼可能？他很看不起我，我也不喜歡他，根本沒必要袒護他。」

「是喔……武宮為什麼看不起你？」

「很無聊的理由，比松木打武宮的理由更無聊。」

「你不想說嗎？」刑警看著光平的眼睛問。

「不想說。」光平回答。

他不再說話，上村只好闔起警察證。

「好吧，如果有想到什麼，隨時和我們聯絡。等你心情平靜後，可能會突然想起什麼。」

刑警正打算站起來，但似乎又想起了什麼，又坐了下來。「忘了問你一件事。」

他再度拿出警察證，確認年輕刑警做好了記錄的準備後，一臉嚴肅地問：

「因為是三天前，所以就是這個星期三，請問你上午十點左右在哪裡？這麼問並沒有特別的意思，警察也是公務員，只是奉命行事。」

5

光平發現屍體至今已經三天，他們完全不瞭解目前的偵辦進度，報紙上也沒有刊登新的消息。「青木」並沒有再招募新的人手接松木的班，由光平接手他的工作。雖然老闆為他加了時薪，但對老闆來說，還是比多僱一個人便宜。

太田副教授是這一天的最後一個客人。他八點多來到店裡，要求光平陪他一起玩落袋撞球。他走進店內時，瘦骨嶙峋的臉就緊繃著，似乎不光是因為天氣寒冷的關係。

「我這兩、三天都沒撞球，手、手有點癢。」

瘦巴巴的副教授拿下繞在細脖子上的圍巾，辯解似的說著。

「對啊，你上次是上星期五來的。」光平補充道。太田像公雞一樣連連點頭。

雖然不知道彼此的心裡在想什麼，但兩個人在撞球時都沒有提起松木的話題。基本上都是太田在數落那些不用功的學生，他在抱怨時居然沒有口吃，可見他的口吃是心理因素造成的。

不一會兒，聊到了求職的話題，提到了多家公司的名字，也順便談起中央電子，話題也很自然地轉移到松木的身上。太田不知道從哪裡打聽到消息，知道松木是假名字，之前曾經做過上班族。

「那、那家公司很不錯。」

太田在撞球的空檔時說道，「我認為是績優股，雖然目前市面上物質豐沛，電腦軟體卻很匱乏。」

「但松木辭職了。」

「嗯……我想，他辭職應該和公司的素質沒有太大的關係。」

「你知道他為什麼辭職嗎？」

「嗯，我可以想像。」乾瘦的副教授說，「從某種意義上來說，電腦公司操人操得很兇，程式設計師可能三十五歲左右就要退居二線了。」

「這麼年輕？」

光平很驚訝。

「具備富彈性的思考能力時期才是黃金時期，之後就要從事業務工作，很多工程師很擔心能不能拉到業務。除非是特別喜歡，否、否則，恐怕很難一直做下去。」
「松木也是因為這種不安辭職的嗎？」
「也許吧。」
副教授說著，把球桿向前一推。他雖然瞄準了腰袋，但球彈了一下，掉進了相反方向的角落。他有點不好意思地嘟囔了幾句，突然大聲地說：「辭職的理由有、有很多。」
「有很多？」光平問。
「有很多。」副教授用力點頭，「我們學校的畢業生進了那家公司後，第一年一定會有幾個人辭職，但是，仔細一想，就覺得辭職是理所當然的事。」
「為什麼？」
「因為他們根本無法自己決定方向，今天還有更過分的學生，說什麼不知道自己適合做哪一行，希、希望我幫他決定去哪一家公司，豈、豈有此理。」
雖然這種事讓人笑不出來，但光平還是露齒一笑。
「也有人因為缺乏身為社會一分子的自覺而丟了性命。」
「死了嗎？」
「兩個月前，有人去參加同學會，結果喝醉了，掉進河裡淹死了。一個規規矩矩的人不、不可能有這種死法。」
光平這次真的無話可說了。
打烊後，光平和太田一起走出店裡。太田說他不知道這附近有什麼喝酒的地方，光平就邀他一起去了「莫爾格」。這是松木遇害後，他第一次踏進這裡。

他把乾瘦的副教授介紹給廣美她們，幾個人立刻聊起命案的事。

「不在場證明？當然也問了我們啊。」

純子擦著杯子，和廣美互看了一眼，點了點頭，「我那天九點左右去了美容院，算是有不在場證明，但廣美沒有證人。」

「星期三整個早上，我都一個人睡覺，怎麼可能有不在場證明？」

廣美聳了聳肩。

「你們那天早上分別睡在各自家裡嗎？」純子輪流看著光平和廣美。

「對啊，因為星期二晚上，我去了某人的家，卻沒有人在家。」

光平露出挖苦的眼神看向廣美，她似乎已經聽膩了這種話，面不改色地繼續切洋蔥。

「刑、刑警還沒有來找我。」副教授在光平身旁說，「如果刑警問我的話，我恐怕也沒辦法回答吧。」

「警方可能對老師比較慎重，」光平說，「因為畢竟關係到大學的名譽。」

「總之，兇手選對了時間。」

純子說：「雖然推理小說中，兇手通常都有很明確的不在場證明，但那種情況反而感覺很不自然，與其這樣，還不如在誰都無法有明確不在場證明的時間犯案。」

「聽刑警說，行兇時間是上午十點左右。」

光平想起這件事告訴其他人，「雖然我也搞不太清楚這種事，但他死了兩天，可以正確判斷他的死亡時間嗎？」

「聽說是根據住在他隔壁的學生的證詞推測的，那個學生說，星期三上午十點左右，聽到隔壁有動靜，但警方並沒有認定那就是行兇時間。」

純子可能因為做生意的關係，消息特別靈通。

「只要運用法醫學的知識，應該可以推算出死亡時間吧。」

副教授站在學者立場的見解，支持了純子的意見。

「警方也問了『青木』的人有沒有不在場證明嗎？」

切完洋蔥的廣美洗手時問光平。

「當然啊，沙緒里和老闆都氣瘋了，他們也沒有不在場證明。」

「其實可以從動機找兇手啊。」純子說。

「正因為不瞭解動機，所以就先調查所有人的不在場證明，況且，警方連松木的過去都沒有完全掌握。」

「所以，他是一個神秘的人，他的確有點與眾不同。」

純子看向角落的桌子，似乎想起松木總是獨自在那裡喝酒。

「但是……松木曾經在中央電子上班的事……實在有點意外。」

廣美似乎有點難以啟齒，可能是因為想到了光平。

純子也點了點頭。

三十分鐘後，賭客紳士也來了。他穿著三件式深咖啡色西裝，手上拿著摺得一絲不苟的雨傘。

紳士一走進來，不知道想問吧檯內的純子什麼事，但察覺到光平和太田的目光，露出既意外，又鬆了一口氣的表情走了過來。

紳士站在光平身旁說。他努力克制感情，但語尾還是微微發抖。

「聽說他死了。」

「對啊。」光平垂下眼睛，「被人殺了，而且，在我發現之前，死在家裡整整兩天。」

然後，光平把紳士介紹給在吧檯內一臉納悶的廣美和純子。他是「青木」的老主顧，經常和松木一起撞球──兩個女人恭敬地向他鞠躬打招呼。

紳士點了柳橙汁，他對副教授說：「真難得，你也來這種地方。」然後擠進他和光平之間的座位。

「你不知道我的名字吧？我叫津村光平……」

光平的話還沒說完，紳士把手伸到臉前。

「松木向我提過，說你正在摸索自己的路。」

「沒那麼帥氣啦，只是還不知道自己想做什麼。」

「大部分人都這樣，包括我在內。」

然後，紳士拿出名片說：「這是我的名片。」名片上印著「東和電機株式會社　開發企畫室室長　井原良一」。

「原來你是東和公司的。」

光平重新打量著男人的臉，他看起來完全不像是技術人員。

東和是綜合電器製造商，其中一家工廠就在附近。

光平把名片遞給廣美她們。

「其實，我家也住在這附近。」
井原說出了隔壁車站的站名。
「松木知道這件事嗎？」
光平問，井原點點頭。
「因為我曾經告訴他，但我沒想到他以前也是上班族。『青木』的老闆告訴我這件事，老實說，我很意外。他從來不提自己的過去，我曾經在和他比賽撞球時開玩笑說，如果我贏了，就要他招供。」
井原用柳橙汁潤了潤喉，肩膀突然垂了下來，嘟囔說：「可惜以後再也不能和他撞球了。」
「你是看報紙才知道的嗎？」
一直默默聽他說話的廣美在為光平調新的兌水酒時問。
「對，」井原回答，「也從刑警口中得知了比較詳細的情況。」
「刑警？刑警也去找你嗎？」
光平不記得自己曾經向刑警提過井原的事。
「好像找了所有『青木』的老主顧，可能是從老闆口中得知了我的名字，我以前曾經留過名片給老闆。」
「警察問你什麼？」
「很多問題啊，問我知不知道是誰幹的，以前都和他聊些什麼，啊，還問了我的不在場證明。我很生氣地問，簡直把我當成了兇手，刑警一臉事不關己地說，他只是公事公辦。」
光平看著吧檯內。廣美露出不耐煩中帶著苦笑的表情，純子不悅地皺著眉頭，低著頭。

「你有不在場證明嗎？」

「當然有啊。因為是非假日，我去了公司，但好像光是這樣還不行，必須有人能夠徹底證明。問題是我不可能一天二十四小時都和別人在一起，所以，好像這樣的不在場證明不夠充分。話說回來，到底有幾個人能有完美的不在場證明？」

井原越說越生氣，也漸漸拉高了嗓門。他似乎也注意到了，有點不好意思地用手帕掩著嘴。

「我們也被問了不在場證明，但也和你一樣，無法說得很清楚。剛才我們正在討論這件事。」

「本來就是嘛，不過，我今天來這裡，是想打聽有沒有什麼新的消息。」

井原說話時看著光平和廣美他們的表情，隨即搖了搖頭，「看來我是白跑一趟了。」

沒想到書店的時田帶來了新的消息。光平在星期二晚上之後就沒見過他，他好像在幾天之間突然變得蒼老了。雖然他仍然戴著醒目的紅色貝雷帽，但令人聯想到房地產海蟑螂的銳利雙眼卻渙散無神。

「原來井原兄和副教授也在，真難得。」

時田看到賭客紳士和太田，有點意外地說，隨即在他們身旁坐了下來。

「老闆，你怎麼無精打采的？是因為以後沒有人和你鬥嘴了嗎？」

井原關心地皺起眉頭，看著時田問。

「開什麼玩笑？我只是在考慮生意上的事——媽媽桑，把我的酒拿來。」

「昨天全都喝完了，開一瓶和之前一樣的酒嗎？」

純子說完，開了一瓶新的三得利禮藏，為時田調了兌水酒。

「之前那瓶酒不是還剩下不少嗎？喝得真兇啊。」

光平想起上次在這裡見面時的情景，純子落寞地笑了笑，看向時田，「自從松木出事之後，他每天晚上都來喝，對吧？」

「這種無聊事不提也罷，」時田把頭轉到一旁，然後，突然想起什麼似的瞪著光平，「喂，光平。」

「幹嘛？」

「你為什麼之前沒提到松木在星期二晚上和大學的研究生打架的事？太見外了。」

所有人的目光都集中到光平身上，廣美也看著他，好像在問他：「真的嗎？」

「我不是刻意隱瞞，只是沒機會說，而且，我星期二之後，就沒來過這裡。再說，他們也稱不上是打架，只是松木揍了對方一拳而已。」

「松木不是在星期三上午被人殺害嗎？搞不好是那個研究生想為星期二的事報仇。」

「或許吧，但即使告訴你，你又能怎麼樣？你是書店老闆，又不是警察……不過，打架的事，你是聽誰說的。」

「是今天來我們店裡的學生說的，刑警去找那個叫武宮的未來學者時，提到了這件事。聽那個學生說，警察也問了武宮的不在場證明。」

所有人都抬起了頭。這是今天唯一的新消息。

「他有不在場證明嗎？」

井原探出身體問，但書店老闆很乾脆地回答：「這我就不知道了。」

「我、我想應該有吧。」

副教授看著所有人的臉說，「以目前的狀況，只要有一點點動機，而且沒有不在場證明，就會被當成是兇手。」

他結結巴巴的口吻在這種時候特別有說服力。

6

那天晚上，光平住在廣美家。她住在這棟六層樓公寓的三樓，雖然走樓梯比較快，但他們習慣搭電梯。

一進房間，光平先去沖了澡，穿上廣美為他準備的睡衣，坐在客廳的沙發上看錄影帶。那是一部西洋老片，查爾斯・布朗森把汽車開上了階梯。

廣美跟著從浴室走了出來，披了一件浴袍，右手拿著干邑白蘭地，左手拿了兩個白蘭地杯子，在光平的身旁坐了下來。飄來一股熱氣和香皂味。

「妳明天也要去嗎？」

乾杯後，光平在喝之前問道。明天是星期二。

廣美蹺著腳，把杯子夾在指尖，面無表情地看著電視畫面。光平覺得她似乎無意回答。

「欸……」

「當然要去啊，」她厲聲回答，打斷了他還沒有說完的話，「幹嘛明知故問。」

光平吞了一口口水，廣美把頭轉到一旁。

「為什麼？」光平對著她的側臉問，「為什麼不告訴我？至少可以告訴我，妳到底去哪裡吧。」

「當初我們不是約好不說的嗎？」

「話是沒錯啦……」

他們的確曾經有這樣的約定。

「時機成熟時，我自然會告訴你，你再耐心等一下。」

「妳每次都這麼說，到底要等到什麼時候。」

「……時機成熟時啊。」

廣美含了一口白蘭地，微微抬起頭，讓酒流入喉嚨，「我累了。」她把身體靠向光平。

翌日早晨醒來，光平覺得渾身無力，腦袋很沉重，喉嚨被勒緊，好像有一個巨大的曬衣夾夾住了脖子。廣美把手放在他的額頭，皺著眉頭說：「好燙。」

「可能感冒了，我昨晚沒有吹乾頭髮，所以著涼了。」

「你最好繼續睡覺，今天打工請假吧。」

廣美不知道從哪裡拿來了體溫計，塞進了光平嘴裡，看了時間，打電話去了「青木」。從她的語氣不難猜出老闆臉上為難的表情。

發燒超過三十八度。光平吃完早餐後，吃了退燒藥，再度躺在廣美的床上。早餐吃的是燕麥片。

「你還好嗎？」

廣美坐在床邊問。

「應該沒事吧，廣美，妳差不多該出門了吧？」

廣美每個星期二都是中午之前就會出門。

「我再觀察一下你的情況，如果你沒事，我中午再走。」

「沒關係啦。」

雖然光平嘴上這麼說，但看到廣美把自己的事放在優先，不禁有點得意。

睡到中午，吃完午餐後，光平已經恢復了一大半，坐在沙發上聽音樂。廣美為出門做準備時，很驚訝他的身體如此強壯。

「我會儘可能早點回來，你不要太累了。」

說完，她親了光平一下就出門了。

她出門後，光平又睡了一下。他坐在沙發上聽音樂，不知不覺就睡著了。電話鈴聲把他吵醒了。

他走去接電話時轉動脖子，脖子的關節發出喀喀的聲音。他把薄型聽筒放在耳邊。

「廣美嗎？」對方問道。是男人的聲音。

「不是……」

光平吞吐起來，對方似乎倒吸了一口氣。

「請問是有村小姐家嗎？」

廣美姓有村。

「這裡是有村家，有村廣美三十分鐘前出門了。」

「喔，是嗎？好，我知道了，打擾了。」

對方說完，就掛了電話。光平呆然地看著發出嘟、嘟聲的電話聽筒。

——這是怎麼回事啊？

電話中的聲音很陌生，年齡……猜不出來。聽起來不像太年輕，但也沒有很老。從對方說話的口吻來看，應該是廣美今天要見的人，而且，他和廣美很熟，可以直呼其名叫她「廣美」。

——太失策了，剛才應該拖延一下，問出廣美今天去哪裡。

光平瞪著電話，希望剛才那個人再度打來，但對方在剛才那通電話中已經達到了目的，根本不可能再打來。

他氣鼓鼓地倒在沙發上。

——她到底去了哪裡？

這時，光平想到床邊有一個小型書架。俗話說，從一個人看什麼書，可以瞭解他的生活環境，也許可以找到什麼線索。他起身走進了臥室。

書架上幾乎都是文庫本的小說，並沒有限定作家，她喜歡的書似乎隨著心情改變。除此以外，都是音樂的書，主要是鋼琴的相關書籍。光平猜想應該是她之前想當鋼琴家時買的。

話說回來，廣美為什麼完全放棄了鋼琴？他停下翻書的手，忍不住思考這個問題。廣美之前曾經說，因為自己的手太小，所以放棄了彈鋼琴的夢想，但即使不當鋼琴家，也可以從事相關的工作啊。

看到眼前鋼琴相關的書籍，更增加了光平內心的疑問。

最後，他沒有從書架上找到任何線索，只是發現廣美很擅長整理，這一點光平早就知道了。

他抓了抓頭，坐在床上。感冒的症狀似乎已經改善，他對沒有發現任何線索感到心浮氣躁。原來她瞞得這麼徹底。

雖然可以跟蹤她，但光平不希望這麼做。

——只能放棄嗎？

他站了起來，這時，他看到窗邊的梳妝台。

光平想起廣美把珠寶放在梳妝台的抽屜裡。他記得之前覺得那不是藏珠寶的好地方。

光平站在紅色的梳妝台前，戰戰兢兢地打開正面的抽屜，裡面整齊地放著很多白色管狀容器，以及看起來像口紅的東西，並沒有看到珠寶。

——難道是我記錯了？

光平偏著頭納悶，也順手打開了梳妝台兩側的抽屜，裡面都沒有放任何不尋常的東西，他不抱希望地打開了最下面的抽屜。

咦？他覺得有點不太對勁。最下面的抽屜裡沒有放什麼東西，但推回去時，感覺很沉重。光平再度打開。

抽屜的確沒放什麼東西，只有一面薄薄的小鏡子，但抽屜本身很沉重。

他把抽屜底板往裡推時，忍不住驚叫起來。這個抽屜的底部是雙層結構。

「我知道了。」

把抽屜底完全往裡推，看到放在下面的戒指和項鍊等珠寶。戒指以鑽石和紅寶石為主，還有兩條珍珠項鍊。光平當然無法分辨那些寶石是天然的還是人工的，只知道是廣美的寶貝，否則不可能藏在這麼隱密的地方。

光平把抽屜推回去後，看向左側的抽屜。如果梳妝台左右對稱，那裡應該也是雙層的底部。

他毫不猶豫地打開檢查，果然發現和右側一樣，都是雙重結構。

但是，裡面放的卻不是珠寶和首飾，而是一本對摺的B5大小薄型小冊子。

小冊子的封面上寫著「繡球花」。淡紫色的封面上，男生和女生牽著手。翻開一看，裡面有十幾頁看起來像是小孩子寫的作文。

——廣美為什麼把這種東西藏得這麼好？

光平納悶地看著封底，上面印著「繡球花學園　TEL○○○－××××」。

——繡球花學園不是鄰市的一家身障兒童的學校嗎？

光平完全猜不透為什麼廣美有那個學校的小冊子，而且還珍藏著，只是直覺地認為，她每週二就是去那個學校。

光平回到客廳，把小冊子放在茶几上，躺在沙發上，看著淡紫色的封面。

他發現自己對廣美的事一無所知。他們在三個月前認識，但至今為止，他們到底聊了些什麼？

光平拿起小冊子，緩緩起身走向電話，拿起薄型聽筒，然後，按下了小冊子背面的電話。

電話鈴聲響了五次，第六次時，有人接起了電話。接電話的是女人，但並不是廣美的聲音。

「請問有村小姐在嗎？」光平問。

「在……請問是哪一位？」

廣美果然去了那裡。光平沒有說話，電話中傳來「喂？喂？」的聲音。他沒有吭聲，直接掛上了電話。

現在終於知道廣美去了哪裡，問題在於她為什麼要去那裡。這個問題只能由她來回答。光平再度躺在沙發上，決定等她回來再說。

不久之後，光平被什麼聲音吵醒了。可能還沒有完全退燒，他又昏昏沉沉地睡著了。房間內沒有開燈，四周黑漆漆的，可能已經傍晚了。

光平揉了揉眼睛，房間內的日光燈突然打開了。他以為是廣美回家了，從沙發上坐了起來。

「啊！」那個人倒吸了一口氣。

站在那裡的是純子。她看到是光平，鬆了一口氣。

「原來是你，既然在家，就開個燈嘛，我還以為沒人在家呢。」

「我剛才睡著了，妳怎麼來了？妳不是要看店嗎？」

「嗯，是啊。」

純子環顧室內，看到電話旁的便條紙，撕下了一張。

「我有點不舒服，所以就提早打烊了。明天是星期三，是我休息的日子，所以要交代廣美買什麼東西。」

說完，她拿起原子筆沙沙地寫了起來，然後放在餐桌上。

她也住在這棟公寓的六樓。

「妳說妳不舒服，感冒了嗎？」

「應該吧。」

「我也感冒了。我們都要小心點。」

「難怪你今天沒去打工，時田和井原都在說。」

「他們今天又去了嗎？還真勤快。」

「他們問我松木的葬禮是什麼時候，只可惜我並不知道。」

「葬禮喔，」光平像電影明星般攤著雙手，聳了聳肩，「沒必要參加啦。」

「那我走了，代我向廣美問好。」

純子拍了拍他的肩膀，走向玄關。光平送她到門口時，忍不住「咦？」了一聲。

「妳是怎麼進來的？門鎖上了不是嗎？」

純子正在專心穿鞋，慢了一拍回答：「鎖上了？沒有啊。」她嘟著嘴。

「奇怪了，我記得廣美鎖了。」

「沒有鎖，所以我才能進來啊，原本我打算把字條塞進信箱的，結果轉動門把，發現門沒有鎖，我還嚇了一跳。」

應該是這樣吧。光平心想，這和他去松木家時的情況一樣，只是那時候他進門後，發現了他的屍體。

「要記得鎖門啦。」

「我會轉告她。」

光平笑著關上了門，然後確定鎖好了。咔答的金屬聲。光平偏著頭，他記得廣美出門時，也聽到了這個聲音。

一個小時後，廣美回來了。她單手拎著白色袋子，似乎在附近的超市買了一些菜。

「身體怎麼樣？」
「好很多了。」
「是嗎？果然年輕啊。」
廣美看到桌上的字條，看完之後說：「喔，純子也不舒服，真難得。」
「我在睡覺時，媽媽桑突然走進來，嚇了一大跳。」
「突然？」
「對啊，妳忘了鎖門吧？所以她就進來了。」
她垂下眼睛想了幾秒，抬起頭說：「不可能，我鎖了。」
「但妳真的沒鎖，可能忘了吧。」
廣美再度陷入思考，然後，好像突然想到了什麼，表情放鬆了起來。
「啊，對，我真的忘了。」
「我就說嘛。」
光平背對著她，重新在沙發上坐了下來。雖然他覺得無法釋懷，但決定不追究這個問題。這種錯覺經常發生。
廣美走去臥室換了運動衣，拿著兩罐啤酒和晚報走到光平身旁，然後，目光盯著茶几上的小冊子。
光平窺探著她的表情。她無動於衷，是因為對她來說，並不值得大驚小怪，還是因為太驚訝，她忘了表達感情？
光平覺得兩者都有可能。

「喔，」廣美若有所思地說：「所以中午是你打電話給我，我就猜想可能是你。」

「我想知道理由。」

「什麼理由？」

「當然是妳去那個學校的理由，那還用問嗎？」

廣美撥了撥頭髮，輕輕地笑了笑。

「因為我想去啊，那還用問嗎？」

「廣美……」

「拜託你，」她把食指放在光平的嘴唇上，光平立刻聞到了護手霜的香甜味道。「不要再問了，我沒辦法回答。」

某種預感掠過光平的腦海。雖然他無法正確把握預感的內容，總之是不祥的預感。光平閉了嘴，看著廣美。他一直覺得廣美專注的雙眼很美，但這份專注並不屬於自己。

「我回去了。」

光平站了起來，她沒有制止，仍然坐在沙發上。

「你的生日快到了。」

他換好衣服時，廣美看著貼在牆上的月曆。十一月二十一日是光平的生日。這個星期五，他就二十四歲了。

「我們來開派對吧。」

「不用了啦，」光平說，「生日沒什麼意義。」

「有什麼關係嘛，就我們兩個人。星期五我會提早回來。」

「只有我們兩個人……嗎？」

光平在穿鞋子時，內心深深地嘆了一口氣。

——到底有什麼屬於我們兩個人共同的東西？

當然，他沒有把這句話說出口。

7

光平發現松木的屍體至今已經一個星期。這天，他在「青木」的三樓負責收銀台，上村和那個跟班的年輕刑警來找他。

「是不是發現了什麼線索？」

光平盯著收銀台的列印機問，刑警環視撞球場內，露出冷笑說：「二樓很熱鬧，這裡倒是很清閒嘛。」的確，整個撞球場只有一桌客人在玩落袋撞球。

「你是要找我吧？」

「當然。」

上村走到空的撞球桌前，從年輕刑警手上接過什麼卡片，然後像撲克牌一樣洗完牌，放在撞球桌上。那是幾張名片大小的黑白照片，總共有十二張。

「這裡面有沒有你認識的人？」

上村不懷好意地笑著問。光平走過去看了照片，十二個人中，有十個是男人，年紀從二十多歲到將近五十歲，都穿著西裝。兩個女人看起來二十歲左右，都很漂亮。

「這些人是誰？」光平問。

刑警沒有回答，只是盯著光平的臉，似乎想要看透他內心的想法。光平也始終沒有移開目光，他又問了一遍：「有沒有認識的人？」

光平不想讓步，他輪流看著兩名刑警。「我不喜歡搞不清楚狀況就回答別人的問題，嫌犯在這裡面嗎？」他反問道。年輕刑警有了反應，他不悅地撇著嘴角。

但上村面不改色，他似乎覺得這樣的對話很無聊，只是一再重複：「有沒有你認識的人？」

光平終於放棄了，重新看了一遍照片，搖了搖頭說：「沒有。」

「一個也沒有嗎？」刑警再度確認。

光平點點頭說：「我對自己的記性很有自信，最擅長記人的長相。我應該也不會忘記你長什麼樣子。」

「很好。」

上村向年輕刑警使了一個眼色，示意他把球桌上的照片收起來。年輕刑警把十二張照片收好後，放進了藍色西裝內側口袋。

上村拿出 Mild Seven，抽了一口後向他解釋：「照片上的這些人是松木在之前那家公司同一個職場的同事。」

「中央電子嗎？」

「對，如果擴大部門的範圍，人數就會更多。」

「這些人有嫌疑嗎？」

上村夾著香菸的右手緩緩搖了搖。

「並不是有嫌疑，我們只是在調查所有的可能性。」

「但應該有什麼根據吧？」
「根據喔，」刑警自嘲地笑了笑，用空著的手抓了抓眼角，「其實也沒什麼根據。我們打聽了松木辭職的理由，聽說是因為他討厭職場，至於其中的原因，至今仍然不太清楚，所以我們往這方面調查一下。」
「他和職場的某個人交惡嗎？」
「這就不知道了。對我來說，上班族的世界是永遠的謎，你有在公司上班的經驗嗎？」
「沒有。」
光平在內心咒罵，怎麼可能有？
「那對你來說，也是一個謎。這種事，沒有親身經歷過的人不會懂。」
「武宮怎麼樣了？」
光平故意改變了話題問。原本期待看到上村緊張的表情，但他並沒有太大的反應。
「你不是去找過他，還問了他的不在場證明嗎？」光平緊追不放。
「是啊，」上村說，「但他有不在場證明，那天，他一整天都在研究室，也有證人。」
「太遺憾了。」
光平語帶諷刺地說，但上村沒理睬他。
「打擾了。」兩名刑警說完，就轉身離開了。
七點時，光平離開咖啡店，走去「莫爾格」。一踏進店內，發現有幾個人圍坐在桌子旁，兩對情侶占據了吧檯的座位。

「廣美回家了。」

純子一看到他，馬上告訴他，她的語氣似乎有點冷淡。

「幾點走的？」光平問。

純子調著琴費士，瞥了一眼牆上的圓形時鐘。

「剛走不久，差不多二十分鐘吧。真傷腦筋，店裡這麼忙，她突然說要提早離開。」

難怪媽媽桑的心情不好。

「對不起，」光平向她低頭道歉，「今天是我的生日。」

「啊喲。」純子抬起頭，從頭到腳慢慢打量了他，露出微笑說：「是嗎？生日快樂。」

「不好意思，那下次我請客。」

「我很期待喔。」

「那我走了。」

光平打開門，頭頂上傳來叮叮噹噹的鈴鐺聲，他來到已經完全變黑的馬路上。

光平在七點二十分左右來到廣美的公寓。附近沒有商店，黑暗中，只看到灰色的建築物。馬路上就可以看到公寓各個房間的窗戶，但點燈的房間並不多。可能是因為這裡大部分住戶都是單身。

光平走進大門，發現管理員不在管理員室。管理員一頭稀疏的白髮留得很長，瘦巴巴的，看起來一副窮酸相。管理員有時候會像今天一樣不在管理室，光平沒有仔細調查過他在怎樣的情況下會離開，反正不管他在與不在，都沒有太大的影響，只是有沒有人坐在只有一扇玻璃窗的房間內而已。

正當他經過沒有人的管理員室時，公寓內剛好有一個男人走了出來。光平和他擦身而過時，不經意地瞥了他一眼，走了兩、三步後，停下了腳步。

——是他……

星期二晚上——也就是光平最後一次見到松木的那天晚上，他穿著皮夾克來到「莫爾格」。雖然他戴著墨鏡，圍著圍巾，光平卻認得那張陰森的臉。

——他也住在這棟公寓嗎？

裡面傳來電梯抵達一樓的警示鈴聲，光平仍然注視著那個男人遠去的背影。因為他覺得有點在意，但他也搞不清楚其中的原因。

當那個男人走遠後，光平快步走進公寓。

他大步走過管理員室前，走到底後左轉，來到電梯廳前，剛才抵達的電梯已經關上了門。他抬頭看樓層的顯示燈，發現電梯才啟動上樓沒多久。也就是說，電梯是在他看著那個男人離開時上樓的。

「哼，真倒楣。」

光平按著旁邊的按鍵。

電梯在三樓停了下來，不一會兒，繼續上樓。經過了四樓、五樓，在六樓停了下來。

光平抱著雙臂，仰頭看著顯示燈，用腳蹭著地板。

電梯停在六樓。

不動了。

——有人在搬家嗎？

他看了一眼手錶，咂了一下嘴，走向樓梯。廣美住在三樓，與其等電梯，走樓梯比較快。

樓梯就在電梯旁，光線很暗，而且有一股潮濕的霉味。

到了三樓，光平來到走廊，準備走向廣美的房間。

就在這時。

樓梯那裡傳來年輕女人的驚叫聲，而且是從樓上傳來的。

光平立刻看了一眼電梯的顯示燈，電梯仍然停在六樓。那裡發生事情了——光平的直覺這麼告訴他。

他三步併作兩步地衝上樓。

來到六樓的走廊時，發現一個身穿灰色洋裝的女人坐在地上。

「發生什麼事了？」

女人轉頭看著光平，嘴唇發抖，不知道說著什麼，但光平聽不清楚。

女人用手一指，指向電梯的方向。光平轉頭看向電梯。

最先映入他眼簾的是紅色的花。電梯廳內到處都是紅色的花，好像有人故意撒在那裡。另一個女人倒在花的中間。漆黑的頭髮瀉在深咖啡色上衣的後背，電梯門關上時，卡到了她的腳，又再度打開。

光平跌跌撞撞地走向她，跪在地上，把手放在她肩上。有什麼東西從內心深處湧現，他想要大叫，但他忍住了。

他一動也不動地僵在那裡很久，至少他覺得很久，似乎在等待所有的一切崩潰。

廣美的身體還很溫暖。

溫暖得令人難以置信。

第二章——妹妹、刑警和密室

1

光平是在今年八月上旬認識了有村廣美。

那時候，他在鄰町的餐廳打工，但他在那裡不是當服務生，而是專門洗碗和擦廚房。餐廳老闆是一個奸商，他不僱用正規的廚師，餐廳的事都由計時工包辦。有一個比光平更早進餐廳的人負責下廚，但所謂下廚，只是把現成的冷凍披薩或是速食包的咖哩放進微波爐加熱而已，然後，在菜單上吹噓是「本店特製——」。

令人奇怪的是，餐廳的生意很好。

做生意要放得開——肥胖的老闆整天紅著脖子嚷嚷這句話。所以，你們也要放得開，我就是為了這個目的僱用你們來打工的——

光平用拖把在廚房擦地，覺得這裡既沒有進步，也沒有夢想。雖然名為餐廳，但其實和車站前的自動販賣機沒什麼兩樣。只要投錢，就會送上料理，而且味道永遠都一樣。怎麼可能期待自動販賣機有進步和夢想？最多只能增加商品數量，增加一些低俗的裝飾而已。

雖然光平看那家餐廳所有的一切都不順眼，但他基於對老家雙親的愧疚，仍然在那裡打工。他謊稱在讀研究所，沒有去找正職的工作，所以家裡每月按時寄生活費給他。然而，他無法用那筆錢，看到想像著兒子正在研究所用功的母親寫來的信，更不敢動用那筆錢了。

這些錢都留下來，等明確未來的方向時，再把錢還給父母——光平在心裡打定主意。

他在這樣的生活中，迎接了那一天晚上。

那天晚上也很悶熱，照在柏油路和公寓屋頂上的烈日威力絲毫不減，即使夜幕降臨後，仍然猶如置身火上的鍋底。

光平在家中搖著扇子，翻閱一本舊的飛機雜誌。他以前曾經夢想當飛行員，這是他至今為止第一次嚮往的職業。他深深體會到，無論到了幾歲，兒時的夢想都不會輕易消失。

光平看了好一會兒雜誌，當他的汗水滴在雜誌上時，他決定出去走一走。打開房門，感受著迎面的悶熱空氣，好像一下子被拉回了現實，令他極度沮喪。

每次散步，他都在繞大學一周後，從後門走向車站，儘可能避開有很多學生的地方。因為他已經遠離了那個世界。

那時候，光平還不知道後門通往的那條路就是舊學生街，只知道那裡有不少冷清的商店，不知道那些店開門做生意能不能賺錢。

走出後門後，沿著那條路直走，有一個平交道。光平向來都在平交道前左轉，走去車站，但這天晚上，他打算去平交道對面看看。也許是因為車站前太吵，所以他不想去那裡湊熱鬧。

平交道很狹窄，光線很昏暗，如果剛好有兩輛大車子迎面駛入平交道，恐怕無法會車。不過，光平從來沒有看過有大車子經過這條路。

路上沒什麼人，平交道前也只站了一個女人。光平站在女人的斜後方，等待平交道的柵欄升起。

那個女人穿著長褲，挽著白色薄料夾克的袖子，一身中性打扮。披在夾克肩上的頭髮烏黑柔順，很有女人味，和她的打扮完全相反。

一陣微風吹來，光平聞到了甜蜜的香味。他用力吸了兩、三次，察覺是那個女人身上飄來的。

「好香。」

他脫口說道，但被平交道噹噹噹的警鐘聲淹沒了，女人沒有回頭看他，一直注視著前方。從電車車頭照過來的燈光，知道電車終於要來了。

女人向前走了一步。

這時，光平內心有一種預感。

他覺得這個女人可能想衝向電車自殺。他也不知道為什麼會有這種念頭，也許是女人的氛圍釋放出這種能量。總之，這種預感令光平愕然，更令他緊張。

電車燈光來到眼前時，女人突然彎下腰，鑽過柵欄。光平也同時鑽了過去。他完全沒有思考，當他站起來時，光束向他襲來。

他聽到驚叫聲，但也可能是自己發出的驚叫。

光平醒來時，發現自己躺在床上，房間內充斥著消毒水和芳香劑的味道。

「嗯，終於醒了。」

一個低頭看著他的男人說道。他四方臉，留著白色的鬍子，身穿白袍。光平猜想自己可能被送到了醫院。

「我怎麼了？」

他用緊張的聲音問道，醫生嘴角露出笑容。

「輕微腦震盪，只有昏過去一下子而已。」

「我覺得輕飄飄的。」

「很快就會恢復正常了，為了以防萬一，會為你檢查一下腦波。」

「那個女人呢？」

「女人？」醫生挑起眉毛，然後點了點頭，「她只有輕微擦傷而已，聽說她差點被車撞到，你及時救了她。你真勇敢。」

「車子？」

那不是車子，而是電車，而且，她是想自殺。但是，光平決定閉嘴。既然她這麼說，就當作是這麼一回事吧。

「她剛才回去了，要我向你道謝。」

「道謝……嗎？」

她真的感謝自己嗎？光平心想。然而，開始思考自己為什麼會預料到她要闖平交道自殺。

翌日，女人來探視光平。她穿著淺藍色洋裝，楚楚動人，和前一天晚上判若兩人。光平已經沒有感覺到任何不適，但醫生要求他最好再休息一天，所以他躺在床上發呆。

「謝謝你。」

女人恭敬地向他鞠躬道謝。她的黑髮從肩膀滑落在臉頰上。

真漂亮。光平忍不住心想。她有一張鵝蛋臉，眼尾微微上揚的大眼睛令人印象深刻，白皙的皮膚讓她看起來很年輕，但從她穩重的舉止來看，應該比自己年長——

「請問你的身體……」

光平沒有吭聲，女人不知所措地問，光平才終於回過神。

「完全沒問題，只是醫生逼我躺著。」

聽到他的回答，女人鬆了一口氣。雖然她的表情仍然緊張，但光平察覺到她輕輕吐了一口氣。

「不過，」光平窺視著女人的表情，「我很驚訝。」

女人低著頭，又說了一次：「謝謝你。」這句感謝也許包含了對光平沒有把她自殺未遂一事說出來的感謝。

女人拿出名片自我介紹。名片的紙張摸起來像和紙，上面印著「酒吧　莫爾格　有村廣美」。光平看了地址，發現離他住的地方不遠。

「我叫津村光平，沒有名片。」

「你是學生嗎？」

「不，」他搖了搖頭，「今年剛從附近的那所大學畢業，目前在餐廳洗碗和擦地。」

「所以，你今天沒去上班嗎？」

女人立刻露出歉意的表情。

「請假一天無所謂啦，剛好讓他們瞭解我的存在價值。他們應該終於體會到，到底是誰殺死了大量的蟑螂。」

「啊喲。」

女人用手掩著嘴，終於瞇眼笑了起來。

翌日早晨，光平就出院了。當初他兩手空空住進了醫院，出院時也兩手空空。廣美也來醫院為他辦理出院手續，付了醫藥費。

「醫生說，最好在家休息兩、三天。」

兩個人走出醫院後，廣美擔心地說。

「雖然醫生這麼說，但我不能一直請假，而且還有三餐的問題。不瞞妳說，我會在餐廳打工，就是為了可以節省三餐的錢和時間。」

光平打算第二天就去上班，他把這個想法告訴了廣美。

「我覺得不太妥當。」

廣美皺著眉頭說。

「沒關係，我還年輕。而且，整天躺在家裡也很無聊。」

說著，光平轉動著脖子，關節發出喀喀的聲音。

廣美沉默片刻後抬起頭說：「如果只是三餐的問題，我可以幫你解決。」光平驚訝地看著她的臉。

「不用啦，妳不必這麼客氣。」

「但是，全都是因為我，你才會這樣。」

廣美堅持說，至少讓她幫忙這兩、三天。也許她覺得萬一光平太勞累，引起後遺症就慘了。然而，即使她有這種私心，光平還是很感激她提出這樣的要求。

最後，光平決定接受她的好意，讓她為自己煮兩天的飯。

第二天中午，廣美如約現身來到光平家。她買了整整一大袋的東西，拿出來放在桌子上。她看了光平的房間後說：「沒想到整理得很乾淨。」她完全沒想到光平花費了多少力氣整理。

她穿了一件敞領襯衫，搭配牛仔褲，化著淡妝。光平猜想應該是白天的關係，所以和第一次見到她時的感覺大不相同，令他有點手足無措。

她動作俐落地做了蔬菜湯、培根蛋和洋芋沙拉，把剛烤好的牛角麵包裝在盤子裡。

「可能不太好吃。」

雖然她這麼說，但她的廚藝很好。光平用大拇指和食指握成一個圓。

「妳要不要一起吃？」

廣美準備離開時，光平問她。「一個人吃很無聊。」

「好吧。」她遲疑了一下，在他對面坐了下來。

兩個人一起吃著牛角麵包，天南地北地閒聊起來。光平讀大學時的事，為什麼沒有找正職的工作。廣美店裡的事、討厭的客人，還有做生意的訣竅……

光平從談話中得知她今年三十歲，以及住在鐵路旁的公寓。

「妳沒有男朋友嗎？」光平問她。

她的笑容停頓了一下，視線在半空中飄移，彷彿在尋找什麼。

「原來妳有男朋友。」

「不久之前還有，」她的嘴角帶著微笑，垂下了雙眼，「現在是單身。」

「是嗎？」

「你有女朋友吧？」

「不久之前還有，」光平也這麼回答，然後調皮地笑了笑，「是一個英文系的長頭髮女生，快畢業時分手了。」

他在畢業前告訴那個長頭髮女朋友畢業後不會找正職工作時，她露出夾雜著困惑、失望和無奈的表情，然後輕輕嘆了一口氣，說了聲：「是喔。」這句話道盡了一切，他們從此沒再見過面。

他們還聊了很多其他的事，卻從來沒有提起廣美自殺的事，廣美的談話中也沒有任何暗示自殺原因的話。光平告訴自己，可能她自己也忘了。

翌日，廣美再度上門，兩個人理所當然地一起吃飯，光平覺得好像建立了一個新家庭。

「不管你遇到任何麻煩，隨時可以打電話給我。」

廣美離開時，這麼對光平說。當門關上時，光平有點難過。雖然才八月初，卻覺得夏天已經快結束了。

結果，光平第二天也沒有上班。他謊稱頭痛，沒想到老闆完全沒有懷疑。

他一整天都在家裡發呆，什麼都不想做。他發現自己被有村廣美的魅力所吸引，他想去「莫爾格」找她，又覺得這種行為太愚蠢，遲遲無法付諸行動。

——電話……對了，打電話應該沒問題。

可以當作向她報告身體情況。光平心想，打電話應該不至於造成她的困擾。

他走出家門，從附近的公用電話打電話到「莫爾格」，但電話中傳來的並不是廣美的聲音。光平自報姓名，對方似乎知道他是誰，立刻語帶歉意地說，廣美剛好出去一下。

「我聽她提起過你，真的很感謝你。你今天已經去上班了嗎？」

「不，呃……」

這時，光平突然想惡作劇一下。然後，對著電話回答：「對啊。」對方似乎鬆了一口氣。

不一會兒，廣美趕到了光平家。她用力敲門，光平一打開門，看到她臉色蒼白，雙眼佈滿血絲站在門口。

「你沒事吧？」她問話時的聲音發抖。

「嗯……對啊。」

「你要躺著啦。」

廣美走進房間，立刻幫他鋪被子。「我打電話去餐廳，老闆說你頭痛在家休息……」

「喔，我騙老闆的。」

光平對著廣美的背影說，她的手停了下來，回頭看著他：「騙他的？」

「對，因為我不想去上班，所以就裝病。」

下一刻，光平覺得左臉頰被打了一下。臉頰發麻，隨即開始發燙。看廣美的樣子，她似乎甩了自己一巴掌。

她佈滿血絲的眼中流下了眼淚，一臉後悔地咬著下唇，「對不起。」她微微張開嘴，輕聲嘀咕道。

「是我自己誤會了……對不起。」

光平當場癱坐在地上。比起挨打，她的眼淚更讓他震驚。

「對不起，是我不好，」他說：「我對『莫爾格』的人說謊，就是希望妳誤會。

我猜妳知道我打電話給妳，或許會打電話去餐廳，就會知道我今天沒上班，可能會來看我……」

對不起。光平連聲道歉，然後垂頭喪氣，雙手放在腿上，更小聲地說：「我只是……想見到妳。」

時間靜靜地流逝。光平沒有勇氣抬頭，一動也不動。眼前的影子也沒有動靜，光平知道她也愣在原地，低頭看著自己。

她的影子終於動了，當光平發現時，她的手已經放在他的肩上。在平交道時聞到的香味掠過他的鼻子。

「只要你開口，我隨時會來見你。」

光平抬起頭。廣美沒有擦拭淚水，注視著他。光平覺得她似乎下了什麼決心。

「所以……下次不要再說謊了。」

光平有一種衝動，很想放聲大叫。他鬆開在腿上握緊的拳頭，不假思索地抱緊廣美的身體。她輕輕叫了一聲，但沒有抵抗。光平緊緊抱著她，她的手也抱住了他的背。

光平閉上眼睛，聽著她的呼吸和心跳，兩者的節奏都有點亂，彷彿洶湧的海浪，她富有彈性的身體也隨著海浪在他的臂腕中起伏。

他聯想到浮在秋天海面上的海灘球。他不知道為什麼是秋天的大海。

光平想要說什麼，但閉上了嘴。他希望這一刻永遠持續。

之後，光平開始在「青木」打工。理由很簡單，因為他請假多日，被那家餐廳的老闆開除了，廣美介紹他到「青木」打工。

「莫爾格」的客人知道光平和廣美的關係，但並沒有多說什麼，也許是因為他們對姊弟戀比較寬容。

他們從來沒有提過「同居」這兩個字。光平沒有提這件事，是不希望依賴廣美，至於廣美為什麼沒有說，光平猜想應該是她為自己的將來著想。

他們開始了這種奇特的情侶關係。

三十歲的女人和二十三歲的男人的戀愛，必須作好無法完全理解對方世界的心理準備，保持一種微妙的平衡。

之前，光平沒有千方百計想要瞭解廣美的過去和現在的一部分——比方說，星期二的秘密——也是因為重視這種平衡。

因此——

當光平想要瞭解廣美的一切時，她已經不在人世這件事，只能說是充滿諷刺的命運。

這種狀態就像壞掉的天秤。

2

鮮血染紅了胸前，胸口插了一把刀。她雙眼看著天空，無法回答光平的呼喚。

但是——

廣美的身體很溫暖。

溫暖得令人難以置信——

朦朧的意識中，光平知道有人搬走了廣美的身體，他想把廣美搶回來，有人從身後按住了他。那個人的力氣很大，大聲在他的耳邊咆哮著。光平不知道他說什麼，只感受到劇烈的疼痛，好像有木樁敲進了他的腦髓。

當光平回過神時，發現自己坐在椅子上。頭痛已經消失，但周圍的雜音很吵。

「你的眼神終於聚焦了。」

坐在光平面前的是刑警上村。兩個人之間有一張老舊的桌子，桌上的菸灰缸裡有好幾個菸蒂，似乎在顯示經過了多少時間。上村嘴裡仍然叼著菸。

光平剛才並沒有昏迷，只是身心無法合而為一。雖然圖像進入了眼睛，聲音也傳入了耳朵，他的意識卻無法加以辨識。證明他沒有昏迷的最佳證據，就是他可以回想起自己為什麼在這裡。他沿著樓梯從六樓的命案現場走下樓，來到這裡一樓的管理員室，只是他走路時好像夢遊者般無力。

「沒問題了嗎？」

上村在菸灰缸內按熄了不知道第幾支菸，光平抬頭看著刑警凝重的臉，代替了他的疑問。

「我想要向你瞭解發現屍體時的情況，」刑警說，「和上次一樣。」

光平想了一下，終於瞭解「上次」是指發現松木屍體的時候。他這才想起這是他第二次遇見這種情況。

他默不作聲，刑警又叼了一支菸，也許他覺得需要花費一點時間。為了證明沒有這個必要，光平深呼吸後，開口問：「要從哪裡開始說？」沒想到說話的聲音很大，連他自己也有點意外。

刑警把叼在嘴上的菸放回了菸盒。「首先，你是幾點到這裡的？」

光平費力地整理混亂的記憶後回答：「七點二十分。」他走到公寓門口時，剛好看了手錶。

「來到這裡之後呢？」

「來到這裡之後……我按了電梯，但電梯一直不下樓，我就走樓梯了。」

「等一下。」

光平準備繼續往下說時，刑警伸出右手制止了他。「你來的時候，電梯在幾樓？」

問得真詳細。光平心想。

「我在公寓門口聽到電梯抵達的鈴聲，所以應該到了一樓，但我沒有趕上。」

「你有看到電梯內的情況嗎？」

「沒有，我走到電梯前時，電梯門已經關了。」

「電梯到一樓時，有沒有人走出電梯？也就是說，你有沒有遇到什麼人？」

「走出電梯……？」

那個皮夾克男子的身影浮現在光平的腦海，但他是在和那個男人擦身而過後聽到電梯的鈴聲，所以，代表皮夾克男子並不是搭那班電梯下樓的。之後，光平就沒有遇到任何人。

「不，沒有人走出電梯。」光平回答。他無意提起皮夾克男子，況且，他並沒有說謊。

「你記不記得之後電梯停在幾樓？」

他記得很清楚。顯示電梯樓層的燈至今仍然清楚地出現在他眼前。電梯先停在三樓，之後才去了六樓。

「停在三樓嗎？大約幾秒的時間？」
「幾秒……只有短短的幾秒鐘而已。數秒……對，數秒而已。」
「然後呢？」
「電梯又上了樓，停在六樓……因為一直不下來，所以我就從樓梯走了上去。走到三樓時，聽到了驚叫聲……」
「走上去後，發現了屍體嗎？」
「對……」光平回答。他覺得「屍體」兩個字聽起來冷冰冰的，他無法將這個字眼和廣美肉體的感覺結合。
「在樓梯上有沒有遇到人？」
「不，沒有遇到任何人，只看到一個女人癱坐在六樓。」
光平說的是那個看到屍體後發出驚叫的女人。
上村噘起嘴唇兩端，做出好像鬥牛犬般的表情，似乎對光平說的某些內容不太滿意。他神經質地用原子筆敲著桌子。
敲了一會兒，他似乎終於想到了什麼，再度開了口。
「你上樓時，應該沒有檢查各個樓層吧？有沒有看到哪一個樓層有人？」
這個問題很奇怪，光平完全不瞭解他這個問題的用意，但他只能應付眼前的問題，無暇思考刑警的意圖。
「每個樓層都沒有人。當我聽到驚叫時，猜想六樓可能發生了什麼事，但我也看了四樓和五樓的情況。」

「真的嗎？」

光平點了幾次頭，「真的。」

上村仔細打量著他的臉，低吟了一聲後，自言自語說：「那兇手是怎麼逃走的？」

「什麼？」光平反問。但上村搖了搖頭說：「不，沒事。」然後改變了話題。

之後，刑警又問了光平今天來這裡的目的，和廣美約定幾點去她家，以及幾點離開店裡之類的問題。最後還問：「你最近和有村小姐的關係如何？有沒有吵架？」

「為什麼這麼問？」光平問，他知道自己的臉頰抽搐著，「簡直好像在懷疑我。」

「不，並不是這樣。」

刑警揮了揮手，「我們的工作就是調查各種可能性，只是公事公辦。」

刑警肥胖的臉醜陋地扭曲著，撇起的嘴角下露出白色的牙齒。

我絕對不會協助警方辦案──這時，光平在內心下定了決心。

即使抓到了兇手，廣美也不能復生。

刑警問完話後，終於放了他。光平快步逃離了到處擠滿警察，陷入一片混亂的公寓。

他沿著公寓前那條路奔跑。往左走是車站的方向，光平走向右側。他並沒有目的，只是害怕去熱鬧的地方。

走了一會兒，他來到了平交道。狹小簡陋而昏暗的平交道。

三個月前，光平在這裡第一次遇到廣美。

光平直到最後，都沒有問她當時想要自殺的原因。

那天之後，她從來都沒想過要死嗎？還是一旦有機會，她會再度站在平交道前？總之，光平覺得自己的存在對她的人生帶來的影響幾乎等於零。

他無法為廣美預防第二次的死亡危機就是最好的證明。

光平看著公寓，幾乎所有的窗戶都亮起了燈光，然而，從今以後，廣美無法再打開任何一盞燈。

他又想起秋天的海，海灘球已經消失無蹤。

他終於覺得淚水湧上了心頭。

3

十一點多，光平回到了廣美的公寓。警察已經撤離，電梯廳也整理乾淨了，好像不曾發生過任何事。

光平沒有看電梯一眼，直接走向樓梯。他不想在封閉的電梯箱中想像廣美的痛苦。

走在昏暗的樓梯上，光平回想起刑警剛才的話。兇手從哪裡逃走的——？

來到三樓廣美的房間前，光平從口袋裡拿出鑰匙，打開了門。原以為屋內一片漆黑，沒想到裡面透出微弱的燈光。光平訝異地在玄關脫下鞋子，低頭看到旁邊有一雙陌生的高跟鞋。光平猜想可能是日野純子來了。

打開通往飯廳的門，光平忍不住倒吸了一口氣。一個女人趴在餐桌上，但他驚訝的並不是這樣，而是女人身上酒紅色的長版開襟衫讓他想起了鮮血。

女人聽到動靜，敏捷地抬頭看著他。

光平再度感到震驚。

那個女人的臉和廣美十分神似，光平甚至以為廣美死而復生了。唯一的不同，就是她比廣美更年輕。

那個女人看到有人突然闖入，驚訝得說不出話，張大眼睛看著光平。

「妳……是誰？」

光平問。女人站了起來，渾身緊張，用強烈的語氣反問：「我才要問你是誰，怎麼隨便闖進別人家裡。」

她看了他的衣服一眼，緊張地皺著眉頭說：「有血。」

這時，光平才發現自己的衣服沾到了血跡。剛才一直走在暗處，所以沒有發現。

「一定是殺人時濺出來的血。」

女人突然尖叫起來，然後繞到桌子的另一側。她似乎誤會了。

「不是，」光平說：「那是我把廣美抱起來時沾到的。」

「騙人。」女人激動地搖著頭，「兇手一定會重回現場。」

她看向廚房的流理台，似乎在物色防禦的武器。

「妳饒了我吧，我已經累壞了。」

「那是因為你殺了人，所以才會累。」

她俐落地用左手拿起菜刀，不知道又想到了什麼，左手舉著平底鍋，似乎打算分別當成矛和盾。

光平攤開雙手，「我是廣美的男朋友，我為什麼要殺她？」

「騙人，你別胡說八道。」

女人激動地用肩膀喘著氣，每次呼吸，她右手上的菜刀就晃動著，看起來很可怕。

「我沒騙妳，我真的是她的男朋友。今天她要為我慶生。」

女人的視線瞥向桌子。桌子上放了一個小蛋糕和蠟燭。應該是廣美準備的。

「妳終於相信了。」

光平拉開椅子坐了下來。

「但是……你看起來比較年輕。」

「我的確比較年輕，到今天為止，我們相差六歲，只是她以後的年紀不會再增加了。」

「姊弟戀嗎？」

「姊弟戀，其實妳相不相信都無所謂。」

光平再度將視線移回桌上。

女人深深地嘆了一口氣，把可怕的武器放回了原來的地方，然後在光平對面坐了下來。

「妳是誰？」光平問，女人遲疑了一下回答：「我是她妹妹。」

「我叫津村光平。」

「……我叫悅子。」

「我也猜到妳是她妹妹。」

「為什麼？」

「因為妳們好像一個模子裡刻出來的，我還以為廣美活過來了。」

悅子撥了撥一頭短髮的劉海，說了聲：「謝謝。」

「我向來很喜歡別人說我像姊姊。」

「因為她很漂亮。」

光平從來沒有聽廣美提過她有妹妹，不光是妹妹的事，她甚至從未提起過任何家人。然而，從悅子剛才的話中，光平知道至少她妹妹喜歡她，不禁鬆了一口氣。

「你不難過嗎？」

廣美的妹妹突然改變聲調回道，她的眼神好像在看什麼奇怪的動物。

「難過啊，」光平回答，「妳看不出我難過嗎？」

「看不出來，」她說，「因為你臉上沒有淚痕，看起來若無其事。」

「情況亂成一團，根本沒時間哭，但我流了一些眼淚。不過，這種事也不值得一提。」

「我也哭了，在這裡哭到剛才。不過，多虧了你，讓我分心了。」

她把右手撐在桌上，托住了臉頰，看著天花板，似乎在確認自己的心理狀態。光平發現她眼尾微微上揚的大眼睛酷似廣美。

「妳是學生嗎？」

「對啊……」她有點難以啟齒，「學費都是我自己賺的，姊姊只有幫我出了註冊費。」

「妳們的父母呢？」

光平有點納悶，廣美死了，為什麼只有她妹妹趕來。

「都死了。」

她回答得很乾脆，好像她們從來不曾有過父母。「我姊姊沒有告訴你嗎？我媽媽在生下我不久之後就死了，爸爸也在四年前病死了。我們姊妹相依為命，幸好父母留下了遺產，姊姊也已經工作了，所以生活不至於發生問題。」

悅子又小聲地說：「不過，我以後真的無依無靠了。」

「她從來沒有向我提過這種事。」

「這種事不值得一提，你也沒必要知道，每個人都總有一天會失去父母。」

「嗯……也對啦。」

光平發現悅子好像在安慰自己，覺得有點不太對勁。「妳住在哪裡？」

「宿舍。」她回答，「只是廉價宿舍，不過，今天晚上之後，我會住在這裡，雖然這個房子對我來說太奢侈了。」

那就放心了。光平心想，他不希望以後是一個完全陌生的人住在這裡。

他從口袋裡拿出鑰匙，放在桌上。

「這是廣美放在我這裡的，我已經不需要了。」

悅子輪流看著光平的臉和鑰匙，然後，把鑰匙推到他面前說：「你還是拿著吧。既然是姊姊給你的，我沒有理由拿回來，你拿著吧。」

這一次，輪到光平端詳著鑰匙，他立刻點了點頭，放回了口袋。

「妳有鑰匙嗎？」

「我拿了姊姊的鑰匙。」

悅子用下巴指了指放電話的桌子，光平看到了繫著紅色珊瑚裝飾的鑰匙圈，廣美白皙的手拿著紅色鑰匙圈時，總是顯得格外性感。

「我可以問你問題嗎？」

「可以啊。」
「你和我姊姊在哪裡認識的？」
光平想了一下說：「平交道。」
「平交道？就是那個平交道嗎？」
「對，就是那個平交道，我和她一起走過平交道。」
「喔。」廣美的妹妹看著桌上的蛋糕，微微揚起下巴，似乎在說，即使在平交道認識也沒問題。
「你做什麼工作？」
「打工，」光平回答，「我在撞球場管收銀台。」
她又「喔」了一聲。
「妳知道命案的情況嗎？」
光平問，悅子舔了舔嘴唇說：「知道啊。」她微微露出的淡粉色舌頭烙在了光平的眼中。
「警方說，可能是電梯殺手幹的。」
「電梯殺手？」
「聽說紐約經常發生這種事。電梯殺手專門攻擊搭乘同一部電梯的人，搶走他們的財物。」
「有什麼東西被搶了嗎？」
「不知道，聽說皮包被拿走了。」
「皮包……」

光平發現他完全不知道這些情況，也許刑警告訴了他，只是他沒有聽進去。

「既然皮包被拿走了，為什麼留下房間的鑰匙？通常鑰匙不是會放在皮包裡嗎？」

廣美平時都這麼做。悅子說：

「鑰匙就掉在她身旁，所以，可能不是放在皮包裡，而是放在上衣口袋裡。」

嗯。光平用鼻子發出聲音。既然眼前是這樣的狀況，只能這麼想了。

「她不是胸口被刺嗎？」

光平看著自己毛衣上沾到的血說道，他隱約記得電梯廳內滿地是血的情景，以及……對了，地上有很多花。

「一刀刺進心臟，」悅子做出刺胸的動作，「不是你發現的嗎？你怎麼連這個也不知道？」

「我沒有注意到這些細節。」

光平想像著心臟被刺的感覺，他覺得應該比自己經歷過的任何疼痛更加劇烈、更加痛苦。也許廣美痛得昏了過去，然後就死了。果真如此的話，或許還比較幸運。

「好吧。」

「你要走了嗎？」

「對，我有自己的家。」

光平緩緩站了起來，仔細打量著室內。也許今天是最後一次來這裡。

「見到你，我的心情稍微輕鬆了一點。」

「謝謝，我也是。」

光平說完，視線停留在客廳。茶几上有一本熟悉的雜誌。他走過去拿起雜誌。

「這本雜誌怎麼會在這裡？」

悅子也走了過來，看著雜誌的封面。「我來的時候就在這裡，我還覺得姊姊怎麼會看這麼深奧的雜誌。」

「是喔……」

那是《科學紀實》的創刊號。最後一次和松木喝酒時，他向書店的時田要了這本雜誌。為什麼這本雜誌會在廣美家裡？還是廣美也買了這本雜誌？但正如悅子說的，光平也無法理解她會看這種科學雜誌。

「這本雜誌可以給我嗎？」

光平回頭問。悅子微微偏著頭回答：「應該沒問題吧。」

光平把雜誌捲了起來，放進了運動上衣的內側口袋，有什麼東西從衣服下飄落。

「咦？」

悅子蹲下後撿了起來，是一片白色細長形的花瓣。

「是掉在廣美身旁的花。」光平想了起來。「那時候我以為是紅花，原來是被血染紅了。」

光平猜想是廣美為了生日派對所準備的。

「是秋水仙。」

悅子注視著花瓣說，「因為是姊姊最喜歡的花，所以我知道。」

「她為什麼喜歡這種花？」

「不知道，但我知道這種花的花語。」

「花語是什麼？」

悅子把花瓣放進了他的運動衣口袋，溫柔地撫摸著說：

「是……我最美好的日子已經結束了。」

4

我最美好的日子已經結束了——

這是廣美留下的死前留言。

她被殺的當天晚上，他無法持續閉上眼睛超過十秒。廣美無法動彈的肉體感覺、被鮮血染紅的花瓣，以及花語……都迅速地在光平的腦海中盤旋。

——再也見不到廣美了……

這個事實很不真實，感覺像是電影的最後一幕，或是作了一個愚蠢的夢。雖然親眼目睹了她的死，也為她流了淚，卻無法完全接受這個事實。只要稍微鬆懈，廣美就會在他內心活過來，對他露出微笑。

然而，下一剎那，他又被拉回現實，每每令他不知所措。

那是光平至今為止的人生中最痛苦的一晚。

即使如此，黑夜的流逝速度依然如故。

光平有一種異樣的感覺，他猛然睜開眼。他並不想要睡，但神經太疲憊，在黎明時分昏昏而睡。中間不時清醒，整晚都無法熟睡。
枕邊的鬧鐘指向九點多，差不多該起床了。他正準備坐起來，卻渾身抖了一下。一個陌生男人出現在玄關。
「你終於醒了。」
男人的聲音渾厚響亮，口齒也很清晰，好像演員一樣。他坐在代替鞋櫃的收納箱上，身體前傾，低頭看著光平。
「你是誰？」
光平加快的心跳漸漸平靜，呼吸也放慢後，他終於開口問道。
男人沒有回答他的問題，巡視了整個房間，又仔細端詳光平的臉後，用聽起來不像是自言自語的大聲說道：「沒想到大小姐身邊有你這種人。」
「大小姐？你是說廣美嗎？」
光平仔細打量著男人，他瘦瘦的，五官輪廓很深，眼神很銳利，讓人想起狼人。年紀大約三十五、六歲，光平之前真的沒見過他。
「你叫她廣美，可見你們關係匪淺，我真是沒臉見人在天堂的老師。」
男人從淺色西裝內側掏出菸盒，拿了一根叼在嘴上。
「我管不了這麼多，」光平努力用嚴厲的口吻說話，「如果你不自報姓名，就請你離開，還是要我報警？」
男人撇著嘴冷笑著，從放香菸相同的口袋裡拿出黑色的警察證，亮在光平面前。
光平很不耐煩地說：「既然是刑警，幹嘛不早說？」

「我可不是普通的刑警。」男人說，他叼在嘴上的菸在眼睛下方擺動著。
「是特別的刑警嗎？」
「沒錯。」刑警嘻皮笑臉，連續點了好幾次頭。
「哪裡特別，你不說明，我可不知道。」
「你沒必要知道，你只要回答我的問題就好。」
「你這是非法入侵民宅。」
「這是小事情，男人不必拘泥這種小事，你要不要回答我的問題？」
「不要。」
光平再度用被子蒙住了頭。他很生氣，在自己精神深受打擊的時候，為什麼還要應付這個莫名其妙的刑警？
但被子被拉開了，他又暴露在刑警面前。
「那由我發問，你只要回答是或不是，可以嗎？」
男人看著警察證所附的記事本，自顧自地說了起來。他說的是發現廣美屍體時的狀況，基本上都是光平昨晚告訴上村的話。
「這些供詞沒有問題吧？」
男人說完之後問光平，「對。」光平簡短回答。
「但這就太奇怪了，」男人看著記事本說，「兇手根本無處可逃。」
他的問題和上村一樣。光平揉著臉說：「我聽不懂你們說的意思。」
刑警從口袋裡拿出銀色打火機，終於點燃了一直叼在嘴上的菸。

「廣美回公寓前，去了附近的花店。那時候七點多，她在花店買了秋水仙。花店老闆說，那是她特別訂的。對了，你知道秋水仙嗎？」

「昨天晚上知道了。」光平回答，而且還知道這種花的花語。但是比起這些問題，他更在意為什麼這名刑警對廣美直呼其名。

「她倒在地上時，周圍都散落了秋水仙。也就是說，她回到公寓，在回自己房間的途中，在電梯內遭人殺害。時間上也吻合。」

「時間上也吻合。」光平重複道。

「接下來，是你的證詞。」

刑警用力吸了一口菸，然後吐在房間內。等一下房間裡都是菸味。光平心想。

「如果你是在她遭人殺害，兇手也逃走之後來到公寓，那麼，電梯內只有她的屍體。你能理解嗎？」

「我能理解。」光平說。

「但你作證說，電梯在三樓停了一下，之後又停在六樓。只有屍體的電梯為什麼會上樓，而且又停下來？如果外面有人按電梯，那麼，在電梯到三樓時，那個人就會發現屍體。順便告訴你，在六樓發現屍體的女人並不是在六樓等電梯。她在五樓等，但電梯一直沒下來，所以她上樓察看情況。由此可見，電梯停在三樓和六樓，都是從內部操作。」

這名刑警說話時，嘴巴就像ＮＨＫ的主播般頻繁地一張一闔。他先提出假設，再進行分析，最後表達反駁。光平看著他的嘴出了神，但刑警似乎打算交由光平做出結論。

「你的意思是，到公寓時，廣美還沒有被人殺害，或者說……」

「答對了。」刑警露出滿意的表情，「你走到電梯前時，剛好電梯門關上後上了樓。廣美應該是那時走進了電梯，如果能夠採集到指紋，就可以確實瞭解當時的情況，可惜她戴了薄型手套。」

「所以，如果我當時早一點到，就可以和她搭同一部電梯嗎……？」

他突然想起皮夾克男的臉。因為自己在意那個男人，才會導致廣美被人殺死，而且，從刑警剛才的話研判，那個男人和命案沒有關係。

「這是命中注定，」刑警說，「這就是所謂的生死有命，事情發生後，每個人都會嘆氣或是冒冷汗。有人因為少了十圓硬幣，躲過了一場車禍，也有人因為老婆是美女而得了胃癌。」

眼前的刑警可能在安慰自己，但光平覺得根本是徒勞。這個世界上，無論誰因為微不足道的理由離開人世都和他沒有關係，但廣美的死，必須有足夠的理由。

「我可以繼續嗎？」刑警觀察光平片刻後問，「我能夠理解你的心情，但我趕時間。」

「喔……」光平再度揉了揉臉，「可以繼續啊。」

刑警清了清嗓子。

「廣美比你早一步搭了電梯。這裡又要思考一個問題，廣美是不是一個人搭電梯。」

「這個問題很蠢啊，」光平說，「她被殺了，兇手當然和她在一起。」

刑警伸出食指，好像雨刷般左右搖動。

「也可能在一樓時，只有她一個人，兇手是在三樓搭的電梯。」

「……喔。」

「如果是這樣，代表兇手一進電梯就行兇，然後在三樓下了電梯，或是搭到六樓後再走出電梯。」

「對。」

光平在回答時，覺得兇手行兇後立刻走出三樓似乎有點不太可能。

「如果兇手和廣美一起在一樓進了電梯，很難判斷兇手是在一樓到三樓之間行兇，還是在三樓到六樓期間行兇。以時間來看，一樓到三樓這段時間內行兇有一點困難，但也不能因此排除這種可能性。目前唯一確定的是，無論兇手是在幾樓搭電梯，都是在三樓或是六樓走出了電梯。」

光平終於瞭解眼前的刑警和昨天上村發問的意圖。

「看來你聽懂了。」

刑警調侃道。「你說你從一樓走樓梯到了三樓，沒有遇到任何人。之後又繼續來到六樓，也沒有遇到人。我調查了現場，發現從樓梯可以清楚看到走廊的情況，不可能有人躲在其中某一個樓層等你經過後逃走。當然，那棟公寓沒有逃生梯，所以，兇手根本無路可逃。」

光平盤腿坐在被褥上，咬著下唇。他有點頭痛，應該不光是睡眠不足造成的。

「你知道這是什麼狀況嗎？」刑警問。

「密室。」光平回答，刑警皺著眉頭，無聲地笑了笑。

「你有在看推理小說嗎？」

「看得不多。」

「你看誰的書？」

「克莉絲蒂。」

「白羅偵探嗎?雖然不錯,但《艾克洛命案》中的密室根本是騙小孩的,卻斯特頓就高明多了,讓我驚訝不已。」

「我沒看過,」光平說,「除了克莉絲蒂以外,我只看過福賽斯(Frederick Forsyth)的書。」

「弗雷德裡克.福賽斯很棒,」刑警說,「像是《豺狼末日(The Day of the Jackal)》和《奧德薩檔案(The Odessa File)》,但和密室無關。」

刑警東張西望,在旁邊的垃圾桶裡撿起一個空罐,把幾乎只剩下菸灰的菸蒂丟了進去。然後,又叼了一支菸,用銀色的打火機點了火。高級打火機發出噗咻的聲音,冒出了火苗。

「不過,這個世界上不存在完美密室,這次也一樣。第一個可能,兇手是那棟公寓的住戶,在行兇後逃到自己家裡,就可以輕易解決問題。即使不是住戶,只要能夠躲進其中一個房間就好。聽說『莫爾格』的媽媽桑也住在那棟公寓。」

「你們懷疑媽媽桑嗎?」

「只是問問而已。」

「我離開『莫爾格』後去了公寓,當時,媽媽桑在店裡,所以,她不可能殺廣美。況且,她沒有動機啊。」

「你不必這麼緊張。」

刑警苦笑著,從齒縫中吐出淡紫色的煙。「『莫爾格』的媽媽桑也住在那棟公寓——這件事很重要。」

光平不發一語地看著刑警，思考著他這句話的意思。雖然他不太瞭解這句話的言外之意，但內心有一種莫名的不悅。

「如果兇手不是躲進公寓的某一個房間，只能懷疑現場的人。發現屍體者就是兇手的公式雖然很古典，但永遠具有震撼性。」

「我懂了，」光平咬牙切齒地說：「你來這裡的目的，就是為了說這句話。」

「我只是在研究各種可能性，而且，這並不是我來這裡的目的，我只是想見見你——只是這樣而已。」

「想見我？」

「想見你，」刑警又說了一遍，「而且也順便讓你瞭解一下目前的情況。怎麼樣？聽到密室，有沒有想起什麼？」

「沒有。」光平搖了搖頭。

「你慢慢就會想起來了。」刑警終於把警察證收回了內側口袋。

「我可以問你一個問題嗎？」

「什麼問題？」

「你叫什麼名字？」

刑警閉著嘴，無聲地笑了笑，緩緩地從收納箱上站了起來。

「我的名字不重要，我倒是想問你一件事，」

刑警拍了拍褲子上的灰塵，打開了門。冷風吹了進來。光平突然想到，剛才可能就是因為有風吹進來，自己才會醒來。

「你不想知道我是怎麼進來的嗎？」

「不想啊，」光平回答，「你一定是亮出警察證，向房東借了鑰匙。」

「我才不會做這麼蠢的事。」

刑警按了一下內側門把中央的按鈕，這是半自動鎖，只要關上門，門就會自動鎖上。刑警脫下鞋子，用鞋後跟用力拍了外側門把兩次，門把內側的按鈕就在光平的面前彈了出來。刑警從外側轉動門把，門就開了。

「你看。」刑警露出調皮鬼的笑容，「任何魔術都有機關，不管是不在場證明還是密室，都是人想出來的。」

「真是夠了。」光平說，「我要換門鎖。」

「關鍵並不是門鎖。」

刑警說完，穿上鞋子走了出去。

5

學生街依舊如此，沉悶的倦怠、無力，和些許的期待、活力共存在這條街上。

當光平走進「青木」時，老闆張大嘴巴，好像看到了意想不到的人，沙緒里也叫了一聲：「光平」後，就愣在那裡。

「對不起，我遲到了。」

光平微微低頭道歉。原本他打算用更平靜的聲音說話，但還是有點緊張。

「你怎麼不在家裡休息？我已經安排好了。」

老闆關心地說，但光平勉強擠出笑容說：「我沒事，這種時候，還是找點事做反而比較好。」

他努力邁著輕快的腳步走出咖啡店，直接上了樓。

來到三樓時，發現有人坐在收銀台前。店裡沒有客人，仔細一看，原來是賭客紳士井原。井原一如往常地穿著三件式西裝，很不自在地擠在狹小的座位上，看著光平留在店裡的文庫本推理小說。

「井原先生，」聽到他的叫聲，井原嚇了一跳，把書掉在地上。「津村……」他露出和剛才老闆相同的眼神看著光平。

「你今天在這裡看店嗎？」

「不……今天早上看了報紙，所以就來這裡，老闆說你應該會請假，所以我就留下來幫忙。」

「謝謝，」光平再度低頭道謝，這代表大家都很關心自己，「我沒事了，這裡交給我吧，你去玩撞球。」

他打算坐下時，井原用力把他推開了。他的力道之大，讓光平有點驚訝。

「我能理解你想做點什麼散散心，但今天你應該有很多事要處理。」

「但她有家人。」

「有很多事應該只有你能做。」

賭客紳士一再堅持「你今天先回去吧」。雖然他的口氣很嚴肅，但眼中充滿春天陽光般的溫柔。

光平低下頭，看著井原的腳。他的鞋子擦得很亮，不愧是紳士。

「那我回去了。」他下定決心說，「雖然我不知道能做什麼。」

紳士用力點了點頭，似乎在說：「這樣就對了。」

回到一樓，光平向老闆說明了情況，他舉起一隻手欣然答應。

光平準備走出咖啡店時，沙緒里走到他身旁，握著他的手。

「打起精神，這種店不來也沒關係。」

她的手很柔軟、很滋潤，「謝謝。」光平應了一聲，走出了店。

經過「莫爾格」時，門口當然掛著「準備中」的牌子。純子應該還沒有來，況且，今天會不會開店營業也是一個疑問。

咦？——他發現橡膠樹的盆栽放在門外。純子十分愛護這盆盆栽，每天打烊時，一定會搬進店內。

——媽媽桑已經來了嗎？

他推了推門，發現門打開了，響起了叮叮噹噹的鈴鐺聲，隨即聞到一股酒味。店內開著燈，純子坐在吧檯前。她雙手放在吧檯上，趴在上面睡著了，開門的聲音把她吵醒了。

「光平……」她發出極度沙啞的聲音。不知道她是否哭了一整晚，她的眼睛又紅又腫，臉上的妝也花了。

「媽媽桑……妳這樣會感冒。」

光平脫下運動外套，想要披在她肩上，但她擋住了他的手。

「不用了，廣美會嫉妒。」

「媽媽桑……」

她右手仍然握著酒杯，旁邊放著起瓦士的空瓶。

光平仔細一看，發現地上到處都是玻璃碎片，原本放在吧檯上的平底杯和白蘭地杯都摔在地上，好像經歷了一場大地震。

純子把手上的平底杯也丟在地上，杯子立刻摔得粉碎，其中一片碎片濺到了門那裡。

「光平……」

她抱著他的腰，然後像小孩子一樣放聲哭了起來。光平摟著她的背，久久無法動彈。

「莫爾格」的二樓有一間四帖半大小的房間，把醉得不省人事的純子安頓在那裡休息，走出小酒店時，光平想起有東西忘在廣美的公寓。

不，「把東西忘在那裡」的說法並不正確，因為那不是光平的東西。那就是名為「繡球花」的小冊子。

——廣美每個星期二都去繡球花學園，那裡是否有什麼和命案有關的事……？

這是在面對她的死亡時，這個想法就在他心中隱然成形，但因為遇到了太多的事——尤其遇見了廣美的妹妹和不明身分的刑警——導致這個想法始終沒有浮現到意識表層。

去繡球花學園看一看。光平下定了決心。

前往廣美公寓的途中，他在時田書店門口停下了腳步。書店門面只有四公尺左右，但縱深很長。最裡面有一張小桌子，露出了紅色貝雷帽。

光平拿出放在運動衣口袋裡的《科學紀實》的創刊號，打量封面片刻後，走進了書店。

書店老闆時田看到光平，忍不住皺起眉頭，好像看到了什麼刺眼的東西。然後，抓了抓冒著鬍碴的下巴，抱著雙臂，等待光平走向他。

「這種時候，我就很慶幸自己開的是書店。」

這是書店老闆說的第一句話，「因為不必和客人打交道，只要坐在這裡就好，即使魂不守舍也沒關係。」

「一個人不會覺得沮喪嗎？」

「因為我什麼都不想。」書店老闆說，他的喉嚨好像卡到了痰。

「你接受過這種訓練嗎？」

不，他張著嘴，靜止片刻。光平看到了他嘴裡的金牙。

「習慣就好。」他說。光平覺得這句話很有說服力。

時田身後的架子有一張放在相框裡的照片，松木曾經告訴光平，是他幾年前病死的女兒照片。她穿著水手服微笑著，似乎是高中時拍的。光平每次看到這張照片，就覺得像某個人，但始終想不起來到底像誰。

「對了，這本雜誌你應該很熟悉吧？」

光平把科學雜誌遞到時田面前，他瞇起眼睛瞥了一眼封面說：「雜誌喔，而且是我店裡開始賣的雜誌，我記得送給松木了。」

「這本是在廣美家裡找到的。」

時田露出納悶的表情，隨即微微張開嘴巴，點了點頭。

「對，好像是松木那傢伙送給了廣美。」

「送給她？為什麼？」

「這我就不知道了，」這次他搖了搖頭，「我是聽媽媽桑說的。那天晚上……對了，就是松木被殺的前一天晚上，我記得是星期二，你不是也在嗎？我帶了這本雜誌，松木說他想要。之後，我就離開了，聽說之後廣美去了店裡。」

「我也聽說了。我先走了，所以沒有遇見廣美。」

「聽說松木和廣美聊了一陣子，後來，松木拿出這本雜誌給了廣美……聽說是這麼一回事，詳情我也不太瞭解，問媽媽桑應該知道吧。」

「為什麼松木把科學雜誌給廣美？」

「不知道，可能沒有特別的意義吧。」

「媽媽桑什麼時候告訴你這件事？」

「呃，」時田用大拇指和食指按著兩側眼角說：「我記得是這個星期二。」

就是光平感冒請假那天。光平提起這件事，時田似乎明確回想起那天的事，他用右手握拳打在左掌說：「對了，因為你不在，所以我和紳士去了『莫爾格』。」

「那天媽媽桑也感冒，提早打烊了吧？」光平問。

「媽媽桑也感冒？是嗎？」

「你不知道嗎？」

「因為我先回家了——但是，她看起來沒有不舒服的樣子。」

時田看著半空，似乎在回憶那天的事。

光平回想了一下，發現媽媽桑去廣美的公寓時，看起來也沒有不舒服的樣子。

無論如何，總算知道了《科學紀實》怎麼會出現在廣美家裡這個問題，當然，只知道是經由怎樣的途徑到了廣美手裡，卻不知道其中的原因。

「謝謝，對不起，影響你做生意。」

「沒事啦。」

光平準備離去時，時田叫住了他。

「等一下，刑警來找過我。」

「眼神很銳利的那個嗎？」

「像獵犬一樣。」

「原來是他，」光平點點頭，「然後呢？」

「聽他的口氣，好像會找『莫爾格』的老主顧，那傢伙好像認為是熟人所為。」

「他問你什麼？」

「沒什麼重要的事，只說還會再來找我。我吐槽他說，今天來只是想看我長什麼樣子吧。」

時田輕輕舉起右手，光平走出了書店。

6

看到悅子在廣美家裡，光平有點意外。悅子看到光平，也有點意外。

「我有東西忘了拿，可以進去嗎？」

「請進。」

悅子今天穿了一件薄質的喀什米爾毛衣，光平走過她身旁時，聞到一股香水的甜味。她和廣美用的是同一款香水。光平暗想道。

「我可以去臥室嗎？」

光平問，悅子想了一下，說了聲：「等我一下。」自己先走進了臥室。一、兩分鐘後，她在臥室中叫著：「可以進來了。」光平雖然曾經無數次走進那個房間，但今天格外小心。

廣美的床整理得很乾淨，地毯上也沒有一粒灰塵。光平瞭解到悅子的個性，稍稍鬆了一口氣。

「你忘了什麼東西？」

他在梳妝台前尋找時，悅子在背後問。「嗯，小東西啦。」他回答著，從抽屜的雙層底下抽出了名為「繡球花」的小冊子。

悅子看到雙層的機關和裡面放的東西感到驚訝不已。

「這是什麼啊？」她問。

「我也不太清楚。」光平回答。

走出臥室，光平像昨天一樣坐在桌旁，說出了廣美每星期二都去附近名為繡球花學園的身障兒童學校的事。

「啊，你這麼一說，我想起來了。」

悅子若有所思地點點頭，「今天早上有人打電話來，聲音聽起來像大叔，我記得那個人也說是『繡球花學園』的人。」

然後，她看了電話旁的便條紙說：「對，對，他叫堀江。」

「他說什麼？」

「沒說什麼，只說他看到了報紙，叫我節哀順變。我還納悶姊姊怎麼和這種奇怪地方的人有交情。」

太奇怪了。光平心想。

「為什麼姊姊會去那種地方？」

「不知道。我曾經問過她，但她沒告訴我。」

光平心想，也許她昨天打算告訴自己。他在星期二發現了「繡球花」的小冊子，或許讓她下了決心，所以，她打算兩個人慶祝生日。

——然後，她打算提出分手……

我最美好的日子已經結束了——光平想起被她的鮮血染紅的秋水仙的花語。

「你有什麼打算？」悅子問。

「嗯，」光平翻著小冊子回答：「我想去這個學校看看。」

「你覺得和殺姊姊的兇手有關嗎？」

「不，」他搖了搖頭，「我並沒有明確的想法。」

在有關廣美的事上，沒有任何一點是明確的。

「電梯殺手照理說是隨機殺人。」

「對啊。」

光平無法接受廣美成為這種變態殺人兇手的刀下亡魂，他希望她是因為某個有價值的原因才會遭到殺害。

「我只是想去看看而已，我對她幾乎一無所知，甚至不知道她有妳這個妹妹，所以，我只是想去瞭解屬於她的一部分生活。」

「原來是這樣。」

悅子站了起來，在廚房為他泡咖啡，咖啡從濾紙中飄出香味。

「我也要一起去。」

悅子端咖啡過來時說，「我之前就對姊姊的秘密很有興趣，我去沒問題吧？」

「是沒有問題……妳說之前就有興趣是什麼意思？」

「因為她有很多秘密，」悅子說，「為什麼看起來總是那麼年輕，我也不瞭解她為什麼突然放棄成為鋼琴家的夢想。」

「姑且不談她的美貌問題，彈鋼琴的事，我之前曾經問過她，她說因為手太小，所以只好放棄了。」

光平回想起廣美在他面前攤開手掌時的情景。

「一點都不小。」悅子有點生氣地說，好像光平說了什麼失禮的話，「也許在你眼中覺得有點小，但對女人的手來說，絕對不算小，是因為有其他的原因。」

「妳也不知道原因嗎？」

「不知道。只是姊姊在放棄鋼琴前，曾經發生了一件事。」

「什麼事？」

「有一個鋼琴比賽，而且是很有名的比賽，姊姊也參加了，但姊姊最後還是無法演奏。」

「發生了什麼意外嗎？」

「不是，姊姊已經上台走到鋼琴前準備演奏了，而且坐在椅子上，也放好了樂譜，但她沒有演奏。」

「為什麼？」

「不知道，」悅子搖搖頭，「我和爸爸，還有觀眾都靜靜地等待，姊姊就是不彈。最後，觀眾開始竊竊私語，她就逃走了。」

「是喔。」

光平從來沒有去觀賞過類似的比賽，很難想像是怎樣的狀況，只能想像音樂會時，歌手消失的狀態。他曾經去聽過音樂會。

「她可能陷入了恐慌。」光平說。

「當然啊，」悅子說話時很用力，「當時引發了很大的風波，相關單位還說要追究責任什麼的。那次之後，姊姊就沒有彈過鋼琴。」

「為什麼會這樣？」

「不知道，所以我才說是秘密。」

「是嗎……」

光平把桌子當成是鋼琴，做出彈琴的動作。她當時到底發生了什麼事？

「那次之後，她就變了，雖然我說不出她哪裡變了，只覺得她變了。」

悅子出聲地喝著黑咖啡。

光平走去客廳，來到擦得一塵不染的鋼琴旁，緩緩打開很有分量的琴蓋。和上次一樣，立刻聞到木頭的味道。

——塵封的鋼琴、繡球花學園、平交道……

光平覺得這也許是一幅拼圖，這些事彼此之間可能有某種關聯，只要填補空白的部分，就可以掌握整體的狀況。

他伸出食指敲打鍵盤，房間內響起悠揚的聲音。很有戲劇性的聲音。

「刑警有沒有來找妳？」

光平回到桌子旁，喝著悅子為他泡的咖啡時問。

「有啊，」她一臉無趣地說，「來問我姊姊有沒有日記或相簿，我說沒有，他們就沉著臉走了。」

「妳有沒有問刑警叫什麼名字？」

她微微偏著頭：「好像是叫上村……什麼的。」

「原來是上村……」

「刑警怎麼了嗎？」

「他也來找我了，但是，還有一個刑警比上村更惡劣，不說自己叫什麼名字，眼神也很兇，還擅自闖進我家裡。」

「擅自闖進你家嗎？」悅子有點驚訝。

「他擅自開了門鎖進門，」光平又重複了一遍，「而且……對了，他提到廣美時，很親熱地叫她『廣美』。」

「廣美……」

悅子重複著，似乎在感受其中的意義，然後張大了嘴。光平以為她要打呵欠，但並不是。和廣美很像的大眼睛也瞪得更大了。

「一定是香月先生。」她說。

「香月先生？」

「他是我爸爸的學生，姊姊沒有告訴你，我爸爸以前是高中老師嗎？我爸爸以前很照顧他，我好像聽說他當了警察。」

「這就對了。」

眼前太多疑問讓人心煩了，至少有一個疑問找到了答案，光平的心情也稍微放鬆了。「可能想要回報吧，難怪他這麼賣力。」

「但是，」悅子看著半空，似乎在回想什麼，最後把目光固定在光平面前，「你們是情敵。」

「情敵？」

「對，」她嘟著嘴，「爸爸還活著的時候，他曾經上門求婚，當然是希望姊姊嫁給他。」

「是喔……」

光平不知道這種時候該表達什麼感想。

「姊姊也很喜歡香月先生。」

「……」

「但是，姊姊拒絕了他，我和爸爸都很驚訝。」
「為什麼拒絕了？」
「不知道，即使問姊姊，她也不回答，之後，我曾經看到姊姊在哭。」
光平想像著廣美當時的樣子，他覺得這樣或許有助於瞭解廣美的想法，但他失敗了，只覺得胃隱隱作痛。
「他對我很不友善，現在終於知道是什麼原因了。」
「是嗎？」悅子露出不解的眼神，「香月先生不是那種人，可能只是不太擅長表達善意而已。」
「他擅自闖進我家。」
「也許他覺得這是小事。」
光平驚訝地看著悅子的臉，然後輕輕嘆了一口氣，「妳是好人。」
「謝謝，被人這麼說也不錯。」她皺起鼻子笑了起來。
「他提到了密室的事，」光平說，「只是有點複雜。」
「我想聽。」
於是，光平用簡單的方式向悅子說明了那名刑警對他說的內容，她雙手托著下巴，露出小貓在聽搖籃曲的表情聽著。聽完之後立刻說：「太厲害了，真的是密室耶。」
「妳有沒有看推理小說？」
「沒有。」她回答得很乾脆。
「完全沒看過嗎？」

「以前曾經看過幾本，但我覺得很無趣。」
「為什麼會無趣？」
「你不覺得都大同小異嗎？」
「那倒是。」
光平點點頭。

7

看著地圖，發現出了車站後，搭公車去繡球花學園最快。光平和悅子一起搭上了有點髒的綠色公車。

公車上沒什麼人，光平沿途看著那本《科學紀實》。
「內容好像很艱澀。」
悅子在一旁探頭看著，她柔軟的身體靠在光平的右手臂上，光平的注意力都集中在那裡。
「超導……是什麼？」
她看著介紹超導物質開發的那一頁發問。
「超導就是電阻是零的狀態，以前只有在攝氏負兩百五十度以下時，才會發生超導現象，但隨著各種物質的開發，在相當高的溫度下也能夠發生這種現象。這是本世紀最後的重大發現，當初發現的博士一定會得到諾貝爾獎。」
「很厲害嗎？」

「如果不厲害，就不會報導這件事啊。」

之後那一頁上寫著〈電腦最新資訊特輯〉的標題，同時商品目錄和技術介紹。光平繼續翻頁，出現了「駭客」兩個大字。

「駭客又是什麼？」悅子問。

「就是電腦游擊隊，」光平解釋給她聽，「藉由電話線路入侵別人的電腦網路，這樣解釋妳聽得懂嗎？」

「聽不懂。」悅子搖搖頭。

「總之就是做壞事，就像擅自闖進別人家裡。」

哼嗯。她用鼻子哼了一聲。

翻開下一頁，出現了「ＡＩ」的英文字。

「這是人工智慧，」悅子還沒有發問，光平就主動告訴他，「這裡介紹了使用人工智慧的例子，像是自動翻譯系統、智慧型機器人和自動翻譯電話……」

「自動翻譯？機器會翻譯嗎？」

「好像是，不過，這上面寫著，還有待進一步的開發。專家系統（Expert System）是人工智慧最典型的例子，讓電腦記憶專家所掌握的知識，讓外行人也能夠像專家一樣工作。」

「有什麼用嗎？」

「我也不太清楚，但應該有用吧。這裡介紹了好幾個實施的案例，Ｍ公司的ＩＣ設計專家系統、Ｓ公司的生產技術專家系統，以及Ｄ公司的公司經營系統……原來連公司經營都可以交由專家系統處理。」

在駭客和ＡＩ的報導後，還介紹了電腦通訊、合成器等相關的資訊，都是機械系的光平看不太懂的內容。

——松木是不是對這些內容有興趣？

其他沒有什麼醒目的報導，而且，松木之前在電腦公司，他十之八九是對這些報導產生了興趣。

問題是他為什麼把這本雜誌拿給廣美。

「廣美以前有沒有在電腦公司上過班？」

光平抱著一線希望問悅子，但她毫不掩飾臉上的厭惡表情，好像光平對她說了什麼卑鄙無恥的話。

「怎麼可能？她連計算機都不太會用。」

「……那倒是。」

悅子說得有道理。光平暗想。不光是計算機，廣美甚至不太會用照相機、錄影機和CD播放機。

光平陷入廣美的回憶片刻，公車就到站了。

從大馬路走進小路，立刻看到了繡球花學園，周圍是一片比中等稍微高級一點的住宅，但不知道為什麼，小路上沒有人，每棟房子內都沒有動靜。

學園的房子是淺粉紅色，房子前有一個小操場，大人打棒球時，只要投手投一個高飛球，就可以飛到柵欄外。學園內也沒有任何聲音。

「可能是因為星期六，學生都回家了。」

悅子說，光平覺得言之有理，點了點頭。

校門鎖著，光平從柵欄的縫隙往內張望，發現操場上畫著幾何圖案，可能是復健之類的時候用的。

「有什麼事嗎？」

一個聲音從光平的視野外傳來。轉頭看向那個方向，發現一個體格結實的老人向他們走來。他一身務農的打扮，一頭稀疏的白髮，臉上刻著很深的皺紋，一看就是老人。

「請問你是這個學校的人嗎？」光平問。

「是啊，」老人輪流看著他和悅子的臉，「你們呢？」

「我叫有村悅子，」悅子自我介紹，「有村廣美是我姊姊。」

老人的表情發生了變化，他收起了訝異，露出溫厚的笑容，但隨即難過地垂下眉尾。

「是嗎？原來妳是有村小姐的……請節哀順變，我叫堀江，是這裡的園長……」

光平和悅子被帶到會客室，再度見到了堀江。堀江換上西裝後，看起來的確像是園長。剛才有一個年約三十歲的女人為他們送了茶，她也是這裡的職員。

「這裡有寄宿設備，所以隨時都有幾名職員在學校。」

老人喝著茶，向他們解釋說。

「也有學生每天搭車來學校嗎？」光平問。

「幾乎所有的學生都是搭車來學校，」老人說，「學校有專車接送，就和幼稚園的校車一樣。」

「這裡的職員是怎樣的人？」
「有護理和訓練相關證照的人，而且必須喜歡孩子。」
堀江園長露出微笑，似乎在顯示自己也很喜歡孩子。
「但是廣美……有村小姐並沒有證照吧？她為什麼來這裡？」
「她來當義工，」他回答，「除了有村小姐以外，還有很多義工。有社會福利相關科系的大學也每年都派很多人手來，當義工不需要證照和理論，只要有愛心和關心，誰都可以做到。」
光平發現他的語氣雖然很平靜，但每一句話都充滿自信，心意堅定。
「我姊姊從什麼時候開始來這裡當義工？」悅子問。
老人似乎不擅長回憶往事，他露出痛苦的表情後說：「差不多快一年了，去年的聖誕節，她帶了很多禮物來，之後就開始在這裡當義工。」
之後，她每週二都休假，沒有去「莫爾格」。
「你沒有問她理由嗎？」光平問。
「沒有。」老人明確地回答，「語言無法表達，當義工不需要理由。」
他的心意真堅定。光平在內心重複了這句話。
「我姊姊在這裡做什麼事？」
「做很多事，有時候會做點心，有時候會彈鋼琴。」
「彈鋼琴？」
光平和悅子異口同聲地叫了起來，然後互看了一眼。

「彈鋼琴嗎？」光平又問了一次。

「對，」老人點了點頭，「她彈得很好，簡直和鋼琴家沒什麼兩樣，我猜她以前曾經想走這條路。」

彈鋼琴——

光平從來沒有聽過廣美彈鋼琴，她卻在這裡彈鋼琴。

「對，的確是這樣。」

光平拿出他帶來的「繡球花」小冊子遞到堀江面前，「她有這個，請問這是什麼？」

「喔，這個喔。」

老人拿起小冊子，開心地瞇起眼睛翻了起來，「這是畢業典禮時發的冊子，為了那些即將離開這裡的孩子做的，每個人都有一本，記錄他們親手完成的工作。」

「我看到這本小冊子，知道有村小姐來這裡，請問妳知道她為什麼要隱瞞來這裡的事嗎？」

堀江抱著雙臂，偏著頭納悶。

「我猜不透她為什麼要隱瞞，雖然拿來炫耀不太好，但也不需要隱瞞。」

說完，他擔心地看著光平他們，「有村小姐遇害和我們學園有什麼關係嗎？」

「不，現在還不清楚，」光平說，「只是因為她刻意隱瞞，反而有點在意。」

「那就好……我們也對這次命案感到很震驚，也很難過。我們會全力協助逮捕兇手。」

老人開始頻頻眨眼。

光平覺得時間差不多了，正準備起身，剛才為他們送茶的女職員走了進來，在園長耳邊說了幾句話。園長點了點頭，一臉正色地看著光平他們。

「因為有村小姐的妹妹來這裡，我們剛才聯絡了一位朋友，因為基於各種判斷，我們認為你們應該見一下。」

園長的話音剛落，就傳來敲門聲，老人說：「請進。」

門打開了，一個三十多歲的女人走了進來。她瘦長的臉，五官很有日本味，臉上化著淡妝，燙過的頭髮隨意綁在腦後。光平覺得這個樸質的女人感覺很細膩。

她一看到悅子，似乎立刻察覺到是廣美的妹妹，一臉嚴肅的表情深深鞠了一躬。

「這位是佐伯小姐。」

等她坐下後堀江園長為他們介紹，「目前在友愛生命上班，負責外勤工作。」

那是一家很有名的保險公司，聽到堀江的介紹，她再度鞠了一躬，「我叫佐伯良江，這件事太令人難過了。」

光平不禁思考保險公司的外勤人員和身障兒童的學校有什麼關係，堀江接下來的話剛好回答了他的疑問，「佐伯小姐的女兒以前曾經在我們這裡，她有時候也會來幫忙，因為這樣的關係，本學園職員的保險幾乎都是佐伯小姐幫忙張羅的，我的養老保險、壽險等等，也都是請她幫忙處理的。」

「不，是我受到各位的照顧。」

良江輕輕搖著手說：「剛開始做保險時，因為手上沒有客戶而傷腦筋時，這裡的各位幫了我很多忙。」

「我姊姊也加入了保險嗎？」悅子問。

良江點了點頭，「今年年初，當我的業績不佳時，她向我買了保險。我和有村小姐除了工作以外，也有良好的私交，她真的是善良——關於保險的問題，我日後會和妳詳談，今天只是想來向妳表達哀悼。」

「真的是紅顏薄命啊。」

園長再度頻頻眨眼。

那天晚上，光平回家後，開始整理至今為止發生的所有事。因為有太多離奇的事毫無秩序地發生，他已經有點混亂了。

打開單門小冰箱，發現裡面有兩罐百威啤酒和三根義式香腸。他拿了出來，躺在已經好幾天沒摺的被子上。每次動腦筋思考時，他都保持最輕鬆的姿勢。

首先，松木遭人殺害。

不，光平搖了搖頭。松木並不一定是第一個被害人，也許程式從更早之前就開始啟動了。但如果這麼想，就會沒有止境，最後，他還是決定把松木之死當成起點。那只是暫時的起點，隨時可以改變。

首先，松木被人殺害。

他之前在中央電子株式會社上班，但一年前辭職後來到這裡。

他遇害的前一天，書店老闆時田給了他《科學紀實》的創刊號，他又把雜誌交給了廣美。原因不明。

這本《科學紀實》中有很多電腦相關的報導。

翌週的星期五，廣美被人殺害。

她的周圍散落了很多秋水仙，秋水仙的花語是「我最美好的日子已經結束了」，《科學紀實》這本雜誌放在她的房間內。

第二天早晨──也就是今天早晨，身分不明的刑警突然上門，說命案現場是密室狀態。目前已經知道，廣美每週二都前往附近一所名叫繡球花學園的身障學校。

……就這樣而已。

這就是目前所掌握的所有情況。他想要用這些材料拼湊出指向某個方向的箭頭，但即使左彎右拐，也找不到出路，更看不清楚方向，只有腦袋越來越混亂而已。

「真搞不懂。」

他忍不住脫口說道。完全搞不懂──只有這個事實確實存在。

8

翌日是星期天，「青木」沒有營業。光平一整晚仍然是睡了又醒，醒了又睡，結果腦袋昏昏沉沉，眼睛表面很乾，連眨眼都覺得不舒服。

中午過後，他才終於鑽出被子。因為房東太太來敲門，通知他有人打電話找他。房東太太這種時候的聲音很冷淡。

電話是悅子打來的，說要討論葬禮的事，請他去一趟。

「我不懂婚喪喜慶這種事，」他對著電話說：「所以沒辦法提供意見，妳還是拜託『莫爾格』的媽媽桑。」

「她當然也會來，但你也一起來，你不是姊姊的男朋友嗎？」
「是啊。」
「那就拜託啦。」
光平還想說什麼時，電話已經掛斷了。

他來到廣美的公寓時，純子已經和葬儀社討論完畢，開放式廚房的餐桌上有很多廣告單，身穿褐色西裝的葬儀社員工留下估價單後離開了。
「要花不少錢。」
純子重新坐在椅子上，確認了資料後說。應該是指葬禮要花不少錢，光平坐在她對面伸長脖子，低頭看著估價金額的欄目。這些錢可以吃好幾個月——上面的數字令他產生了這樣的感想。
「不好意思，全都麻煩妳幫忙張羅。」
悅子端了三杯紅茶走過來時說。
「沒關係啦，我只能幫上這點忙。」
純子喝著紅茶，眼中泛著淚光看向光平，「昨天謝謝你……讓你看到我的糗樣。」
「心情有沒有好一點？」
「好一點……吧，多虧了你。」
「別放在心上——妳們之前就認識嗎？」
光平問道，悅子點了點頭，向他解釋了她們的關係。據說純子以前經常去廣美家找她，所以，悅子也跟她很熟。

「對了，我現在還不太清楚媽媽桑和廣美之間的關係，當然，也是因為我之前從來沒有問過這件事。」

「我們是高中同學。」純子回答，「之後，廣美去讀音樂大學，我開始工作，但一直是朋友。」

然後，她又小聲補充了一句：「因為我們很合得來。」

「在開『莫爾格』之前，妳們都在做什麼？」

光平只知道她們共同出資開了那家店，其他的情況就不得而知了。

「二十三歲前，我都在一家紡織公司工作，之後，在朋友的介紹下，去了一家小酒店上班。廣美大學畢業後，就一直是粉領族。」

「是一家家具公司，」悅子在一旁補充，「是我爸爸的朋友開的公司。」

光平點了點頭，他想起廣美對家具很挑剔。

「是誰找到現在這家店的？」

「也不能說是誰找到的，當時我們決定兩個人一起開店，找了很久之後，決定開在這裡。」

「但我姊姊對那家店很執著，」悅子說：「聽說她很喜歡那個地點。」

「地點？為什麼？」

如果是車站前那條路也就罷了，但那裡是已經沒落的學生街，根本不是吸引生意人的地方。

「她說，做學生的生意很輕鬆，我也有同感，而且，那裡的環境很理想。」

純子的解釋合情合理，但光平對廣美很執著這件事無法釋懷。在目前的情況下，他對她過去的一切都很在意。

「廣美不是打算在音樂大學畢業後成為鋼琴家嗎？媽媽桑，妳知道她為什麼放棄了嗎？」

純子張了張嘴，然後沉默良久。她把右肘架在桌子上，用指尖摸著耳環。

「事到如今，」她用平靜的口吻說：「這將成為永遠的謎。」

「我把鋼琴比賽的事告訴了光平。」

聽到悅子這麼說，純子吐了一口氣，表情痛苦地收起下巴。「我也清楚記得當時的情況。」

「對了，那一次是妳開車載姊姊去比賽會場。姊姊因為禮服的尺寸不合，差一點遲到，幸虧妳載她去。」

「有這回事喔。」

雖然好不容易趕到了會場，但廣美最後沒有演奏。她到底發生了什麼事？

「關於當時的事，」純子露出若有所思的表情，「廣美該不會一開始就不想參加比賽？禮服尺寸那件事也可能是她故意的……」

「她為什麼要那麼做？」光平問。

純子搖搖頭，「不知道，我只是有這樣的感覺。」

「在葬儀社的人來之前，我把身障兒童學校的事告訴了純子姊，包括這件事在內，姊姊真的有很多謎。」

悅子說完，喝完了紅茶。

「媽媽桑，妳知道廣美為什麼去那所身障兒童學校嗎？」

光平問，純子聳了聳肩，「我完全沒聽過這所學校。」

「對了，昨天晚上堀江園長打電話給我，說姊姊好像隱瞞了去繡球花學園的事，問我他是不是不方便參加葬禮。我雖然覺得無所謂，但還是回答，這樣可能比較好……」

光平也很在意那個園長，雖然他一臉不知情，但不知道是真是假。

「好，閒聊就到此為止。」

悅子俐落地清理了桌子上的東西，拿來原子筆和便條紙。「既然要辦葬禮，就有很多事要聯絡。光平，你的工作就是列出一個清單。」

「因為我是她男朋友嗎？」光平問。

「對，因為你是姊姊的男朋友。」

光平一臉受不了地拿起原子筆。

「純子姊，妳也有男朋友吧？」

悅子問，用手托著臉，看著光平寫字的純子露出意外的表情。

「沒有啊，怎麼了？」

「嗯……我們很久沒見了，這次看到妳，覺得妳變化很大，我還以為妳交了男朋友。」

「沒有啦，沒有人會喜歡我，光平，對吧？」

聽到純子叫自己的名字，光平抬起頭，不知道該怎麼回答，最後選擇不回答，只是笑了笑。

純子手上的藍寶石戒指映入了他的眼簾。

9

第二天星期一，光平終於回「青木」上班了。這是廣美遇害後，他第一次上班。

上午，他在咖啡店內幫忙時，開糕餅店的島本走了進來。島本是學生街的商店自治會會長，他的糕餅店在平交道旁，最近業績下滑的情況很嚴重。

島本說找老闆有事，沙緒里去二樓把老闆叫了下來。

「關於聖誕樹的事，基本上已經準備就緒了。」

島本坐在角落的桌子旁，口沫橫飛地向老闆說明著，桌子上攤著圖紙。

「目前只差一點點資金，所以我正在拜訪幾家生意比較好的店。」

「我在第一次募款時，就出得比別人多。」老闆一臉不悅地說，「況且，我們店的生意也不好，早知道我就不參加這種計畫了。」

「青木先生，我知道，但只要你再出一點，其他店也就不得不跟進。你可不可以再支援一點？」

島本露出諂媚的表情窺視著老闆的表情，老闆仍然愁眉不展。

「聽說要弄聖誕樹。」沙緒里向光平咬耳朵，「是供人參觀的大聖誕樹。」

「在哪裡？」他問。

她用下巴指了指南方，「沿著這條路一直往南走，差不多在中間的位置，不是種了一棵很大的松樹嗎？聽說要把它弄成聖誕樹。」

光平驚訝地瞪大眼睛。他知道那棵樹。
「我記得是那所大學的不知道第幾任校長種的紀念樹，不是嗎？」
「好像是，他們已經向大學申請了，要把那棵樹修剪成聖誕樹的樣子，再裝飾一些聖誕老人的玩偶、星星或是花之類的。」
「想要靠這個吸引客人嗎？」
「好像是，只是不知道能夠吸引多少客人。」
「真是夠了。」
光平看著島本他們的方向，猜想到時候一定會有一棵很難看的聖誕樹。即使是為了吸引客人，他們的品味也太差了。
最後，老闆被迫答應出資援助。糕餅店老闆連連向他鞠躬道謝。
島本剛離開，時田就衝了進來。他拿著紅色貝雷帽，進門後，停在那裡喘了半天的氣。
「老闆，發生什麼事了？」
沙緒里倒了一杯水給他時問道。時田喝了一口，有點嗆到了。
「你們還在這裡悠閒，武宮被抓了。」
「武宮？」
光平忍不住大聲問道，沙緒里也呆然地站在那裡。
「我剛才聽到來我們店裡的大學生在討論這件事，聽說他突然被警方找去，然後就遭到逮捕了。」

「是什麼罪名？」

「當然是殺害松木，除此以外，還有什麼？」

「什麼時候的事？」

「聽那個學生的口氣，應該就是剛才，沒想到他果然是兇手。」

「這個男人真無聊。」

沙緒里撇著嘴，用高跟鞋的後跟蹬著地板，「只不過挨了一拳就動手殺人，只能說他瘋了。」

「但他之前不是有不在場證明嗎？」

不同於沙緒里他們的激動，光平的聲音很平靜。他總覺得武宮是兇手這件事似乎有蹊蹺。

「詳細情況我也不清楚，因為我馬上就趕來了。」

「不知道去哪裡可以問到詳細的情況。」

「不知道……去警署的話應該最直接吧，只是他們不可能告訴我們老百姓。」

「對喔……」

光平說著，咬著下唇，老闆不知道什麼時候走到他身旁，用力把手放在他肩上。「既然警方出手，一定有根據，明天的早報應該會報導吧，慌也沒有用，慢慢等吧。」

「這倒是，」時田也說，「那今天晚上就去『莫爾格』喝一杯，好好聊一聊。」

「嗯……好啊。」

光平在時田面前露出也很期待喝一杯的表情，內心卻很焦急。武宮殺了松木——雖然他有點懷疑，但這種可能性並非完全不存在，但問題是廣美，難道也是武宮殺了她？

不可能。光平心想。他沒有動機，兩個人之間也沒有交集。

光平坐在撞球場的收銀台前，心情無法平靜。他不時不經意地向學生打聽，但沒有人瞭解詳細的情況。光平猜想可能是知情的人被下了封口令，所以，即使他去了大學，恐怕也很難打聽到消息。

光平的焦急終於在傍晚消失了。井原和太田同時現身，太田不愧是副教授，掌握了詳細的情況。

「我也是剛才聽說，想和你一起聽他說詳細的情況，所以把他帶來這裡了。」

井原在說話時，很在意其他的客人。他這麼快趕來這裡，是希望趕快讓大家知道第一手情況。

「他、他並沒有被逮捕。」副教授乾瘦的身體坐在椅子上後，先聲明了這一句。「只是對武宮來說，目前的情況對他很不利，嗯，極其不利。」

「怎麼個不利法？」

井原努力克制著焦躁的情緒問道。

「有目擊證人。」

「目擊證人？」

光平問道。副教授的頭用力向前點了一下。

「松木遇害的那天早上，有人看到武宮出現在他公寓附近。不，說有人看到武宮的說法並不正確，而是有人看到一個身穿大學研究室工作服的男人，所以，武宮就遭到了警方的懷疑，他曾經為這家店的女、女服務生……」

「沙緒里。」光平提醒他。

副教授用力點頭，「為了她的事，和松木發生過爭執，也挨了打。如果他因為情緒失控殺人，也算是合理的動機。」

太田說到這裡，用左手的手背擦了擦嘴唇下方的口水。

「但是，之前不是說他有不在場證明嗎？」

光平記得有人說過，武宮那天一整天都在研究室。是刑警上村說的。

「問題就在這裡，」副教授皺了皺眉頭，「那天上午，武宮和另一個學生一起做實驗，但他中途一度離開實驗室，還要求和他一起做實驗的學生隱瞞這件事。」

「他要求那個學生做偽證，但對方居然會答應。」

井原說話口齒清晰，和太田形成明顯的對比。

「因為是不同系的學生，所以我不瞭解詳細的情況，聽說那個學生很相信武宮，武宮說不想因為去了一趟廁所就被警方懷疑，要求那個學生說他們一直在一起。」

「現在事跡敗露了？」光平問。

「警方追問了那個學生，那個學生當然就說了實話。」

「那個叫武宮的研究生說什麼？」

「他承認要求那個學生做偽證，但否認行兇殺人。」

「原來如此。」

井原露出意志堅強的眼神看著光平，「雖然還搞不清楚狀況，但要求別人做不在場證明的偽證很有問題。」

「武宮果然殺了松木嗎？」
「只能說，有很大的可能。」
「是啊……」
光平聽了之後，也無法產生共鳴。
井原再度轉頭看著副教授。
「你說有人在公寓附近看到像武宮的人，那時候大約幾點？」
臉比井原小很多的副教授皺著眉頭，微微偏著頭回答：「好像說是……十點。」
「那和松木隔壁的學生聽到動靜的時間一致。」
「所以，」井原抱著雙臂，自言自語地說：「至少他曾經去過松木家。」
井原和光平都沉默了好一會兒，太田帶著鼻音說：「總之，他完蛋了。即使不追究他和女服務生的事，一旦被捲入殺人命案，恐怕很難挽回名譽。因為那不是他個人的名譽問題，而是攸關大學的聲譽。」

那天晚上，所有人都在「莫爾格」集合。大家都是聽到武宮被捕的消息趕來這裡，除了井原和時田這幾個賭客以外，就連「青木」的老闆和沙緒里也難得現身了。

純子努力走出因廣美的猝死帶來的打擊，今天開始開店做生意。昨天在討論完葬禮的事後，他們一起整理了廣美的東西，純子的動作很俐落，但可能仍然會不時想起唯一的好友，失焦的雙眼不時看向半空。

悅子沒有來。純子打電話給她，說要介紹大家給她認識，但她婉言謝絕了。悅子中途要求光平聽電話。

「佐伯小姐今天來過家裡。」

她一開口就這麼說。

「佐伯？喔……」

光平想起就是在繡球花學園見過的那個保險公司外勤人員。

「聽她說，姊姊向她買了保險，受益人是我，這當然沒什麼問題，但我在意的是，姊姊之前從來沒有買過保險。她以前經常說，她討厭買保險，沒想到今年突然買了保險，我覺得有點奇怪。」

「她是不是為妳擔心？」

「也許是吧……你知不知道為什麼？」

光平想了一下後說：「不知道，雖然我不是在說氣話，但她什麼事都不告訴我。」

「是喔。」

悅子沉默片刻，好像在思考什麼，隨後說：「好吧，總之，你留意一下。」

「妳找我就為了這件事？」

「對啊——啊，還有。」

「什麼事？」

「那個叫武宮的人和姊姊沒有關係。」

「……妳為什麼這麼確定？」光平問。

「直覺，」她說：「姊姊的死不可能和這種爭風吃醋的事有關。」

「嗯……」

光平不置可否地哼了一聲，發現自己也有同樣的感覺。

悅子的意見很冷靜，「莫爾格」的客人卻討論得很熱烈。

「總之，松木的命案應該已經了結了。」

時田重重地嘆了一口氣，其中似乎夾雜著灰心、安心和無力感。

「但他真的是兇手嗎？我無法把高材生和殺人兇手聯想在一起。」

井原環視所有人，似乎在徵求眾人的意見。

「他不像是那種會動手殺人的人。」

「青木」的老闆說。酒量不好的他啃著自己從店裡帶來的披薩。

「讀書人就是死腦筋，所以才麻煩，這些書呆子一旦遇到自己工作以外的事，就無法用常識判斷──媽媽桑，請妳再幫我調一杯。」

純子從時田手上接過平底杯問：「你們都認識那個叫武宮的嗎？」

「我沒見過他，但聽過他的傳聞，」井原說，「松木告訴我，調侃武宮很有趣。」

「我是從老闆口中聽說的，說有一個讀書人經常對沙緒里糾纏不清。」

「就是啊，」沙緒里回答了時田的話，尚未成年的她喝著波本酒的純酒，但沒有人勸阻她，應該說，根本沒有人發現。

「他每次來店裡就約我，松木被殺的前一天晚上也是，結果他們吵了起來，松木打了他一拳。不過，是武宮先動手的，光平，對不對？」

聽到沙緒里的問話，光平只能點頭。

「所以，他是為了報復才動手行兇，讀書人是不是把腦子讀壞了？」

「不，並不是每個讀者都是這樣，我認識很多讀者都很正常。」

「是嗎？看『副教授』就知道了。」

「不，他其實很正常，況且，今天也是他把詳細情況告訴大家的，不能因為他人不在場就看不起他——不過，剛才老闆說到書呆子，這種人的確不少，由於他們的人生走一直線，根本不知道岔路的情況。」

井原安撫著時田氣憤的情緒。

「光平，你的想法呢？」

吧檯內的純子突然問默默聽大家討論的光平。

時田和井原也看著他，光平用兌水酒潤了潤喉說：「當我聽說武宮是兇手的消息時，既覺得能夠接受，又覺得難以理解。」

「你覺得哪裡有問題？」井原問。

「廣美的問題，」光平說：「如果松木是武宮殺的，那又是誰殺了廣美？因為我一直覺得這兩起命案有關聯。」

「這可不一定，」時田說，「現在沒有人能夠斷定廣美不是武宮殺的。」

「但武宮沒有動機啊。」

純子喝了一口白蘭地，井原也插嘴說：

「不，動機有很多種可能，廣美可能因為某種因素，得知了誰是殺害松木的殺手，結果導致兇手又殺了廣美……諸如此類的。」

「有點了無新意，」時田撇著嘴，似乎在揶揄井原的意見，「但是，並不能完全排除這種可能性。」

光平並沒有因為聽了他們的談話就被說服，因為他知道除了這兩起命案，還有很多不解之謎。

當他們的討論告一段落後，又有客人走了進來。

聽到門上的鈴鐺發出叮叮噹噹的聲音，所有人都看向門的方向，發現來者後，每個人臉上都露出了緊張和不悅之色。因為每個人都和他有某種程度的交集。

男人緩緩地巡視店內，然後用銳利的眼神打量了每一個人後才走進來。

「真熱鬧啊。」

沒有人答腔，都保持原來的姿勢，只有目光追隨著男人的身影。

男人走到光平旁，把手放在他的肩上，「這幾天還好嗎？」

光平當然沒有回答，盯著男人的眼睛，但男人絲毫不感到害怕，只是露出冷笑，似乎覺得眼前的情況很有趣。

男人離開光平身旁，用手撐在吧檯上，「妳還是那麼漂亮。」

「謝謝。」純子用沒有起伏的聲音回答。

「聽說妳還是單身。」

純子沒有回答。

「刑警先生，有什麼事嗎？」

時田開口問道。他代表所有人發言。

「有什麼事？」刑警故作驚訝地看著書店老闆，然後又問了一遍「有什麼事？」轉身看著其他人的反應。光平覺得眼前這一幕很像很久以前看過的西部片的場景，但他想不起片名。刑警說：

「你們是不是誤會了？是你們有事找我吧。」

「開什麼玩笑？」

時田生氣地說，但井原按住了他的肩膀。

「聽說武宮遭到逮捕了，我們的確很想知道結果。」

「對嘛，對嘛！」刑警開心地說：「我就知道你們想瞭解情況，紳士真是坦誠。」

刑警再次仔細打量了所有人的臉，很乾脆地說：「我必須遺憾地告訴各位，他不是兇手。」

「什麼？」時田叫了起來，其他人也都看著刑警。

光平也拿著杯子，呆然地看著他。

「不是有目擊者嗎？」

沙緒里拉著迷你裙的下襬小聲地問。

「好問題。」刑警滿意地瞇起眼睛，「有人看到武宮從松木的公寓走出來，但並沒有看到他行兇殺人。」

「這麼說，他的確去了公寓。」光平說。

「對，這一點沒有錯，」刑警說，「但他不是兇手。」

「為什麼？」

「因為我這麼決定了。」

「……」

光平啞然無語，刑警啊哈哈地大笑起來，「開玩笑，開玩笑的，我可以把武宮的供詞告訴你們。」

刑警說的內容大致如下。

武宮因為「青木」的沙緒里的事，屈辱地挨了一拳後，翌日星期三的早晨，打電話給松木，說要單獨談一談，把這件事做一個了斷。

松木一開始不想理會武宮，但後來說，如果武宮在上午十點左右有空，他樂意奉陪，條件是武宮必須去他的公寓。

武宮按松木的指示在十點之前——正確地說，是九點五十分——偷溜出研究室，前往南部莊。

當他來到松木家時，等待他的是松木的屍體。所以，他去的時候，一切已經結束了。

當時，武宮之所以沒有馬上報警，是不想被捲入麻煩，也不希望教授知道他為了女服務生的事，和其他男人發生爭執。他擔心警方懷疑他是兇手，所以就請和他一起做實驗的學生做了不在場證明的偽證。那個學生覺得只要賣一個人情給指導他實驗的武宮，以後做事會比較方便。

「你們相信那傢伙說的話？」

刑警一說完，時田就忍不住抱怨。他把平底杯往前一舉，原本黏在杯底的紙杯墊掉在他的長褲上。

「別誤會了，」刑警說，「我們不是憑感覺辦案，因為有聽起來不真實的實話，也有聽起來很有道理的假話，我們靠的是科學根據。從武宮偷溜出研究室的時間來判斷，他只有往返松木家的時間，沒時間殺人。」

「這麼說，這起命案……又回到了原點嗎？」

「青木」的老闆問，所有人的視線再度集中在刑警身上。

「回到原點？」

刑警意味深長地笑了笑，「不可能回到原點，只要搞清楚一個問題，事態就會不斷發展。」

他走到光平身旁，再度把手放在他肩上。

「武宮打電話給松木時，松木對他說，『下午有人會來我家，如果你還想在學生街混下去，最好不要和那個人撞在一起。』」

沒有人說話，刑警繼續說了下去。

「所以，松木和人約了在公寓見面，那個人難道沒有發現松木的屍體嗎？如果發現了，為什麼沒有報警？」

「所以，那個人是兇手？」

純子露出嚴肅的表情。

刑警看著她的眼睛，「也可能原本約定下午見面的人在上午現了身，殺了松木後逃走了。」

「和人約了見面，代表是熟人嗎……？」

時田說，刑警對他豎起食指，「不光是這樣。」

刑警仔細打量每一個人的表情，似乎在確認觀眾的反應，然後，倒退著往後走，當他的後背撞到門時，他停了下來，挺起胸膛，好像在宣布重大消息般地說：

「分析松木的那句話就知道，那天去他公寓的人，是學生街的人，是在學生街出沒，和松木有來往的人——也就是你們。」

第三章——聖誕樹、衝球和皮夾克男人

1

相框圍著黑色緞帶，照片中的廣美露出夢幻迷濛的眼神。光平合掌時想，在她生前，自己從來沒有看過她這種表情。

天空昏暗，厚厚的雲層吞噬了整個城市。冰凍的冷風穿過腳下，一張廣告單在參加葬禮的人之間嬉戲。

這場只有親朋好友參加的葬禮在廣美遇害翌週的星期三舉行。除了「莫爾格」的老主顧以外，只有廣美公寓內比較有交情的鄰居、悅子的三位朋友，以及佐伯良江出席而已。

沉默和啜泣，點頭和竊語——在奇妙的寂靜氣氛下，送走亡者的儀式按部就班地進行著，每個人放慢的動作顯得無精打采，但他們吐出的呼吸特別白，似乎在彰顯生命的存在。

光平感受著緩慢的時間流逝，回憶著辭世的廣美。只要閉上眼睛，她的容顏就浮現在眼前，但也僅此而已。他想不起任何足以震撼自己內心深處的事，雖然焦急，卻無濟於事，彷彿所有的回憶都變成了悲傷的斑點，黏在自己的心上。光平閉上眼睛，看著這些斑點，告訴自己需要足夠的時間，才能讓這些斑點褪色。

「好安靜的葬禮。」

佐伯良江上完香後，來到光平身旁。一身喪服的她看起來比平時更引人注目。

「謝謝妳特地趕來，會不會影響妳工作？」

光平問。

「我請了假……我平時幾乎不休假，這種時候一定要休假。」

「真辛苦，妳還要兼顧家庭吧？」

她低下頭，小聲地說：「我目前單身。」

「我聽說妳有女兒……」

良江微微搖了搖頭，「曾經有過，但現在沒有了。她死了。」

光平說不出話。

「她因為一種腦性麻痺，導致四肢無法自由活動，所以就送去了繡球花學園，最後還是死了，真是一個不幸的孩子，那時候才五歲。」

她說話的語氣中沒有悲傷，光平覺得她已經充分咀嚼了不幸的現實，自己恐怕要很久以後，才能像她這樣淡然談論廣美的死——

「妳先生呢？」

光平問，她吐了一口氣。「離婚了。女兒死後，我們的關係就很僵……反正就是這麼一回事。」

這一次，光平真的無言以對。冷風再度吹來。

「光平，你也一起去嗎？」

光平看著棺木送上了靈柩車，悅子把手搭在他肩上問。她的意思是，要不要一起去火葬場。

看著悅子和廣美有著相同特徵的臉，光平想像著裝進白色棺木的廣美被送進焚化爐的情景。已經變成碳化物的她即使在高溫下，也不會感到痛苦，只是碳化物進一步變成碳而已，但光平腦海中的廣美仍然皺著眉頭，他忍不住想起幾天前看到的恐怖片預告。

「我不去了。」

光平想了一下，婉拒了悅子。「去了也無濟於事，離別還是乾淨一點比較好。」

「是嗎？那我和純子一起去。」

悅子沒有勉強他。光平在之前討論葬禮的事時知道，悅子本身就不認為葬禮這種儀式很重要。

靈柩車上有很多花稍的裝飾，恐怕會讓上車的廣美感到害羞。光平猜想應該是純子的安排，因為這不像是悅子的品味。

靈柩的引擎發出低沉的聲音後出發了，沉重緩慢的速度的確很像是神聖的使者，只是車後吐出的廢氣和普通車子的廢氣味道相同。

棺木送上車後，所有人都吐了一口氣，紛紛鬆懈下來，確認彼此的表情，大家都不知道這種時候該表達怎樣的感情。

「回去吧。」

書店老闆時田大聲說道，聽起來不像是自言自語。隨著他一聲令下，其他人也都在他身後邁開了步伐，一群黑色喪服的人走向學生街。

光平參加完葬禮回到公寓，脫下深藍色西裝，換上了牛仔褲和運動衣。那套西裝是去年夏天為求職面試新買的，今天是第一次穿，光平沒有想到會在這種場合派上用場。

他想起參加完葬禮回家前要撒鹽的習俗，但那時候他已經換上了牛仔褲。當然，即使他進門時就想起，也不可能真的撒鹽。

上午參加完葬禮，下午打算去「青木」，即使考慮到吃午餐的時間，仍然有點早。光平站在房間中央想了一下，突然想到一件事，拿起放在桌上的雜誌。就是那本《科學紀實》的創刊號。

光平把廣美留給他的奇妙遺物——科學雜誌的創刊號——塞進口袋，來到了大學的研究室，但並不是他之前讀的機械系的研究室，而是學生時代很少涉足的地方。建築物的牆上掛了一塊嶄新的牌子，上面寫著「資訊工程系」，牌子的嶄新似乎暗示了在研究最尖端科學的自負。

光平走進其中一間研究室，見到了學生時代的朋友。他們是高中同學，雖然讀不同的科系，但經常一起玩。他很會打網球，而且外形帥氣，很受女生的歡迎，聯誼時，必定是焦點人物。

「我剛好在休息。」

這位友人在周圍都是電腦的座位上伸著懶腰說。他旁邊放了一個小型合成器，正在自動演奏，音色和鋼琴一模一樣，彈奏的是蕭邦的樂曲。

「真厲害。」光平忍不住說。

「成為聲音來源的女生彈得不夠好，」友人把音量關小，「只能聽到這種程度而已，真想找布寧[1]來彈。」

「可以完全複製嗎？」光平問。

「可以複製得很完美，」友人回答，「不光是完全按照樂譜的音符，就連聲音來源的鋼琴家敲琴鍵的感覺也可以完全複製。」

「但是缺乏個性。」

「個性也可以複製。」

友人自信滿滿地說。

光平不想繼續討論這個問題，拿出帶來的那本雜誌。他好奇地翻了一下，哼了一聲。

「你應該聽過中央電子這家公司吧？」光平問。

「對啊。」他點頭回答。

「如果曾經在那家公司上班的人對這本雜誌內的報導有興趣，你認為是哪一篇報導引起了他的興趣。」

友人皺著眉頭，抬頭看著光平，「真是奇怪的問題。」

「我也覺得，但我想知道這個問題。」

友人再度看著報導內容，又仔細看了目錄後抬起頭說：

「我覺得很難斷定，如果是電腦公司的人，應該對電腦相關的所有報導都有興趣。」

1 布寧：Stanislav Stanislavovich Bunin，俄羅斯的鋼琴家。

「完全無法鎖定焦點嗎？」

「比較有可能的應該是，」友人用手指著目錄，「人工智慧吧。自動翻譯系統、專家系統、智慧型機器人、自動翻譯電話，可以在全世界開拓新的市場，目前還有很多尚未開發的部分。」

「中央電子也致力於這方面的開發嗎？」

「畢竟是電腦公司嘛，但和其他公司相比，並沒有特別投入，這項研究只是維持普通程度而已。」

「這些報導中，沒有值得特別注意的內容嗎？有沒有覺得不對勁或是產生疑問的內容？」

友人再度翻著雜誌，這一次看得比較仔細，但看了之後，還是搖了搖頭。

「沒有什麼特別的內容，都是很稀鬆平常的事，以科學雜誌的創刊號來說，似乎太粗糙了。」

說完，他把雜誌交還給光平。「是喔。」光平有點洩氣地接了過來。

既然電腦專家這麼說，應該錯不了。光平心想，松木應該只是因為上面刊登了電腦的相關內容，所以他才產生了興趣，然後，隨手把雜誌拿給廣美看。

——「妳看，這上面有電腦相關的有趣報導，我以前就是做這種工作。」

光平想像著松木把雜誌拿給廣美看的情景，覺得這樣的解釋似乎比較合理。

「你為什麼問我這些？」

友人把口香糖放進嘴裡問。

「嗯，只是想知道一下。」

光平含糊其詞。「是喔。」友人也就沒有再多問。不會追根究柢也是他的優點之一，可能他也沒有興趣知道。

「你找到適合自己的職業了嗎？」友人問他。

「還沒有，一直舉棋不定。」光平回答。

「你之前說，討厭當製造業的上班族。」

「也不能說是討厭，」光平抓了抓下巴，「只是沒有理由非做這一行不可，當初我也不是帶著這種決心來讀大學的。」

友人咬著口香糖笑了起來，「有幾個人是帶著決心來讀大學的？你只要去問一下那些考生，進大學後，他們想做什麼，他們會告訴你是打網球、滑雪、潛水，喔，還有出國旅行。在大學期間沒有學到任何知識，只準備了一副當社會一分子的假面具就去找工作。他們挑選公司的條件，就是要休假多，離喝酒的地方近一點。」

「所以你要我去找工作嗎？」

「完全相反，」他說：「我想說的是，你沒有選擇這種腐敗的人生是正確的，這種人即使進了公司，在工作上也不可能有出色的表現，最多只是忠實地完成上司的指示。這種人現在或許還可以生存，但很快就會遭到淘汰。如果只是忠實地執行指示，誰都無法和電腦相比。不光是這樣，那些無知的老百姓都覺得機械只能取代體力工作，但在不久的將來，電腦將進入腦力工作的領域。判斷、推理、想像——無所不能，而且，電腦不會累，不會抱怨，也不會偷懶，那些消極的人只會變成絆腳石而已。」

光平感到不寒而慄。「以後可以完全靠機器嗎？」

友人笑著搖搖頭，「機器出自人類之手，但不如機器的人會被淘汰，這個社會將由優秀的人和優秀的電腦來營運。」

然後，他又補充說：「不過，還不會那麼快啦。」似乎想要安慰光平。

「我會努力選擇無法被電腦取代的工作。」

光平說，但友人微微皺了皺眉頭，緩緩開了口。

「我覺得不是工作內容，而是選擇一條可以產生自信的路，即使再優秀的電腦也無法取代自己的自信。」

「自信……嗎？」

「對，自信。」

光平看著友人的臉，覺得他的臉上充滿自信。

2

離開大學，回到了「青木」，光平和以前一樣負責撞球場的收銀台。無論在廣美死前或是死後，他的工作內容都沒有改變。

今天的客人也只有按自定規則打落袋撞球的學生而已，球不時從球台蹦出來，但光平最近很少去管他們。

他坐在收銀機前，攤開筆記本。上面胡亂寫著既不像是塗鴉，也不像是筆記的圖形和文字，記錄了光平對廣美遇害現場難以理解的狀況——也就是密室的想法。只要一有空，他就開始挑戰這個謎題。

那天的狀況整理如下。

光平來到公寓入口時，聽到電梯抵達一樓的聲音，他慌忙走到電梯廳，電梯已經上樓了。之後，電梯分別停在三樓和六樓，光平沿著樓梯走到三樓，但當他打算走向三樓的走廊時，聽到樓上傳來驚叫聲，他順著樓梯衝上六樓，發現了廣美的屍體。電梯一直停在六樓。

——如同刑警香月所說的，如果廣美走進了他差一步就能趕上的電梯……

兇手的行動有兩種可能。一是和她一起從一樓搭電梯，或是在三樓時走進電梯。廣美應該打算回自己的家，不會去六樓，所以，兇手不可能在六樓上電梯。

——如果廣美因為某種原因在三樓搭了電梯呢？電梯分別停在一樓、三樓和六樓，代表她是從三樓去了六樓……

如果是這樣，兇手就可能在三樓或是六樓進了電梯，但這也一樣，光平阻擋了兇手逃走的路徑。

——上樓的時候，他清楚看到了各個樓層的走廊，沒有人躲在走廊上，在樓梯間當然也沒有遇見任何人……

唯一的可能，就是自己疏忽了什麼重大的細節，那不是物理條件上的疏忽，而是心理上的疏忽。

——今天又到此為止了。

光平闔上筆記本，伸了一個懶腰。今天又到此為止——昨天和前天也都是抱著相同的心情結束分析。

他走到窗邊，看著樓下的街道。松木經常站在那裡看著街上。對面的理髮店改裝得好像時尚酒吧，裝潢已經完工，似乎就等擇期重新開張了。

光平突然思考松木為什麼來到這裡。據光平所知——雖然他對松木幾乎一無所知——他似乎並沒有非來這裡的理由。

因為想在「青木」打工？如果他想在撞球場工作，或許不無可能。

「不……」光平忍不住出聲否定了自己的假設。

不可能。光平曾經聽老闆提過松木來這裡時的情況，他不知道在哪裡撕下一張徵人廣告來到店裡，代表他是來這裡之後，才決定在「青木」工作。

那他為什麼來這裡？

這是之前從來沒有思考過的疑問。松木之前為什麼辭去電子公司的工作也令人匪夷所思，他為什麼選擇這裡展開他的第二人生，更令人猜不透。

——也許這個問題背後隱藏了命案的關鍵。

光平對著玻璃窗吹氣，用指尖在起霧的窗戶上寫了一個問號。

這天快下班時，沙緒里來到三樓。因為她很少來撞球場，所以光平有點驚訝。平時她如果有事，都會使用專用的對講機聯絡。

「我有事想要拜託你。」

她看著正在收銀台算帳的光平的手說。今天白天參加了葬禮，所以她穿了黑色毛衣，迷你裙也是黑色，還穿了一雙黑色絲襪。

「什麼事？」光平抬起頭。

「可不可以請你送我回家？」

從沙緒里粉紅色嘴唇的縫隙中，可以看到她的舌頭。

「沒問題啊，但為什麼？」

「嗯，有點事——」

光平以為她要繼續說什麼，所以靜靜地等待她的下文，但她並沒有再說什麼。

「有點事？」光平問。

「對，有點事。」她笑了笑。女生似乎認為這樣就可以解決所有的問題。

「好啊，妳去樓下等我。」

光平用原子筆指了指樓下。

離開「青木」時，外面下著雨。難怪葬禮時天色很暗，光平心想。也許剛才就開始下雨了，綿綿細雨沒有發出任何雨聲。

光平突然想到，也許沙緒里忘了帶傘，所以才要求送她回家，但他很快就知道自己想錯了。她在店裡放了一把摺傘，打開時，是一朵薔薇花。傘很小，好像是小學生用的傘。光平和沙緒里擠在傘下，走在被雨淋濕的黑暗路上。沒帶傘的是光平，但這件事並不重要。

沿著這條路往南走，經過平交道後還要繼續往南走，才是沙緒里的公寓。光平右手拿著小傘，來到平交道時，他的左肩已經全都濕透了，這種時候，偏偏又遇到柵欄放了下來。

「光平，你今後有什麼打算？」

等待電車經過時，沙緒里問他。她的呼吸帶著一絲薄荷的味道。應該是她在吃口香糖的關係。

「有什麼打算？」
「就是啊，」她撥了撥劉海，「廣美不在了，你要離開這裡吧？」
光平笑了笑，「我還沒決定。」
「但你不可能一直留在『青木』，因為你和我這種人不一樣。」
「沒什麼不一樣。」
「當然不一樣。」
她說這句話時，電車從他們面前經過，往事浮現在光平的腦海中，但他今天努力擺脫這些回憶。
「當然不一樣。」
走過平交道後，沙緒里又說了一次，「你讀過大學。」
「那沒什麼。」
「才不是呢，」沙緒里說，「松木也說，只要你有心，成為菁英分子不是問題，你在這裡只是想趕時髦。」
「趕時髦啊，」光平喃喃地說，「妳和松木聊過這事？」
「有時候。他有兩句口頭禪。」
「是什麼？」
「第一句是，妳趕快找個好男人嫁掉。」
啊哈哈。光平笑了起來。他好像聽過松木這麼說。
「第二句是，我早晚會逃離這裡。」

「我知道，」光平恢復了嚴肅的表情，「我也常聽他說這句話。」

「他幾乎整天把這句話掛在嘴上，所以我就對他說，要走就趕快走啊，他卻說，現在還不是時候，要再等一下。雖然我不知道他在等什麼。」

「嗯……」

松木在等什麼——也可以從這個角度思考。光平心想。松木為了等待，所以才來到這裡。果真如此的話，他所等待的一定是對他相當有幫助的事，他或許是因為這個原因而辭去了之前的工作。

——但是，這裡是他口中「沒有呼吸」的地方，能夠有什麼夢想？

至少自己看不到任何夢想——光平心想。

來到沙緒里的公寓附近時，路更加暗了。光平很少來這裡，附近有很多倉庫和工廠，住家並不多。遠處有一塊模仿保齡球球瓶的看板。

「妳每天晚上從這條路走回家還真危險。」

「習慣就好。」

沙緒里滿不在乎地說。

這時，她突然停下了腳步。低著頭走路的光平已經走到前面，慌忙伸長手臂為她撐傘。

「怎麼了？」光平回頭問她。

沙緒里頓時露出緊張的表情看著前方，於是，光平也順著她的視線望去。

武宮靠在電線杆旁，站在前方。

光平難以理解他為什麼會出現在這裡，但隨即想到沙緒里應該就是因為這個原因要求自己送她回家。

武宮步履蹣跚地走向他們，長褲的小腿上沾到了泥巴，可能剛才在哪裡跌倒了。他來到光平面前停下腳步，抓住他的衣領。光平聞到一股酒臭味，立刻把臉轉到一旁。

「他媽的。」

武宮抓住光平衣領的手搖晃著，不知道是否喝醉了，他的動作格外緩慢。

「放開我。」光平語帶鎮定地說，武宮仍然不放手。光平甩開他的手，伸腿絆倒了他。武宮好像人偶般毫無抵抗地倒在地上。

「他媽的，」武宮抓住了沙緒里的腳，「都怪妳，毀了我一輩子。」

「你在胡說什麼，和我有什麼關係？」

沙緒里用力甩著被武宮抓住的腳，她的球鞋鞋尖踢中了武宮的額頭，他痛得放開了手。

「光平，我們走吧。」

沙緒里挽著光平的手臂，武宮在被雨淋濕的地上掙扎。

「走吧。」

光平正準備邁步時，感覺到武宮在背後站了起來，他回頭準備斥責：「別鬧了。」但他沒有說出來，因為，他看到武宮的右手上有金屬片閃著光。

那是一把薄型美工刀，應該是他平時用來削鉛筆的。他的眼神也像刀子般銳利。

他不知道鬼叫著什麼撲了過來。他的腳步不穩，刀子卻很銳利，而且直逼而來。光平在判斷他的目標是自己還是沙緒里時，動作慢了一步，在他推開武宮的身體前，他的刀子擦過了沙緒里左肘上方。

「啊！」

沙緒里皺著眉頭蹲在地上，光平扶著她的肩膀。

「妳還好嗎？」

「嗯，還好。」

雖然她看起來很痛，但聲音很有精神。光平看了一眼武宮的方向，他被推倒在地後，再度緩慢地站起來，不知道叫著什麼，跑向和光平他們相反的方向。

「要不要報警？」

「不用了，只是擦傷而已，我不想把事情鬧大。」

「那要不要去醫院？」

沙緒里搖搖頭，「這也不用，馬上就到家了，你送我回家吧。」

「……好吧。」

光平扶著她站了起來，向武宮離開的方向瞥了一眼，慢慢走了起來。

「昨天也一樣，」沙緒里說：「他在那裡埋伏，對我糾纏不清，但昨天好像沒喝酒。」

「他為什麼恨妳？」

「不知道。聽他昨天說，好像在大學被冷凍了。」

「冷凍？喔……」光平終於理解了，「是指教授冷凍他吧。他和別人為了女生爭風吃醋，最後還鬧到警局，有這樣的結果也不意外。」

「他說都是我的錯，怪我在他和松木之間劈腿。」

「是喔。」

「我根本沒有劈腿。我雖然和松木上過床，讓武宮上了二壘，但他們都不是我的男朋友。」

「問題不在這裡，」光平說，「對武宮來說，只是要找一個憎恨的對象。」

「他不是很優秀嗎？這點小事就毀了他的前途嗎？」

「……」

「已經不可挽回了嗎？」

「應該是。」

兩個人都陷入了沉默。

他們很快來到沙緒里的公寓，木造的房子令人聯想到小學的校舍。

「要不要上去坐一下？」沙緒里問：「我可以泡杯茶給你喝，等一下可能雨就停了。」

「不用喝茶啦，妳的傷勢怎麼樣？」

「沒事，如果你可以幫我處理傷口當然更好。」

她推了推光平的後背。

沙緒里的住屋處只有一間六帖榻榻米大的房子，麻雀雖小，五臟俱全，感覺很舒服。家具和電視都挑選了很有小女生味道的明亮色彩，消除了木造房子的老舊味道。房間的角落似乎散發出甜蜜的香氣，光平坐在那裡，就覺得心情特別好。

她拿出一個小型急救箱，從裡面拿出消毒水、脫脂棉和紗布、繃帶，光平為她包紮了傷口。傷口不深，但流了不少血，令光平有點緊張。光平在包紮傷口時發現，原來傷口的深淺和出血量無關。

朦朧的念頭浮上心頭，卻又無法釐清頭緒。

「怎麼了？」沙緒里探頭看著他。

「不，沒什麼。」

靈感很快就消失了。這種事經常發生。「好奇怪。」她笑了起來。

「妳喜歡席維斯．史特龍嗎？」

光平看著牆上的海報問，想要改變話題。史特龍戴著拳擊手套揮著拳頭，正瞪著他們。

「我喜歡的是洛基。」

沙緒里脫下毛衣和裙子，換上了運動衣回答。「光平，你有沒有喜歡的明星？」

「嗯……」光平想了一下說：「岡部瑪麗。」

「她是誰？女演員嗎？」

「不知道，是一個介紹錄影帶節目的女生，因為我平時很少看電視，所以只想到她。」

「是喔。」她似乎興趣缺缺。

雖然沙緒里剛才說要請他喝茶，她卻開始備酒。她的房間內有一個小型書架，上面放滿了少女漫畫。她把一部分漫畫移開後，後面出現一瓶老伯威士忌。光平對她的精心設計佩服不已，但更驚訝她喝老伯威士忌。不是因為價格的原因，而是完全不符合她的感覺。

光平在看少女漫畫時，沙緒里調好了兌水酒，把「特辣」的洋芋片倒在盤子裡。

她把其中一個杯子遞給光平，說了聲：「乾杯。」拿起自己的杯子，光平也說了聲：

「乾杯。」

光平似乎聽到了武宮的呻吟。

「我父母在鄉下。」

做完第二次愛，沙緒里躺在光平胸前說。原本昏昏欲睡的光平再度張開眼睛，他的腳碰到了冰箱。

「他們開鞋店，我哥哥繼承了家裡的店。」

光平想像著鄉下的鞋店，但想不出是什麼感覺。

「我說不想再讀高中時，我爸怒不可遏，我現在仍然搞不清楚他為什麼那麼火大。」

「他一定對妳抱著期待。」

「但我對高中沒有半點期待，覺得根本沒有意義。」

「妳太厲害了，」光平說：「那時候就已經發現了這一點。」

「但我也沒有什麼夢想，老實說，我也不想當服務生。」

「嗯……」

「我沒有時間思考，必須馬上做出決定，原本想說先當服務生再說，時間一久，就沒有勇氣改變了。」

「……」

「光平……」

「我在聽。」

「對不起。」

「沒關係。」

沙緒里握著光平的大拇指睡著了。

3

翌日早晨，當他們打算出門時發現了異常。光平握住門把時，手掌有異樣的感覺。

「門把凹下去了，」光平用指尖摸著門把道，當他握住時，大拇指的位置凹下去一公分左右。

「喔，這是最近凹下去的，」沙緒里回答，「我也不知道怎麼會這樣。」

「是喔。」

光平仍然無法釋懷地摸著，看了看門的內側。那是半自動的門鎖。

「我就知道。」他吐了一口氣。

「怎麼了？」

「有沒有刑警來找過妳？」

「刑警？」

「一個眼神很兇惡的刑警，上次曾經去過『莫爾格』。」

喔。她似乎想起來了，但立刻否認：「他沒來過。」

「那就奇怪了，他來我家時，就是用這種方式擅自破壞門鎖進來的。」

「這種方式？」

「這種半自動鎖，只要從外側用力敲打門把，有時候就會自動打開。」

「是喔，真可怕。」

沙緒里嘴上這麼說，似乎並沒有感到不安，但隨即臉色發青。「慘了……」
「怎麼了？」
「被你這麼一說，我想起來曾經有一次覺得好像有人闖進我家，和門把凹下去的時間也相符。」
「那是什麼時候？」
光平緊張地問，沙緒里低頭想了一下，「松木被殺後不久，對了，他是星期三被殺的，你不是星期五發現了他嗎？我記得剛好在這個中間。」
「我們回屋吧。」
光平打開門，再度回到沙緒里的房間。
「有沒有什麼東西被偷？」他問。
「沒有。」她回答，「而且，我也不是很確定是不是遭小偷了，只是覺得有點不太對勁……你懂這種感覺嗎？」
「我懂，」光平說，「但妳家裡沒少什麼東西吧？」
「好像有人翻動過書架，把書一本一本拿出來過……但什麼都沒少，另外，抽屜裡的信也被翻過了。」
「沒有東西被偷嗎？」
「對，我家裡有什麼東西可偷的？」
那倒是，即使偷了女生用的手提式錄音機，也賺不了幾個錢。
「那個人也看了我所有的內衣褲，但沒有少。」

「妳都記得？」

「當然啊，根據顏色和花紋，一看就知道了。」

「太厲害了。」

光平聳了聳肩。

來到「青木」後，光平陪著客人打落袋撞球，腦袋不停地思考。

——有人闖入沙緒里的家中。

這一點似乎錯不了。如果她說的日期沒錯，應該不是那個名叫香月的刑警所為，而且，那個刑警也不像是會闖入妙齡女子家中的人。

到底是誰、又為什麼闖入沙緒里家？

當然是為了找東西。光平認為，「找東西」這三個字讓他聯想到一連串的事。

松木的房間也被人翻亂了。

兇手在他家裡找東西，但可能在他家裡沒有找到這樣「東西」，所以才會闖入沙緒里的家中。

為什麼兇手會鎖定沙緒里？

當然是因為松木和她關係匪淺，這代表兇手知道他們的關係。

完全相同。光平想到。那個名叫香月的刑警從武宮的供詞判斷兇手是熟人，也是按照這樣的邏輯推斷。

——不可能，一定是搞錯了。

光平用力揮動撞球桿，似乎想要甩開這種想法。

4

那棟七層樓的建築物在湖畔閃閃發亮，遠看時，還以為是用鋁合金製造的，完全排除曲線的構造有一種前衛的感覺。

這裡遠離鬧區，交通也不太方便，應該有不少員工開車上下班，建築物旁設置的大停車場證實了這一點。

一輛車子駛入了訪客停車場。那是一輛白色房車，一個身穿白色西裝、身材高大的男人從車上走了下來，用力關上門，在車窗前整理了儀容，又檢查了西裝口袋裡細長的東西後，滿意地點點頭，邁開步伐。

他邁步時抬起視線，但並不是在意烏雲籠罩的天氣，而是看到了建築物屋頂上的招牌。

JAPAN CENTRAL ELECTRON Co.

日本中央電子株式會社——這是這家公司的正式名稱。

訪客停車場和廠區之間有一道小門，他在那裡領取了許可證，走向建築物的正門。經過兩道一整片玻璃的自動門，來到鋪著胭脂色地毯的大廳，右側是接待櫃檯，兩名接待小姐坐在那裡。男人走過去時，長頭髮的接待小姐面帶微笑地站了起來。

他報上了拜訪對象的名字，接待小姐用內線電話通知了對方。今天已經有約在先，所以不必擔心遭到拒絕。

接待小姐掛上電話後，彬彬有禮地告訴男人會客室的位置，請他去那裡等候。男人分別對兩名接待小姐露出笑容道謝，轉身離開了。

他在用霧面玻璃隔開的會客室等待，五分鐘後，聽到了敲門聲。一個三十歲左右，穿著整齊西裝的男人走了進來。他瘦瘦的，皮膚白淨，三七分開的頭髮看起來也很乾淨。

「不好意思，在你百忙中打擾，我是搜查一課的香月。」

香月遞上名片，對方也鞠了一躬，向他遞上白色名片。「我是相澤。」

相澤的名片上橫向印著「日本中央電子株式會社　技術本部　系統開發部　設計課　相澤高顯」，背面也用英文印著相同的內容。

「你已經見過開發課的人吧？」相澤一坐下就開口問道，「杉本是那個部門的人。」

香月拿出警察證回答說：「我沒見過他們，但轄區的偵查員應該已經找他們瞭解過情況了。有什麼問題嗎？」

「不……，」相澤欲言又止地摸了摸人中，「我在想，他們不知道說了些什麼。」

香月看著相澤，重新坐了下來，反問他：「你認為他們說了什麼？」

相澤露出驚訝的表情。

「你問我，我也不知道啊。」

「只要想像一下就好。」香月說：「你應該不難猜到偵查員會問的問題，像是杉本潤也是怎樣的人，對他遭人殺害有什麼想法之類的，都是這種司空見慣的問題。」

「不，但是……不同的人可能會有不同的回答，上司和同事當然會有不同的看法。」

「請你分別假設一下兩者的情況，」香月說，「上司的話就是小宮課長，津久見先生代表同事回答了刑警的問題。你可以想像一下這兩位的供詞內容嗎？」

刑警收起下巴，似乎在說：「可以開始了。」相澤傷腦筋地抓了抓頭，然後抬起頭。

「比方說小宮課長，我猜想他會回答對杉本印象不是很深刻，因為杉本只是眾多研究員之一，其實也只有十幾名而已，所以，小宮課長應該會說，對杉本沒有留下特別的印象，當然也不可能對命案有什麼想法。至於津久見，恐怕會說杉本很聽話，工作也很認真，因為他們是主研究員和助理的關係。」

聽了相澤的假設，香月驚訝地搖了兩、三次頭。

「太驚訝了，幾乎一模一樣，如果要補充的話，就是小宮課長再三強調，自從杉本離職後，他們就沒有來往，所以和命案毫無關係，但基本上和你說的完全一樣。」

「這種程度的事並不難猜。」

「所以，在旁人眼中，也覺得杉本是這樣的人嗎？也就是並不起眼，只是默默地完成上司交代的事。」

「這個問題真難回答。」

相澤欲言又止，抱著雙臂。「他的確不會讓高層留下印象，因為他只是助理而已，有機會和高層接觸的重要會議都由小宮課長和津久見參加，從這個角度來說，他並不起眼，但即使是其他部門的人，也有很多人認識杉本。不光是因為大家和我一樣，和他是朋友，更因為他是很厲害的技術人員，大家都說，他在電腦軟體方面的品味簡直是天才。」

「但他仍然只是助理嗎？」

「因為他的主研究員是津久見的關係，」不知道為什麼，相澤突然壓低了嗓門。「津久見和杉本是一組，通常助理有一定的實力後，就會讓他獨當一面，但杉本始終沒有機會出頭。這或許是以小人之心度君子之腹，但看在旁人眼中，會覺得是津久見不肯對杉本放手。」

「當事人應該很不滿吧？」

「不是很清楚，但我想應該有。他的辭職理由表面上是個人生涯規劃，但可能是這種不滿一下子爆發出來的關係。」

「爆發的契機是什麼？」

刑警探出身體。

相澤偏著頭，「這我就不太清楚了。聽到他辭職的消息時，我們幾個同事曾經討論過，但並沒有具體的答案。」

「杉本在辭職的事上沒有和你商量嗎？」

「沒有。雖然我們關係不錯，但他不是那種會找別人傾訴煩惱的人，簡單地說，就是那個人很堅強。」

香月點了點頭，用原子筆敲著警察證，似乎在整理思緒。

「你知道杉本用假名的事嗎？」

「我聽說了，我覺得很意外。他自稱是……松木吧？」

「我猜想他用假名，是想隱瞞他的真實身分，杉本有這個必要嗎？」

「我無法想像，」相澤毫不猶豫地否定，「雖然他感覺不是那種循規蹈矩的人，但也不會違法亂紀。」

「原來如此。」

刑警又想了一下，然後抬起頭，「當時杉本做什麼工作？」

或許是因為改變了話題，他說話的語氣完全不一樣了。

相澤想了一下後說：「那時候他已經加入了開發人工智慧的團隊。」

「人工智慧……ＡＩ嗎？」

相澤很驚訝，「沒想到你居然知道。Artifical Intelligence——簡稱ＡＩ。」

「我只知道名詞而已，具體是什麼東西？」

「具體來說，」相澤說到一半停了下來，然後抬眼看著刑警，「我不能說，因為我沒有權力擅自公開誰做了哪方面的研究。」

「相澤先生……」

香月突然降低音量，語氣平靜地說：「這是在調查殺人命案，我知道所謂的企業機密，但可不可以請你提供協助？不瞞你說，我們在開發課那裡一無所獲。」

我就知道。相澤的表情似乎在這麼說。

「大家都討厭之後被人猜測，到底是誰洩漏的。」

「我絕對不會說出你的名字，我向你保證。」

嗯。相澤點了點頭，閉上眼睛沉思片刻。「好吧，我會在不觸及機密的情況下告訴你相關的情況。」

刑警向他低頭道謝。

「杉本負責開發專家系統，你知道什麼是專家系統嗎？」

「麻煩你解釋一下。」刑警微微低頭拜託。

相澤舔了舔嘴唇，然後似乎在調整呼吸。

「簡單地說，電腦系統擁有專家掌握的知識。用更嚴謹的方式解釋，就是讓電腦記憶某個特定領域的原理、法則，以及該領域的專家所掌握的知識，在這些知識的基礎上進行推論和判斷，解決問題。」
「電腦做出判斷嗎？」
「沒錯。」相澤回答。
「比方說呢？」
「這個嘛……」
相澤撥了撥劉海，不時瞥向天花板，「在日本，研究人員曾經嘗試在故障診斷、室內設計、設計和經營管理的領域使用這個技術。」
「由電腦記憶這些領域的專業知識嗎？」
「根據所記憶的知識加以判斷。」
相澤這位技術人員補充了刑警的意見。
「這麼說，以後都不需要專家了嗎？」
「表面上看起來是往這個方向發展……」
相澤吞吐了一下，又接著說：「但並不是電腦取代人類的意思，只是支援、輔助人類做出決定的工具。」
「只是協助人類嗎？」
「對，比方說，目前很受矚目的醫療診斷專家系統，可以根據病人的症狀提示疾病名字和治療方法，但醫師並不會聽命於這種提示，專家系統只是向醫師提供『不妨從這個角度思考』的推論結果，越是高水準的系統，越需要和醫師之間的共同作業，最終仍然必須由醫師做出決定。也就是說，醫療診斷專家系統只是補充醫師的專業性，並不具有否定醫師專業性的權威，因此，無論ＡＩ再怎麼發達，醫師只要隨時自我磨練，就不會淪為ＡＩ的奴隸。」

「原來如此。」

聽了他流暢的解釋，刑警連連點頭，終於瞭解了相關的知識。「如果只用電腦來診斷，病人也會很不安。」

「今後也必須多考慮這些感情的部分。」

或許看到刑警和自己的意見一致，相澤用堅定的口吻說：「因為專家人數不足，所以有時候就會使用專家系統做為替代。比方說，工業國家將產品出口到開發中國家時，同時搭配專家系統，就有助於產品適應當地的環境。通用電氣公司的『火車故障診斷專家系統』就是其中一例，但這只是輔助人類而已，並非只要有了這個系統，人類就不需要掌握基礎技術了。」

「意思是說，可以使用專家系統，但不能成為它的奴隸。我瞭解了，杉本之前負責的內容是什麼？」

「內容嗎……？」

相澤吞吞吐吐，似乎有點猶豫，「好吧，既然你會保密，那我就告訴你。而且，杉本已經死了，應該不至於有太大的問題。」他低語著，似乎在告訴自己。

「為了解釋清楚，要先介紹一下ＫＥ。ＫＥ是Knowledge Engineer的縮寫，是專家系統中不可或缺的。因為在製作專家系統時，必須向專家蒐集知識，變成電腦能夠處理的方式，檢討如何運用這些知識。ＫＥ就是實際執行這項工作的人。」

「所以，」刑警按著太陽穴，「名叫ＫＥ的人是專家和電腦之間的媒介。」

「沒錯。」

「杉本是ＫＥ嗎？」

相澤微微攤開手掌。

「完全正確，嚴格地說，他是助理。」

「所以，當有人委託製作系統時，ＫＥ就會前往客戶的公司，將對方派出的專家擁有的知識輸入電腦……是不是這樣？」

刑警出聲地唸出筆記的內容，看著相澤的臉。

相澤回答說：「沒錯，其實具體的工作不光是輸入知識，而是使系統能夠高效率地做出判斷。」

「原來如此，真的是高難度的技術。」

刑警重重地吐了一口氣，表情稍微放鬆下來。

「關於杉本的工作內容，我只能夠告訴你這些，其他的事我也不太清楚。」

「不，這樣就足夠了，感謝你的協助。」

刑警闔起警察證站了起來，「我最後還想問你一個問題。相澤先生，你對這件事有什麼想法？也就是對杉本被殺這件事。」

相澤抱著雙臂，輕輕呻吟了一下，抬頭看著刑警。

「老實說，我覺得有點意外。他被殺當然也很意外，但他在學生街過那種不起眼的生活更令人意外。因為他總是夢想一夜致富。」

香月開著白色房車從中央電子回總部的途中，他突然打算去學生街看看。他瞥了一眼手錶，才五點多。

來到大學門前的那條路，看到許多學生從正門走了出來。他們幾乎都直奔車站，這條路才是新學生街。

他在「莫爾格」前停了車，下車走了過去。門口掛著「準備中」的牌子，但他視若無睹，打開了店門。

純子獨自坐在吧檯前抽菸，看到香月，她的動作僵在那裡，但隨即嘟著嘴吐出了煙。

「嗨。」香月打著招呼走進店內，在她旁邊坐了下來。

「有何貴幹？」純子問。她的聲音沒有起伏。

香月嘴角露出苦笑，「別這麼冷淡嘛，我只是來找妳聊一聊。」

「要不要喝點什麼？」

「嗯，」刑警想了一下說：「我要日本茶。」

在純子泡茶時，他緩緩打量著店內，點了一支菸。

「偵辦的情況怎麼樣？」純子問。

「進度緩慢。」刑警彈了彈菸灰，她用托盤拿過來兩個杯子，他拿了其中一杯，說了聲：「謝謝。」

純子坐回香月的身旁，兩個人有好一會兒都沒有說話。放在他們面前的茶杯冒著白色的熱氣。

「總覺得，」香月再度打量店內的裝飾，「很難想像她在這裡上班。」

純子看著正前方，喝了一口茶問：「為什麼？」

「我也說不清楚，」他回答，「也許是因為我從小就認識她，第一次見到她時，她還是初中生。」

「她精通琴棋書畫──你對她只有這種印象。」

「也不盡然……不知道從什麼時候開始，我慢慢不瞭解她了。」

「包括她拒絕你的求婚嗎？」

純子問，但香月沒有回答，轉移話題說：「妳和她也當了十二、三年的朋友，還真久啊。」

「很奇妙的緣分。」她回答說：「第一次見到她時──那時候還在讀高中，我覺得她和我完全屬於不同的類型，很有魅力，功課又好，家裡也很有錢，我一直希望能夠和她交朋友。她簡直是我的偶像。」

「結果妳們如願成為朋友了。」

「沒想到我們很合得來，無論對時尚、音樂和喜歡的男人，都像姊妹一樣情投意合。唯一的不同，就是她是千金小姐，我只是一個不起眼的女生。」

「但妳們還是共同經營一家店，一起應付醉鬼。的確是很奇妙的緣分。」

純子輕輕笑了笑，雙手捧著茶杯暖手。

「以前，我向來都是她的陪襯，包括你在內，所有的男人眼中都只有廣美，我和她當朋友多年，受到了好的影響，漸漸開始有人說我漂亮。」
「我第一次看到妳，就覺得妳很漂亮。」
看到他一臉嚴肅，純子覺得很滑稽，忍不住笑了笑，但很快收起了笑容，一臉難過地說：「她和我一起開店是錯誤的決定。」
「為什麼？」香月問。
她在手上把玩著茶杯，嘆了一口氣。
「因為她畢竟是千金小姐，太優秀了……讓人有點牙癢癢的……」

5

學生街的那棵外形不怎麼漂亮的松樹經過修剪，掛上幾乎可以稱之為垃圾的裝飾，變成一棵巨大的聖誕樹，終於要亮燈正式啟動了。
廣美葬禮的第二天晚上，光平邀沙緒里他們一起去參觀這棵粗俗的聖誕樹。
「希望這棵聖誕樹可以成為起死回生的逆轉滿壘全壘打。」
紅色貝雷帽壓得很低，把頭縮在厚外套裡的時田抬頭看著不斷掛上裝飾的聖誕樹，輕聲嘀咕道。
「反正從頭到腳就只有一個醜字。」
光平轉頭看著時田說，但他漠無表情。
「即使再怎麼醜，只要能招攬客人就好。做生意的世界，不是說一些冠冕堂皇的話就可以活下去的，等你想要認真賺錢時就知道了。」

光平無言以對，只好保持沉默。
「好多電線。」
沙緒里探頭看著樹下說。樹下有一大綑裝飾燈用的電線，差不多相當於一百人份的義大利麵。
「這些燈全都亮起來，應該很漂亮吧。」
聖誕樹的提案者，糕餅店的島本走到光平身旁。
「但是，整天開著也很無聊，只是照亮周圍而已，而且，在聖誕節到來之前，大家就看膩了。」
時田有點擔心。
「這點我已經想到了，從六點開始，每隔兩個小時亮一次，於是，客人就會在那個時間聚集，也會在等待燈亮的時候在附近的店家消費。」
「喔，沒想到你真的有動腦筋。」時田笑了起來，「真想看一次燈亮起來的樣子。」
「等一下會試燈，也要確認一下計時器是否正確。」
「幾點試燈？」沙緒里問。
「嗯，如果時間太早，會有很多人圍觀，那就晚上十二點吧。子夜試燈是不是很有情調？」
島本似乎很得意。
參觀了一會兒之後，光平和沙緒里、時田他們一起去了「莫爾格」。廣美的葬禮結束後，純子獨自經營這家店也漸漸上了軌道。聽說時田幾乎每天都去光顧。

一打開店門，純子用非接待客人用的笑容迎接了光平他們。

「我們剛才去看聖誕樹，」沙緒里說：「聽說十二點會試燈，媽媽桑，妳也一起去看吧。」

「是嗎？那我今天要早一點打烊。」

「沒必要啦，試燈的時候，我來叫你們。」

時田皺著眉頭說，似乎不希望別人覺得他也很期待。

光平也和沙緒里他們一起坐在吧檯前，店裡除了他們以外，還有三個客人，其中有一對年輕的情侶坐在角落的桌旁，還有一個人坐在吧檯前。光平看到那個男人的臉，全身不由得緊張起來。

就是那個皮夾克男人。

光平用餘光觀察著男人。他似乎覺得他們嚷嚷著走進店裡很吵，從口袋裡拿出皮夾問純子：「多少錢？」然後冷淡地付了錢，戴上圍巾走了出去。等門上的鈴鐺聲停止後，光平仍然看著入口。

「那個人經常來這裡嗎？」光平問純子。

她有點心虛地抬起頭問：「哪個人？」

「就剛才那個人啊，」他說：「穿皮夾克的男人，我之前也看過他。」

「喔，他有時候會來。」純子笑著回答。

「我記得他是那家醫院的人。」

時田冷不防說道，光平轉頭看著他，「醫院？他是醫生嗎？」

「這我就不知道了……我之前在鐵軌旁的醫院看過這個人，但很少在這裡遇見他。」

時田偏著頭。

「他是醫生，」純子說，「每次都很晚來，而且通常小酌幾杯就走了，所以時田先生沒遇過他。」

「難怪，我每次都來得很早。」

時田似乎釋懷了。

「媽媽桑，他是不是和妳，還有廣美住在同一棟公寓？」

光平喝著兌水酒問。

「什麼意思？」純子問。

「我去廣美家時曾經遇見過他。」

「是喔……」

純子垂著眼睛想了一下，隨即露出笑容說：「我想應該不是。」

不一會兒，剛才為聖誕樹掛裝飾的幾個男人也來了，店裡一下子熱鬧起來，大家一起討論著聖誕樹能不能招攬客人，糕餅店的島本說話特別大聲。

「怎麼了？今晚真熱鬧啊。」

井原也帶著太田走了進來，看到店裡的熱鬧景象，忍不住瞪大眼睛。

時鐘指向十一點三十分後，大家擔心計時器不準，可能會導致提前點燈，決定先去看聖誕樹。

「原來是聖誕樹，真有意思。」

井原和太田說，光平他們也一起走出了小酒店。

聖誕樹前一片漆黑。原本這裡什麼都沒有，所以也沒有路燈，而且剛好位在防火巷的位置，風特別大。

「我們來得太早了。」

有人說，大家都點頭同意。

十一點五十五分。

掛在聖誕樹最下方的音樂盒響了起來，是《白色聖誕節》的旋律。樹頂的星星也亮了起來，周圍的燈飾也由上而下地依次閃爍著。

參觀的人群中，有人歡呼起來，接著響起了掌聲，還有人吹口哨。

「好漂亮。」沙緒里也很興奮。

舊學生街的商店老闆寄託一線希望的試燈活動持續了約十分鐘。中途時，純子也來參觀聖誕老人的人偶和做成花卉形狀的燈飾，應該是時田去叫她的。

「身體都凍僵了，要不要去店裡坐一下？」

光平和沙緒里正準備離開，純子在身後問他們，「去喝杯酒，暖暖身體再回家。」

「但店裡不是已經打烊了嗎？」

「莫爾格」最晚十二點就結束營業了。

「沒關係，其實我自己想喝一杯。」

光平和沙緒里互看了一眼，「那就去喝一杯。」一起走向店裡。

坐在吧檯前，純子拿出一瓶新的「三得利我的」威士忌，用抹布仔細擦拭後，打開了瓶栓。騎縫線撕開的聲音很清脆。

「不知道那棵聖誕樹能不能吸引客人。」

純子用熱水調了三杯兌水酒說。

「也許可以吸引到一些客人，」光平說，「但我相信只是暫時的，商店街的人如何認識到這一點才是關鍵。」

「學生很容易喜新厭舊。」

沙緒里轉動著杯墊說。

光平思考著不知道松木對這棵聖誕樹會有什麼意見，是會鼓掌喝采，還是嗤之以鼻？他應該會無視吧。光平心想。即使燒再多香，死人也不會復活——他也許會這麼說。

當他們的身體終於暖和時，時田縮著身體衝了進來。

「喔，果然還開著。我就猜到了，原來你們也在。」

他在吧檯前坐了下來，拚命搓著自己的腿。「媽媽桑，也給我一杯。」

「燈飾感覺很不錯。」

光平說。

「對吧，雖然我並不是完全沒有意見，但我覺得算很出色了。」

時田心滿意足地摸著下巴。

凌晨一點，四個人終於站了起來。很久沒有不是為了松木和廣美的事聊這麼久了。

光平的公寓和大家回家的方向相反，但他決定先送沙緒里回家，和所有人一起沿著學生街往南走。

來到聖誕樹前時，四個人停下了腳步。

「居然做了這麼大一棵樹。」

時田事不關己地說，吐出來的氣都是白色的。

「是臨時在商店街徵收會費做的吧，真的是孤注一擲了。」

時田聽了光平的話，笑著回答：「你說得太對了。」

就在這時。

他們聽到了什麼聲音，聖誕樹頂上的星星突然亮了起來，聖誕老人的人偶也開始閃爍。

光平呆然地看著眼前的景象。其他三個人也一樣，一時都說不出話。

「燈亮了耶。」

沙緒里最先叫了起來，這時，整棵聖誕樹都亮了。《白色聖誕節》的音樂也傳入光平他們的耳中。

「怎麼一回事？」

時田快步走向聖誕樹。光平他們也緊跟在後，但時田、光平，以及沙緒里和純子都很快停下了腳步。不，他們是愣在原地，無法動彈。

聖誕樹下站了一個男人。

不，正確地說，那個男人倚靠在聖誕樹上。

男人無法聚焦的雙眼看著半空，嘴巴無力地張開。五彩繽紛的燈飾讓他的臉色時時刻刻發生變化。

男人看起來就像一隻失敗的人偶正在聽《白色聖誕節》，但他胸前插了一把刀，深紅色的血染紅了他的西裝胸口，證明他不是人偶。

幾秒鐘後，沙緒里的慘叫聲響徹整個學生街。

6

警方趕到時，整個學生街人聲鼎沸。附近的居民聽到慘叫聲紛紛走了出來，看到淪為刑場的聖誕樹無不嚇得腿軟，議論紛紛，進而吸引了很多圍觀的民眾。

為了避開那些圍觀民眾，光平他們又去了「莫爾格」，但這次還有兩名刑警同行。年長的刑警一臉溫和，體格好像相撲選手般壯碩，他的五官也和身體一樣大。年輕的刑警個子矮小，氣色也很差，不時瞇著眼睛打量光平和其他人。

光平等人坐在桌旁，胖刑警坐在吧檯前向他們瞭解案情，年輕的刑警站在旁邊準備做筆記。

時田代表所有人說明了發現屍體當時的情況。他說話不像平時那麼有精神，不時脫口說出一些莫名其妙的敬語，像是「聖誕樹大駕光臨」之類的。他應該也很緊張吧，但他把事情交代得井然有序，就連光平他們在一旁聽的時候，也不會覺得囉嗦。

聽完時田的說明，胖刑警重重地吐了一口氣，環視他們四個人說：「真離奇啊，這條街上已經出現了三名被害人。」

「但這名死者以前沒見過。」

時田說道，似乎想要反駁刑警的挖苦。

「各位也不認識嗎？」刑警張大眼睛看著光平他們。

「不認識。」純子回答，光平和沙緒里也點頭同意。

「嗯。」

刑警短短的脖子一偏，用左手按著右側肩膀，又把目光移向時田。「聖誕樹第一次是在十二點的時候亮的？」

「正確地說，是十一點五十五分。」書店老闆回答。

「第二次是在半夜一點亮的？」

「半夜一點。」時田重複了一遍。

「所以說，」刑警看著一旁的年輕刑警，「行兇時間是十二點到一點之間。」

「沒錯。」年輕刑警小聲地說。

「兇手在半夜十二點到一點之間殺了死者，」胖刑警拿著活動鉛筆，做出握刀殺人的動作，又比手畫腳地繼續說：「把他當成了聖誕樹的裝飾品。」

「應該是殺了之後才拿來當裝飾。」年輕刑警點了點頭。

胖子轉過頭，又看著光平他們。

「在這段時間內，你們有沒有發現什麼？比方說，聽到了什麼聲音。」

純子輪流看著光平和沙緒里，似乎在問他們。「我們沒有聽到聲音。」光平回答，沙緒里也說：「對啊。」

「很好。」

刑警在記事本上記錄完，抬起了頭，「你們事先並不知道半夜一點的時候聖誕樹會亮，對嗎？」

「完全不知道。」時田搖著手。

「是不是原本就計畫好的？很可能只是你們不知道而已。」
「不，我問了糕餅店的島本，他說完全沒有再度試燈的計畫。」
島本聽到動靜後，也趕到了現場。光平覺得最驚訝的應該莫過於他。
「那為什麼會亮呢？」刑警問。
「應該有人打開了計時器開關。」
「誰都可以簡單地打開嗎？」
「開關藏在樹根的位置，只要用心找，很快就會找到，打開也很簡單。因為擔心有人惡作劇，原來說好要裝鎖，沒想到這麼快就被人動了手腳。」
「原來是這樣。所以，打開很簡單……」
刑警又記了下來，然後看著記事本，似乎在確認自己寫的內容，「不過，真的是一起離奇的命案。」他又重複了一遍。
「哪裡離奇？」
光平問，刑警低頭面對記事本，只抬起眼睛看著他。
「搞不清楚兇手的意圖，完全不懂他為什麼要搞出這麼大的場面，難道是聖誕老人提前來送禮物了？」
你今晚就住下吧。沙緒里說，但光平搖了搖頭。
「今天沒有心情，而且，我有事情要好好想一下。」
「是嗎？那好吧。」
確認她走進屋，光平轉身離開。他想要思考的問題太多，他的腦袋快要爆炸了。

第三起命案以完全意想不到的方式出現在光平面前。

——沒想到他會被人殺害……

這是目前支配光平腦袋的最大疑問，由於太震撼了，暫時淡化了其他的疑問。

光平對刑警說了謊，其實他認識死者，他認識裝飾在聖誕樹上的屍體。

——他為什麼會被人殺害？

光平仰望夜空，今晚星光璀璨，令人聯想起聖誕樹上的燈飾。命案的謎團宛如星星般在光平的腦海中閃爍。

——為什麼要殺他……？

光平站在深夜的學生街，想起了那個男人的臉。

他是「繡球花學園」的堀江園長——

7

一陣激烈的敲門聲。那不像是敲門，而是想把門敲破。裹著毛毯睡覺的光平爬到門口，伸手開了門。

打開門，悅子一臉可怕的表情站在門口。她的一雙大眼睛佈滿血絲，緊抿著嘴唇。光平忍不住緊張起來。

「你看了電視吧？」

她開口問道，毫不掩飾內心的感情。

「沒有，」光平回答，「我剛起來。」

「現在已經九點了，趕快起床看電視。」

「等我一下。」

光平把被子塞進壁櫥，悅子走了進來，一邊說著：「你家裡好臭，你有沒有打掃啊？」伸手打開了電視。

「我要換衣服了。」

「請便，我不介意。」

悅子在轉台時說，光平嘆了一口氣，開始脫下睡衣。

「嗯，新聞沒有報導。」

悅子看了每一個頻道，然後又看了一遍後說道。電視上正在播料理節目，戴著圍裙的女人正在做南瓜湯。

「妳該不會是說，」光平坐在悅子身旁，看著主持人正在品嘗南瓜湯的畫面問，「昨天晚上學生街發生的命案？」

她頓時停止了呼吸，瞪大了原本就已經夠大的眼睛。「你知道這件事？」

「我看到了屍體，」他說，「而且，我是第一個發現的。我已經連續三次成為發現屍體的人了，老實說，中獎的機率這麼高，我心裡也有點毛毛的。」

「那你也知道死者是誰囉？」她抓著光平的衣袖。

「妳似乎也知道。」

「我看了新聞知道的，嚇了一大跳，所以馬上跑來找你——你有沒有告訴警方，死者和我姊姊的關係？」

「沒有。」

「哼嗯。」悅子用鼻子發出聲音，撇著嘴，瞪著光平。「你這個人也很頑固，你應該知道，一個人的能力有限。」

「如果我昨天告訴警方死者和廣美的關係，反而會把事情弄得一團糟，變得無法收拾。我才不願意為了這種事解釋一大堆。」

她攤著手，似乎很不以為然。

「你對這次命案有什麼看法？」

「真的搞不懂，」光平說，「雖然之前的兩起命案也沒有完全搞懂，但昨天的命案是完全搞不懂。」

「但是，姊姊和堀江園長有關係，搞不好園長知道些什麼。」

「知道什麼？」

「那我就不知道了……比方說，誰是殺姊姊的兇手。」

說完，她挺起胸膛，似乎很滿意自己的突發奇想。「對啊，他一定知道。搞不好姊姊知道誰殺了松木，她告訴了園長，姊姊和園長都因為知道這件事被人殺了。」

「廣美為什麼要告訴園長？」

「那我就不知道了，」悅子聳了聳肩，「可能她經常向園長傾訴煩惱吧。」

光平站了起來，在水壺裡裝了水，放在瓦斯爐上。流理台內堆滿了沒洗的碗盤，大部分都是廣美拿來給他的。

「為什麼不告訴我？」光平嘀咕道。

「因為……」悅子說到一半閉了嘴。
「因為什麼？」
「因為……她不想在你面前提到兇手的名字。」
「妳的意思是，兇手是我認識的人？」
「這只是我的猜測。」
「我知道，想像是自由的。」
一陣沉默。光平找不到反駁悅子的理由，如今，他的內心只剩下逃避現實的期待和沒有存在價值的感傷。
看到水壺冒著熱氣，他再度起身問：「喝紅茶可以嗎？」
悅子回答：「謝謝。」
「如果妳的想像正確，」光平把茶包分別放進兩個杯子時說，「堀江園長昨晚和兇手見了面嗎？」
「可能吧。」她小聲地回答。
「為什麼呢？」光平又提出新的疑問，「既然知道兇手，為什麼不報警？」
「也許不是很確定，所以打算和兇手對質。」
「對質……嗎？」
光平想起堀江溫厚的臉，雖然只見了一次面，但當時的印象和「對質」這兩個字相去甚遠。
「堀江園長和廣美到底是什麼關係？」

光平自言自語，悅子無法回答這個問題。

光平和悅子約定近日一起去「繡球花學園」，分手後，光平去了「青木」。走進一樓的咖啡店，發現店內難得高朋滿座，沙緒里一個人手忙腳亂。客人都是學生，不時叫住沙緒里聊幾句，光平以為又要找她約會，但其實不是這麼一回事。

「好像是聖誕樹吸引了客人。」沙緒里在倒咖啡時說。

「那些學生看了新聞報導，得知了命案的事，還從車站特地繞來這裡，難道他們以為屍體還在樹上嗎？」

「我看到他們在和妳說話。」

「他們問我聖誕樹亮燈的時間，想知道今天晚上幾點會亮，這種事我怎麼知道？」

「這麼說，聖誕樹至少發揮了吸引客人上門的目的。」

「搞不好糕餅店的老闆覺得發生命案反而幫了大忙。」

沙緒里說著，吐了吐舌頭。

上午沒有客人來撞球，光平協助沙緒里為客人點飲料，或是把飲料送去給客人，很自然地聽到了他們的談話。他們的確在討論聖誕樹上異樣的裝飾。

下午的時候，光平坐在三樓的收銀台內，仍然不見客人上門。年底的時候，學生人數逐漸減少，但今天連其他客人也不見蹤影。時田和其他商店街的人今天也沒有來撞球。

光平只好從抽屜裡拿出文庫本的推理小說。是阿嘉莎・克莉絲蒂的作品，但因為他看得斷斷續續，所以往前翻了兩、三頁回想故事情節。

當小說中第二個人被殺時，聽到玻璃門打開的聲音。光平應了一聲抬起頭，立刻閉了嘴。

「好冷啊。」男人反手關上了玻璃門說。他一身不像是這個季節穿的淺色西裝，今天戴了一條灰色圍巾。

「沒有半個客人的撞球場看起來格外冷啊。」

男人走向牆邊的球桿架，從中間拿了一根，然後握在手上，做出撞球的動作。「還不賴嘛，以公桿來說，算是很不錯了，即使是我，也會打及格的分數。」

「謝啦。」光平回答。在回答時，思考著「即使是我」這句話的意思。

「沒有彎，也沒有扭，平衡點也很好。」

「謝啦。」光平又說了一次。

「皮頭的狀態，」他閉上一隻眼睛，檢查著撞球桿前端皮的部分（皮頭），「也很不錯。」

「因為隨時用砂紙保養。」

「很專業。」

男人拿起放在撞球桌上的巧克，好像在揉撞球桿前端般塗在皮頭上。巧克具有止滑的作用。

「香月刑警……」光平叫著男人的名字。

男人停下手，用銳利的目光看著他，「悅子似乎告訴你我的名字了。」

光平雙手扠腰，不服輸地回瞪著男人。「你找我有事嗎？還是來撞球的？」

男人歪著單側臉頰笑著說：「兩者皆可。」

「我不想和你開玩笑，有話就快說……」

光平的話還沒說完，男人用手上的撞球桿伸到他面前。撞球桿似乎瞄準了他的喉嚨，他情不自禁地往後仰，後背撞到了牆壁。

男人就像劍術選手般指著光平的喉結靜止不動，用那雙宛如獵犬般的眼睛盯著獵物。撞球桿的前端就在光平的眼睛下方，皮頭均勻地塗上了一層薄薄的藍色巧克粉。

「你知道哪些情況？」

男人問。說話的語氣很平靜，呼吸也很平穩，和他銳利的眼神完全不同。

「什麼都……」

光平的聲音有點緊張，「我什麼都不知道。」

「說謊不太好。」

男人緩緩抬起撞球桿，在光平的額頭正中央停了下來。「如果你知道什麼，希望你說出來，這對你也比較好。」

光平沒有開口。他握緊雙手，回瞪著男人。他感覺到汗水從腋下流了下來。

兩個人互瞪了幾秒。

最後，香月打破了沉默。他輕笑了一下，終於放下了撞球桿。光平吐了一口氣。

「我聽悅子說了，你很頑固。」

「你真搞不懂，」光平把嘴裡的口水嚥下去後對香月說：「我知道的事，悅子基本上也都知道，你為什麼不去問她？」

「我想聽你說。」

刑警自得其樂地說完，拉開蓋在旁邊球桌上的防塵套，「怎麼樣？要不要和我比試一下？可以用你最擅長的玩法比賽。」

問題。」

「然後呢？」光平問。

「如果我贏，你就要回答我的問題，要如實地回答，當然，我也可以回答你幾個問題。」

「如果我贏了呢？」

「那我就悉聽尊便。」

「如果我贏了，你要把你掌握的情況全都告訴我，怎麼樣？」

刑警摸著撞球桿想了一下，很快點頭說：「沒問題。撞球費怎麼算？」

「輸的人付錢。」

「太好了。」

刑警開心地笑了起來。

他們決定比賽落袋撞球的14-1玩法。

落袋撞球使用標上一到十五號的子球和一個母球進行比賽，選手用母球擊中號碼球，使子球落入撞球桌邊緣的洞（共有六個，以下稱為球袋），子球上的數字就成為選手的得分分數。

但是，選手必須從一號球開始依次打進十五顆球，基本上由兩方輪流進行，一旦得分，就可以繼續出桿。

其次是14-1的玩法。選手必須在出桿前指定打哪一顆球，進哪一個球袋，當指定的球進入指定的球袋，才可以順利得分。也就是，幾乎不可能因為幸運得分。

平時在玩的時候通常不會制定這麼難的規則，不需要指定哪一個球進哪一個袋，即使因為巧合落袋，也可以得分。只有正式比賽會使用14－1規則。

誰先達到一百二十分就贏得了比賽。

光平挑選好撞球桿，比賽就開始了。他選擇了平時經常用的球桿，光是這一點，應該就相當有利。

「誰先開球？」光平問。

「比球。」刑警毫不猶豫地回答：「用正式的比球方式。」

「正式的……」

光平拿出白色的母球和黃色的一號球放在桌上。

比球是決定選手先攻還是後攻的開球權方式，將球放在桌前，兩人同時出桿。球撞到對面的顆星後會彈回來，停下的位置更靠近這一側顆星的人獲勝。通常都是贏者先攻。

比球結果由香月先攻，雖然只有些微之差，但光平縮手成為他的敗因。他發現自己相當緊張。

將十五顆球排成三角形，用最先打一號球的方式開球。香月微微壓低身體準備開球，左手的食指和大拇指做成支撐球桿的架橋。

香月的撞擊動作很漂亮，球桿一直線擊出，完全沒有左右晃動，延伸動作也完美無缺。撞擊的白色母球幾乎正中一號球的中心，隨著激烈的撞擊聲，完全破壞了原來的三角形。

子球有一號球到十五號球總共十五顆，全部落袋是一百二十分，但很少會發生一百二十比零的情況，因此，必須排兩次球。這種排子球的狀態稱為排球。

目前進入了重排，第一次排球的比賽中，光平保持些微領先，但得分內容並不理想。香月在前半段犯了一個單純的失誤，光平利用這個機會連續得分。在後半段時，香月巧妙地打安全球——不以得分為目的，而是讓對手在下一桿時沒有進球機會——光平努力想要克服他的安全球，但因為球沒有碰到顆星而犯規。因為在打安全球時，必須有其中一顆球碰觸到顆星，結果這個犯規成為致命傷，被香月一口氣迎頭趕上。

重排後，在五號球之前都很順利。因為開球的狀態不理想，將子球擊落袋後，母球無法回到有利於瞄準下一球的理想位置。因此，雙方都很小心謹慎地觀察對方的出桿情況。比方說，香月在遇到四號球可以輕易入袋的狀態時，先指定「安全球」後，才將四號球打入袋。由於他先叫了「安全球」，所以，即使落袋，也不計得分，四號球會放回桌上的腳點位置。這屬於高度的技巧，不計較眼前的得分，而是以大局的情勢為重。

輪到光平擊球，準備打六號球時，出現了分歧點。

六號球位在角落球袋的前方，以目前母球所在的位置，讓六號球落袋很簡單，但問題在於下一個七號球。

七號球位在側球袋前面，因此，如果擊中六號球落袋，母球可以來到七號球的附近靜止，對下一次擊球就相當有利，問題是十四號球擋在七號球前面，如果母球所停的位置不佳，很可能會被十四號球擋住，很難瞄準七號球。

——如果母球擊中六號球後把十四號球撞開，就更容易瞄準七號球，對之後的局面也相當有利。

光平瞥了香月一眼。這位刑警正用巧克塗著皮頭，觀察著各球的位置。當他和光平視線交會時，意味深長地露齒一笑。

我要領教一下你的本事——他似乎在這麼說。

「六號球，右側角落球袋。」

光平拿起撞球桿。為了讓母球在撞到子球後用力彈回來，必須使用拉桿的方式，使球逆向回旋。

——但是……

當他出桿時，他的內心遲疑了一下，結果，母球撞擊六號球落袋後，以銳角彈了回來。然而，回彈時沒有速度，回旋不充足。

——慘了。

母球沒有碰到十四號球，而且形成了最糟糕的局面，十四號球夾在中間，和母球、七號球形成了一直線。

他在下一次出桿時發生了失誤，無法成功地藉由撞擊顆星後反彈，擊中七號球。

刑警輕快地叫了一聲：「好，七號球，我要打你沒有打中的角落球袋。」

他輕而易舉地把球打入袋，母球也回到了絕佳的位置。

「八號，這一側的球袋。」

母球擊中八號球後，撞到了顆星，回到了撞球桌中央。

「喔，回來了。」他說道。光平以為他在說母球，在他把九號球打入袋後，嘀咕了一句：「太好了，太好了，回來了。」光平才知道剛才是自己會錯了意。因為那一次撞擊時，他採取了母球不會「回來」的推桿。

感覺回來了——刑警似乎是說這個意思。

香月漂亮出桿，成功地把最後的十五號球打入球袋後，仍然維持了兩、三秒的延伸動作，似乎在享受餘韻。勝負已定。光平在七號球的失誤後，就沒有機會再握撞球桿。

「一年沒打了。」

刑警檢查著撞球桿的前端說，「太久沒練很容易退步，尤其對運動能力來說，更是如此。就好像把印章放進了抽屜，之後就忘了一樣，要找印章時就會大費周章。」

「我沒想到你是職業選手。」

「我不是職業選手，」他苦笑著說：「怎麼可能有技術這麼差的職業選手？」

光平說不出話，默默地看著撞球桌。

「不過，你的技術也很好。不瞞你說，原本我以為可以讓你幾分，幸好我沒那麼做。」

「我一敗塗地，」光平終於開了口，「雖然我平時很少輸。」

「機運而已，」刑警說，「那一次你只要稍微下手重一點，就換成是我輸了。反正有一方贏，就有一方要輸。」

「那時候我猶豫了一下。」

「我看得出來。」

「你撞球多久了？」

「忘了，我不是正規的打法，很難進步，也容易停滯。」

「你打得很好，我好像在看保羅．紐曼打球。」

「那就謝謝囉。」

光平從刑警手上接過撞球桿，連同自己手上的，一起放回了撞球桿架。然後，用對講機叫了沙緒里，點了兩杯咖啡。她回答說，現在店裡沒客人，她會送上來。

光平站在牆邊，抱著雙臂。「你想問什麼？」

「願賭服輸的態度很了不起。」

香月穿起上衣，在旁邊的椅子上坐了下來。「首先要問你電腦的事。說到電腦，松木之前在電腦公司工作，你對這件事很有興趣，特地為這件事去問了大學時的老同學。我想知道其中的原因。」

光平有點驚訝，他早就知道了自己去資訊工程系找老同學這件事，自己似乎在沒有察覺的情況下遭到了監視——

「我並沒有明確的根據，」光平回答，「只是突然想到，也許和命案沒有太大的關係。」

「沒關係。」刑警點了點頭，示意他繼續說下去。

光平把《科學紀實》這本雜誌的存在，和那本雜誌出現在廣美家中的來龍去脈，以及報導的內容告訴了刑警。

刑警好奇地探出身體。

「所以，這也許是松木和廣美產生交集的關鍵。」

「是啊。」光平回答。或許是關鍵，只是不知道能夠解決什麼問題。

「你現在有那本雜誌嗎？」

光平從上衣口袋裡拿出對摺的雜誌，刑警心滿意足地接了過來，一聲不吭地放進了西裝內側口袋。

「下一個問題。」

香月說這句話時，沙緒里送咖啡上來。她似乎察覺到他們兩個人之間異樣的氣氛，走進來時有點遲疑，輕聲地把托盤放在收銀台上。然後向光平投以好奇的眼神。

「謝謝。」光平對她露出微笑。她垂下眼睛，又瞥了刑警一眼，才打開玻璃門走了出去。

香月聽著她下樓的聲音，點了一支菸，吐了煙之後問：「你和她上床了嗎？」他說話的聲音沒有起伏，態度很輕鬆。

「上了，」光平也不服輸地輕鬆回答，「為什麼要問這種事？」

「因為她剛才瞪我。」

說著，他笑了起來。在笑的時候，白色的煙從他的齒縫中飄了出來。

刑警收起笑容，又說了一次：「下一個問題。」光平屏息以待。

「把你所知道的廣美和『繡球花』學園之間的關係統統說出來，我已經知道你和悅子去過學園，不必再隱瞞了。」

「我無意隱瞞，因為我幾乎什麼都不知道。」光平回答，然後，把名為「繡球花」的小冊子，以及她每週二都去那裡的事告訴了刑警。

「你們和堀江園長聊了什麼？」

「沒聊什麼重要的事。」

光平聲明後，也毫不隱瞞地說出了和堀江園長談話的內容。刑警並不滿意，但也沒有認為光平在說謊。

「希望以後也可以得到你的協助。」

刑警喝了一口黑咖啡說道，「每次都要比賽太累了，況且，我也不能保證每次都贏你。」

「我考慮一下。」

光平也喝著咖啡。「你剛才說，也可以回答我幾個問題。」

刑警把咖啡杯放在嘴邊，點了點頭，然後做出「放馬過來」的手勢。光平吸了一口氣。

「首先我想知道，你們對於松木的過去知道了多少。」

「原來是這個問題。」

他放下杯子，「根據目前的調查，他之前在中央電子當程式設計師，並不起眼，也沒有給別人留下深刻的印象。你知道專家系統嗎？」

「那本雜誌上有寫。」

光平指著刑警內側口袋的方向。

「是嗎？」刑警的表情有點嚴肅，似乎在沉思什麼。

「還有其他問題嗎？」刑警問。

光平想了一下說：「我想知道密室的事。就是你上次提到的密室，你們知道殺害廣美的兇手逃跑的路徑了嗎？」

「目前，搜查總部認為，」刑警難得語氣沉重地說：「是發現屍體者產生的錯覺。」

「錯覺？」

「也就是認為你沒看清楚。兇手躲在途中的某一個樓層，但因為你一心想著上樓，所以沒有發現。」

「我當然有看清楚。」光平說，「縱使你們不相信也無妨。」

刑警動了動嘴唇，光平覺得他在說：「我知道。」但也可能是光平會錯了意。
總之，密室的問題目前毫無進展。
「只有這些問題嗎？」
香月問，光平用腳踢著地板，想了一下，然後抬起頭。
「廣美為什麼沒有接受你的求婚？」
刑警慌了手腳，他瞪大眼睛，倒吸了一口氣，「這種問題，不該由我來回答吧。」
「因為你是刑警嗎？」
「不是，」香月說：「我想是她討厭我。」
「她這麼對你說嗎？」
「她什麼都沒說，只說──我拒絕。我沒有問她理由。」
「聽悅子說，廣美也很喜歡你。」
香月沒有回答，把食指伸進左耳，用力抓了抓，似乎在說，不再接受任何問題了。
「咖啡很好喝，代我向迷你裙的她問好。」
他把灰色圍巾繞在脖子上，走出了玻璃門。

8

聖誕樹殺人事件至今已經三天，警方仔細地調查了堀江生前的行蹤。來「青木」喝咖啡、撞球的客人中，有不少是商店街的老闆，都曾經被刑警問過話。
在車站前開拉麵店的中年男子兒玉的消息似乎很有價值。那天晚上，兒玉和堀江曾經有過交集。

「我記得是外面開始喧鬧的三十分鐘前，他來吃拉麵。他點了鹽味拉麵，吃完之後，他問我：『要怎麼去大學？』我告訴他，沿著店門口那條路直走就到了。但當時覺得很奇怪，哪有人半夜去大學的。」

兒玉動作僵硬地撞球，偏著頭說：「我把這件事告訴刑警後，他們立刻神色緊張起來，也許我是他生前最後見到他的人。」

沒有其他人看到過堀江。兒玉也許沒有猜錯。

——園長應該不是想去大學，只是想藉此判斷方向而已。這麼說，他果然約了人在這裡見面……

警察也在調查命案的現場。關於這件事，沙緒里知道得很清楚。因為糕餅店老闆島本來咖啡店時，告訴了她詳情。

「目前警方認為兇手是在聖誕樹旁行兇殺人，雖說是深夜，但也不可能扛著屍體大搖大擺地走在學生街，但因為找不到兇器，所以警方很著急。」

堀江胸口中刀身亡，但是沙緒里所說的「兇器」並不是指刀子。根據案發兩天後的報紙中提到，堀江後腦勺被鈍器重擊，他因此昏迷時，被刀子刺進了胸口。所以，「兇器」是指鈍器。

堀江可能和誰約在聖誕樹前見面，對方悄悄從背後靠近，擊中他的後腦勺，再用刀子刺死他——這應該是合理的推理。

「這起命案實在太奇妙了。」

井原下班後也來了，他在喝咖啡時偏著頭納悶。松木死了之後，他很少去撞球了，都來咖啡店喝杯咖啡後才回家。

「松木和廣美，然後又是這次的男人，完全猜不透他們之間到底有什麼交集。」

「這三起命案果然有關係嗎？」沙緒里問。

「那當然，」井原皺著眉頭說，「至少兇手是同一人，犯案手法也都是用刀殺人，如果純屬巧合，未免也太巧了。」

「問題在於動機。」光平說。

「你說得對。想要瞭解動機，就必須找出三個人之間的關聯。」

「比方說，兇手原本只打算殺一個人，但因為其他兩個人意外知道他是兇手，他只好把那兩個人也殺了？」

光平說出了悅子之前想到的推理，井原點了兩、三次頭。「完全有這種可能，但是，兇手應該認識這三個人。」

光平也認為完全有這種可能。

「井原先生，你知道專家系統嗎？」

或許是因為突然改變了話題，井原聽到光平的問題後，露出困惑的眼神。「為什麼突然提到這個？」

「專家系統，你知道嗎？」

「我知道名字，是讓電腦代替專家工作。怎麼了嗎？」

「聽說松木在之前的公司就是做相關的工作，而且，好像也和這次的命案有關。」

「是喔……」

井原放下咖啡杯，在椅子上挺直身體打量著光平的臉。

「什麼意思？可不可以請你說清楚點？」

於是，光平依次把《科學紀實》這本雜誌的事、雜誌中提到了專家系統，以及松木好像從事這方面的工作告訴了他。井原專心聽著他的說明，毫不在意咖啡已經冷掉了。紳士耳垂慢慢變紅，顯示他對這件事有極大的興趣。

「津村，這件事很有意思。」

他略帶興奮地說。「在這種問題上，比起我這種外行人，還是要找專家。好，我馬上打電話找他來。」

井原站了起來，拿起收銀台旁的公用電話。他打電話給正在大學研究室的「副教授」，他似乎知道副教授夜間的專線電話。

「……總之，詳情等你過來再談，你只要馬上過來就好，沒問題吧？」

井原用強勢的口吻要求副教授來這裡後，搓著手回到了桌旁。「副教授馬上就來了，他一定會告訴我們更有意思的事。」

光平聽了，點了點頭。

瘦巴巴的太田副教授在二十分鐘後現了身，他穿了一件寬大的風衣，腰帶繫得特別緊。他脫下寬大的風衣，在等第一杯咖啡送上來之前，井原向他重複了光平剛才說的內容。瘦巴巴的副教授不安地輪流看著井原和光平，但聽完之後，像雞啄米般頻頻點頭。

「專、專家系統的話，我略有所知。」

他挺起胸膛說：「因為時下正流行。流行的契機是因為三哩島的核輻射洩漏事故，那起事故的原因是在事故發生初期，超有經驗的操作員心慌犯下了操作失誤。專家普遍認為，如果在事故發生時，有可以冷靜分析原因的電腦，根據電腦的判斷做出適當處理，就可以將事故防患於未然。」

「松木有沒有提到過專家系統的相關話題？」井原問，太田搖了搖頭。

「我也是……第一次聽到他曾經從事這方面的工作。」

松木既然隱姓埋名，當然也不會提及這種事。光平心想。

「你有沒有覺得他以前的工作或許和這次的命案有關？」

太田發出好像打鼾般的感嘆聲，但隨即搖了搖頭。「我無法想像。」

「我打一個比方，」井原壓低聲音說：「假設他在工作時，看到了什麼名單，你覺得有沒有可能？」

「名、名……單？」

「對啊，比方說，那份名單上有個人資料或是簡單經歷，他剛好有機會看到，就知道了某人不想被人知道的過去，這麼一來，對方就可能想要殺他滅口。」

「果真如此的話……」光平回想起松木的臉說：「代表松木去恐嚇那個人嗎？」

「雖然不知道能不能直接用恐嚇這兩個字，但以這起命案來說，松木很可能想要接近那個人。」

太田皺了皺眉頭說：「有這種可能。比方說，公司有所謂的人才配置系統，裡面就包含了個人資料，有些可能保存了詳細的個人經歷資料。但有這種不堪往事的人，恐怕很難留在大公司。」

「的確很難想像電腦的資料中，會有讓人不惜想要殺人滅口的內容，這種員工恐怕會立刻被開除。

井原卻說：「並不一定是拿著資料去恐嚇，還可能有這種情況，松木看到了自己認識的人的個人資料，發現上面的過去和實際不同，對當事人來說，有非不得已，必須要說謊的理由。松木調查之後去恐嚇了他。」

「好、好厲害。」瘦巴巴的副教授佩服地仰頭看著井原，「簡直就像在寫小說。」

紳士苦笑著，抓了抓太陽穴。「你別開玩笑了——如果從這個角度思考，還有其他可以找到恐嚇材料的方法。」

「對、對啊。」

副教授小口喝著咖啡，似乎陷入了思考，隨即抬起眼睛，似乎想到了什麼。「從這個角度去想，負責會計作業的專家系統也許很、有意思。」

「有道理，」井原說，「如果從資料中發現了盜用公款的證據，就可以用來恐嚇。」

「但是，」光平插嘴說，「我們周圍應該沒有會遭到這種恐嚇的人。」

井原抱著手臂說：「對啊。」

「唯、唯一有可能的，就是你。」

副教授嘴角露出笑容，看著井原說：「因為只有你在公司上班。」

「你別開玩笑，」井原露出不以為然的表情，「我們公司並沒有委託中央電子任何案子，而且，我也不是會計部門的，個人資料也沒有輸入電腦。」

「我只是說，有、有可能而已。」

副教授又不懷好意地笑了起來。

「總之，沒有我們置喙的餘地了。」

聽到光平的話，井原也乖乖地點頭。「對啊，還是交給警察去偵辦吧。」

刑警香月他們對松木過去的瞭解遠遠超過光平他們，搜查總部應該早就討論過他們剛才在這裡談話的內容。

不過——

井原和太田的意見的確令光平很感興趣，但他仍然無法釋懷。無論怎麼想，都很難把廣美和松木私底下做的這些事連結在一起，所以，她只是受到牽連而送了命？

不一會兒，光平就接到了悅子打來的電話。悅子很慌張，向來柔和的聲音今晚聽起來格外尖銳。

她要求光平馬上去找她。光平告訴她，離打烊還有兩個小時，她回答說：「那我一個人去。」

「等一下，妳要去哪裡？」

「當然是繡球花學園啊，還用問嗎？你之前不是說好要和我一起去的嗎？」

「也未免太突然了。」

「我要配合對方的時間啊，你到底要不要去？」

「我還沒吃飯。」

「我可以幫你準備三明治，應該有時間可以吃三明治。」

「好吧，那我來想辦法。」

光平掛上電話後，向老闆和沙緒里說明了情況，希望可以提早下班。老闆皺了一下眉頭，沙緒里說：「幹嘛那麼小氣。」老闆就答應了。

「如果有什麼消息，可不可以告訴我們？」

井原一臉嚴肅地說，光平點頭答應後，走出咖啡店，前往悅子的公寓。

來到公寓，悅子穿了一件可愛的圍裙，剛好做完一大盤三明治。

「你一邊吃，一邊聽我說。」

悅子匆匆倒了紅茶，沒有脫下圍裙，就坐在椅子上。圍裙上繡著一個拿著傘的婦人在天空中飛翔。

「警方調查後，還是不知道姊姊為什麼要去繡球花學園，堀江園長應該知道，但其他職員都不知道。目前也查不出松木和繡球花學園有什麼交集。」

把火腿三明治送到嘴邊的光平停下了手，「這是香月告訴妳的嗎？」

「對啊，你有什麼不滿嗎？」

「不。」光平搖著頭，咬著三明治。吐司麵包口感細膩，芥末醬加得恰到好處，和便利商店賣的那種裝在塑膠袋裡的三明治有著天壤之別。

「堀江園長根本是一個大好人，完全想不到兇手有什麼動機，從來沒有人說過他的壞話。」

「他的確給人這種印象。」

光平回想起堀江的樣子說道。

「這是到目前為止所知的消息，所以，我認為在這個基礎上，有必要親自去學園瞭解一下情況。」

「真突然。」

「因為是臨時決定的。我已經考慮到讓你儘可能少請幾個小時的假了。」

「這也是香月安排的嗎？」

「才不是呢，幹嘛這麼在意他？你很討厭警察嗎？」

光平把三明治吞下後說：「一開始是這樣，但現在還好，我只是想自己解決這個問題，我可以說一些冠冕堂皇的話嗎？」

「請便。」

「如果靠別人解決，這起事件在我內心無法結束。妳數學好嗎？」

「還不錯吧。」她說。

「我的數學也很好，讀書的時候，遇到解不出的問題，如果別人告訴我怎麼解題，即使當時懂了，也會很快忘記，因為並沒有完全變成自己的知識。但是，自己花了很長時間，絞盡腦汁解出的問題不會忘記——差不多就是這種感覺。」

「我能理解。」

說著，悅子微微偏著頭，伸出舌頭舔著下唇。「我和你的想法不太一樣，只是我不知道怎麼表達。」

「我們想法不同是理所當然的，這個世界上有多少人，就會有多少種想法。」

光平又咬了一口三明治，這次裡面夾的是小黃瓜和起司。

「而且，香月也很愛姊姊，他也說你人很不錯。」

「他和我沒有關係，廣美並不是我和他之間的媒合劑。」

悅子沒好氣地笑了起來，伸手拿了三明治。

他們坐上向朋友借來的豐田 Soarer 前往「繡球花學園」。悅子開車很猛，坐在副駕駛座上的光平數度用力踩在車底，她卻不在意，左腳隨著汽車音響播放的杜蘭杜蘭合唱團的歌曲打著拍子。

學園周圍住家房子的窗戶都亮起了燈光，學園內只有一個房間亮著微弱的燈光。他們按照指示，從大門旁的側門走進學園，一踏進玄關，左側就是櫃檯。光平探頭一看，裡面有一個戴眼鏡的女人，看到光平他們後，立刻微微欠身，走了過來。

「對不起，我們來晚了。」悅子向她道歉。

那個女人面帶微笑，再度低下頭，請他們去會客室。就是之前和堀江園長見面的房間。會客室內有一張小桌子，上面放了兩杯茶。較矮的杯子裡還剩下淡綠色的液體。剛才似乎也有人來過。

他們在會客室內等候，五分鐘後，剛才的女人送茶進來。看到她的時候，光平才想起上次來這裡和園長見面時，也是她送茶進來。

「啊，真不好意思。」

她看到放在桌上的茶杯，滿臉歉意地說完，俐落地收好杯子，在他們面前放了新泡的茶，茶杯內冒著熱氣。

「因為剛才突然有客人上門，」她彎腰鞠躬後，又滿臉歉意地說，「你們認識佐伯小姐吧？她剛才來過。」

「在友愛生命當外勤的佐伯小姐嗎？」光平問，她深深點頭。「她為園長先生去世的事而來，她也很難過。」

「是嗎？」光平也沉痛地回答。

之後，他們相互自我介紹。她叫田邊澄子，是在這個學園工作最久的職員。

她一臉嚴肅地說：「那天，園長在學園留到很晚。」

「妳有沒有聽他提起，要和別人見面？」光平問。

「沒有。」她回答，「事後回想起來，發現園長那天有點坐立難安，心神不寧的感覺。」

「有沒有人打電話來？」

悅子問，澄子想了一下，搖了搖頭。

「可能有人打來，但園長室有專線電話，我們並不知道。」

「是喔。」悅子無力地回答。

「對不起，無法回答你們的問題。」

澄子坐在椅子上，欠身向他們道歉。「其實佐伯小姐剛才也問了這些問題，我也答不上來。」

「佐伯小姐也……」

到底是怎麼回事？光平忍不住思考。難道她也在找兇手？
「妳知道我姊姊被人殺害了嗎？」
悅子問，澄子用力點頭。「妳姊姊人很好，警方也問了我很多關於她的事。」
「但妳沒有頭緒，對嗎？」光平說。
「我不瞭解。」
「她是不是曾經找堀江園長商量什麼事？」
澄子想了一下，否認說：「我不記得有這種事。」
「堀江園長之前有沒有提到過那個學生街的什麼事？」
悅子問道，但澄子的回答也和剛才一樣。
光平和悅子互看了一眼，從這裡根本得不到任何線索。原本他們打算一旦發現什麼蹊蹺，就繼續追查，但這樣根本連問題都問不下去。
「我姊姊在這裡時是怎樣的感覺？」
悅子問了完全不同的問題，「她是感覺在為公益奉獻？還是樂在其中？」
「她在這裡幫忙時很開朗啊。」
澄子用全身點著頭，好像在強調這句話。「當然，因為是這種工作，所以我相信她覺得在做公益。她和小朋友相處時也很快樂，否則，小朋友也不會對她敞開心房。」
然後，澄子用力拍了一下手，「對了，我讓你們看一樣東西。」說完，她站了起來，離開兩、三分鐘後，拿了一大本相簿走回來。

「我們偶爾也會為學童拍照。」

她打開相簿，有廣美和數十個小朋友在一起的照片。照片中的廣美穿著和在「莫爾格」時完全不同的休閒服裝，時而做體操，時而唱歌。

「啊，鋼琴。」

悅子指著其中一張照片說。照片上，廣美正在彈鋼琴，臉上洋溢著光平從來沒有見過的生動表情。光平心想，原來這才是真正的她。

「為什麼這麼好的人會遭人殺害？」

澄子看著照片，似乎感慨萬千，按著眼角，聲音微微發抖。

拍到廣美的照片並不多，大部分都是以職員為主。遠足、玩遊戲、看圖說故事——

光平的目光停在其中一張照片上。

因為他在照片上發現了一張熟悉的臉。他心跳加速，好像在打鼓一樣。全身的血好像都流到臉上。

那是小朋友做健康檢查時的照片，拍到了兩名從醫院來學園出診的醫生。其中一個人——就是那個——穿皮夾克的男人。

男人沒有穿皮夾克，而是穿著白袍，正笑著和別人說話。

「這個人……不、不是附近綜合醫院的醫生嗎？」

光平忍不住口吃起來，悅子對他露出狐疑的眼神。

澄子看了照片後回答：「對啊。」

「那家醫院是我們學園指定合作醫院，這位醫生姓齋藤，從年輕時就來這裡了。」
「齋藤……」
「請問，他怎麼了嗎？」
「不，只是我之前看過他……他最近什麼時候來過這裡？」
澄子微微偏著頭想了一下回答說：「他最近很少來，都是另一位醫生……最後一次應該是春天的時候。」
「春天的時候。」
光平也偏著頭。
「他人很好，」澄子說，「為了那些孩子，他比別人更認真。當治療情況不理想時，他總是感到很自責。」
「是嗎……？」
光平再度看了照片。那個男人在照片中露出笑容，但那雙眼睛正是做事小心謹慎的醫生特有的眼睛。
離開學園，一坐上Soarer，悅子立刻擰著光平的手肘。
「你趕快招供，照片裡的男人是誰？」
「好痛，好痛。」
「我還不知道，他是個神秘的人。我會告訴妳，妳先放開我。」
悅子鬆手後，光平仍然覺得陣陣刺痛，忍不住抱怨：「妳姊姊才不會像妳這樣。」

然後，才開口告訴悅子皮夾克男人的事。他是「莫爾格」的老主顧，廣美被殺的那天晚上，他從公寓走出來。

「他和命案有關係嗎？」

悅子在轉動鑰匙時低聲問道。引擎開關一轉動，具有電子控制燃料噴射系統的引擎立刻發動起來。

「現在還不知道，我打算接下來調查一下。」

「怎麼調查？直接問他和命案有沒有關係嗎？」

「這當然不可能，但可以問他『繡球花學園』和廣美的事，觀察他的反應。」

「又不是在拍連續劇，能夠看出他的反應嗎？」

悅子說完，用力踩下油門，輪胎發出尖叫聲，光平整個人倒在車座椅背上。

「無論如何，都要和他談一次看看，之後再決定要不要懷疑他，明天就去找他。」

「我也一起去。」

「好啊……妳打算告訴那個刑警嗎？」

悅子沉默了一下說：「暫時還不會。雖然不是要和警方競爭，但我覺得在你身上賭一把也不錯，感覺比較好玩。」

「好玩……」

「雖然交給香月去處理感覺比較確實，但不好玩。只要給他資料，他就可以冷靜地分析，做出正確的回答。」

「像機器一樣嗎？」光平問。

「對，就像機器一樣，他天生就像當警察的料，警察機器。」

「如果以後研發出具有完美偵查能力的電腦，」光平說話時，在擋風玻璃上寫了「computer」幾個字，「不知道他會怎麼樣？」

「我想不會怎麼樣，」悅子說，「他會說，電腦比無能的人有用多了，恐怕還會去和電腦打招呼說，以後要多多合作。」

「原來如此，我終於知道了。」

「知道什麼？」

「他和我比賽撞球，我根本不是他的對手。」

悅子想了一下，吃吃笑了起來。

9

走出地鐵的階梯，前方有一棟七層樓的大樓，那家店就在三樓。

香月和年輕的刑警站在大樓前。

這裡離鬧區的主要街道有一小段距離，現在還不到六點，但因為是尾牙季節，不時看到像是上班族的男人不知道從哪裡冒出來，走進附近的餐廳。

「彩色球」——這是他們要去的店家。他們走進大樓，按了電梯。

「沒想到松木會來這種店。」

在等電梯時，香月對年輕的刑警田所說。個子高大的田所是一流大學的法學院畢業的，看起來很精明。

「聽說他還是上班族的時候經常來這裡，幾乎都是一個人。」

「一個人來撞球嗎？」

電梯來了，香月按了三樓的按鍵。

「那位課長說的，雖然他肯定松木的實力，但說松木太喜歡自我表現了。」

「所以，他的風評不好？」

「也不至於太差，課長內心也對他抱有期待。香月先生，其實我也覺得你對這起命案太執著。」

「執著很重要。」

香月說著，撇了撇嘴露出笑容。電梯到了三樓。

打開「彩色球」的門，沒想到店內很寬敞，有四張藍色絨布的撞球桌。三張是落袋撞球桌，一張是開倫撞球桌。四周有桌子和吧檯，其他客人喝著酒，看別人撞球，等待輪到自己。

香月他們走進去時，四張撞球桌都被佔領了，也有幾個人在排隊等候。香月看到客人有超過一半是女人，覺得是新發現。

一個身穿白襯衫、黑背心，留著小鬍子的矮個子男人走向他們。

「我們想再詳細瞭解一下上次請教你的事。」

聽到田所這麼說，矮個子男人微微挑起眉毛，然後把兩名刑警帶到吧檯角落。

「生意真好。」香月說。

「託兩位的福。」矮個子男人回答。

「你認識這個人吧？」

香月從內側口袋裡拿出一張照片遞到矮個子男人面前。那是松木的半身照。

「聽說他以前常來？」

「對，」他回答說：「去年之前他常來。」

「之後為什麼不來了？」

「不知道。」矮個子男人偏著頭回答，「偶爾會有這種客人，之前幾乎每天都來，然後就突然不來了。」

「我聽他說，」香月轉頭看了身旁的年輕刑警一眼，「照片中的男人曾經拜託你一件奇妙的事，希望你幫他介紹大學相關的人。」

「介紹？喔……」

矮個子男人露出苦笑，「老主顧中不是有各式各樣的人嗎？像是稅務師或是做房屋仲介的，有時候會有客人來拜託，希望可以介紹他們認識，但我第一次遇到想認識在大學的人。」

「他只說是大學的人嗎？」

「不，」男人的小鬍子抽動了一下，「我記得他要求認識研究電腦的學者。」

「是喔……」

香月和年輕刑警互看了一眼，然後又將視線移回矮個子男人身上。「你沒有問他理由嗎？」

「我記得曾經問過他，但他好像沒有明確回答，因為已經是很久以前的事了，我記不太清楚了。」

「很久以前？是多久以前？」

「呃，差不多四年前。」

「四年……」

「杉本開始來這家店的時候。」

「結果你介紹客人給他了嗎？」

「沒有。」矮個子男人撇了撇嘴，「因為他開出來的條件太嚴格了，雖然這裡有幾個老主顧是大學的老師，但沒有是電腦方面的。」

「之後，他就沒有再問你了嗎？」

「他沒有再問我──對了，搞不好次郎知道。」

「次郎？」

「去年他經常和杉本一起撞球。」

然後，矮個子男人走到最角落的落袋撞球桌旁，向正在教兩位女大學生撞球的年輕店員咬耳朵。那個店員好像就是次郎。次郎五官清秀，外形俊俏。

「我記得杉本，但我不記得他曾經要求我介紹人給他認識。」

次郎抓著臉頰回答，「況且，我的人面也沒有很廣，倒是有不少人希望我介紹漂亮女生給他們認識。」

「杉本有沒有和誰的交情特別好？即使不是這裡的員工也無妨。」

「我想想。」

次郎不耐煩地皺了皺眉頭，但似乎在認真回憶。

他想了一下後，看向香月，「的確有一個人，那個人很年輕，看起來像學生。去年夏天的時候，他經常和杉本一起撞球，但他的技術很差。」

「看起來像學生？」

香月的腦海中浮現出津村光平的面容。

「個子很矮，有點胖。」

顯然不是津村光平。

「你知道那個學生是誰嗎？」

「我不知道他叫什麼名字，」次郎說：「但我猜想應該在這附近打工，之前曾經看過他穿著電器行的工作服來這裡。」

「電器行打工……」

香月似乎想到了什麼，他把照片放回口袋，心滿意足地拍了拍次郎的肩膀，「謝謝，你幫了很大的忙。」

「呃……」次郎指了指刑警內側口袋，「請問那個人怎麼了？」

香月嘆了一口氣，「沒什麼，只是被人殺了而已。」

10

去繡球花學園翌日上午，悅子再度打電話給光平。

「你有沒有午休？」她劈頭問道。

「有是有，只不過不能離開店裡。」光平回答，但她對光平的話充耳不聞，好像調皮的小孩子般說：「現在是逮到那個醫生的好機會。我已經去醫院確認過了，他昨天在醫院值班，中午會離開醫院回家。我會跟蹤他，打算直接去他家找他。」

電話中傳來「嗡」的聲音。她似乎在醫院附近打公用電話。

光平嘆了一口氣，「妳為什麼每次做什麼事都是臨時起意？妳也該為我考慮一下。」

「對不起，我沒有時間。」

她嘴上道歉，但語氣中完全沒有歉意。「你有什麼打算？」

「我會想辦法，妳把地點告訴我。」

悅子很快說出了自己所在的地點。原來她在醫院的候診室。光平心想。

「我會在二十分鐘內趕到。」

「十五分鐘。」

「我盡量。」

光平掛上電話，又立刻拿了起來，打給住在同一棟公寓的重考生。因為他重考多年，父母給他的生活費越來越少，他卻很少去上課，平時都懶在家裡。

重考生接了電話，光平問他：「有一個兩個小時的打工機會，薪水不錯，要不要接？」

光平來到醫院時，發現候診室內擠滿等待看診的人，大部分都是中老年人。這一帶是學生街，很納悶到底哪裡冒出這麼多中老年人？光平費了一番工夫才找到悅子。

她坐在最角落的椅子上看週刊雜誌，看到光平，向他揮了揮手示意。

「這裡的空氣真差，」悅子皺著眉頭，「大家都在咳嗽，搞不好這裡才是病人的製造工廠。」

「皮夾克男人還沒來嗎？」

光平在她旁邊坐了下來，「我沒有很多時間。」

她看了一眼手錶說：「差不多了。」

她再度低頭看雜誌，光平只能觀察坐在對面的一個五歲左右的男生。男生渾身無力，好像在發燒，靠在一個看起來像他媽媽的胖女人身上。他穿著厚外套，戴著圍巾和毛線帽，渾身裹得密密實實，感覺反而會加重他的病情。只要稍微動一下，他母親就尖聲罵他：「不要亂動。」再度低頭看手上的娛樂雜誌。

這家醫院最出名的就是看診要排隊排很久。

「喂。」

悅子戳了戳他的腰，光平驚訝地抬起頭，卻沒有看到那個男人的身影。

「沒有看到他啊。」

「不是，你看那個女人。」

「什麼？」

順著她的視線望去，發現有一個女人走向門口。隨意綁在腦後的頭髮很眼熟。

「咦？不是佐伯小姐嗎？」

那個女人是保險公司外勤人員佐伯良江，據說在繡球花學園認識廣美後，和她很熟。

「為什麼她來這裡？」

「不知道，可能來看病。」

「還是來拉保險？」

「也許吧，但來醫院拉保險好像很奇怪。」

他們在說話時，良江已經離開了醫院，光平目送著她的背影。「啊，來了，是不是他？」悅子小聲地叫著他。

他緊張起來。沒錯，就是那個皮夾克男。

那個男人在西裝外穿了一件黑色羊毛大衣，戴著深色墨鏡，快步離開醫院。

「走吧。」光平站了起來。

男人走路的樣子很挺拔，光平他們和他保持二十公尺的距離，他似乎沒有發現被跟蹤。如果他和命案無關，應該不會想到有人跟蹤他。

光平好像刑警般跟蹤著，暗想著自己為什麼要自找麻煩，只要上前叫住皮夾克男問清楚就可以解決問題，根本不需要知道他家住在哪裡。

但是，他的確覺得這個男人不單純，不光是因為曾經在廣美的公寓遇見他，而是他身上有某種讓光平無法不注意他的東西。光平不知道其中的原因，心裡很煩躁。

「是朝我公寓的方向。」

不知道是否想偽裝成情侶，悅子挽著光平的手，在他耳邊小聲說道。「搞不好他真的住在那棟公寓。」

「嗯……」

男人來到了那棟公寓前，他放慢了腳步，往後看了一眼。光平和悅子察覺到他的動靜，立刻躲到停在路邊的廂型車後方。

男人用中指推了推墨鏡，很快改變了方向，閃進一旁的公寓。光平他們也從車後衝了出來。

「我就知道。」悅子說。

「追上去。」

兩個人跑了起來。

他們衝進公寓，立刻來到電梯前，想要確認男人要去幾樓，但電梯停在一樓。

「他走樓梯。」

悅子話音未落，光平已經衝上了樓梯。悅子也緊跟在後。

來到三樓時，頭頂上傳來腳步聲，沉重而有節奏感。光平回想起男人的步伐，確信是他的腳步聲。

男人的腳步聲一直持續到六樓，光平和悅子小心翼翼地向走廊探出頭，看到男人的背影近在眼前，他們趕緊把頭縮了回來。

光平再度探出頭，想知道他走進了哪一個房間。男人沿著走廊往前走，在其中一扇門前停下腳步，按了門旁的門鈴。

「啊，那個房間是……」

悅子在光平身旁輕聲說這句話的同時，那個房間的門也打開了。「啊！」光平忍不住叫了起來。聽到他的聲音，開門的女人也發現了他們。

「光平？」

「媽媽桑，這是……？」

那是純子的房間。

戴著墨鏡的男人狐疑地輪流打量著突然出現的一男一女，光平和悅子尷尬地說不出話。

房間內傳來藍調音樂。

第四章——推理、對決和逆轉

1

小型錄音機播放著藍調音樂。放在廚房的這個錄音機是純子家中唯一的音響，客廳很寬敞，放著沙發和茶几，兩張長沙發中間放著玻璃茶几。

光平和悅子坐在其中一張沙發上，那個醫生坐在他們對面，純子有點緊張地在廚房泡茶。

三個人面對面時，牆上的木紋時鐘指向十二點三十五分。在秒針走了一、兩圈，沒有人說一句話。只要抬起眼睛，就知道彼此在觀察對方——他們相互打量了好幾次。

那個醫生從上衣口袋裡掏出ＫＥＮＴ菸盒，拿了一支叼在嘴上，然後用打火機準備點火，抬眼看著光平他們。

「我可以抽菸嗎？」他問。這是打破寂靜的第一句話。

「請吧。」光平回答，「只要媽媽桑同意，這裡是她家。」

正在倒茶的純子停下手，看著光平。

男人花了很長的時間，深深地吸了一口菸，吐向了空中。悅子在光平身旁輕輕咳嗽了一下。

「所以，」男人靠在沙發上，輪流打量著坐在面前的這對男女，「有什麼事嗎？既然你們跟蹤我，應該是有事要找我吧？」
他的聲音低沉，但很響亮。
光平慢慢吞著口水，等心情平靜後，才開口問：「你知道『繡球花學園』吧？」
男人皺著眉頭，緩緩轉頭看著他，似乎在思考光平這個問題的用意。
「那裡的職員給我們看了你的照片，」光平說：「雖然原本是為了讓我們看廣美在那裡當義工的情況，我們從照片中偶然發現了你。那個職員告訴我們說，照片上的人是綜合醫院的齋藤醫生。」
「那個人說得沒錯，」齋藤說：「但那又怎麼了？我是因為工作的關係去那裡，完全沒有私人因素，至少沒有讓你們跟蹤的理由。」
他平淡的語氣中不帶有任何感情。光平突然想到，他也是這樣為病人看病嗎？
純子利用他們談話的空檔把茶端了過來，矮扁的杯子裡飄出焙茶的香氣。光平喝了一口問：「你知道廣美去『繡球花學園』這件事吧？」
齋藤把菸灰彈進菸灰缸，不悅地嘆了一口氣回答：「我知道。」
「所以，你和堀江園長、廣美都有交集。」
「算是吧，」他吐出下唇，「我和命案無關，我剛才也說了，我和『繡球花學園』之間只是醫生和病人的關係。」
「但你無法證明吧？」
悅子在一旁插嘴問。齋藤露出心虛的表情，隨即恢復了鎮定反駁說：「你們也沒有證據可以否定我的話，況且，園長被殺害的那天晚上，我和同事一起在醫院。」

又是一陣短暫的沉默。純子坐在齋藤旁，始終看著手上的茶杯。光平覺得她在觀察事態的發展。

「我可以把我的想法說出來嗎？」

光平問，男人回答：「請說。」

「你和媽媽桑是情侶吧？但因為某種原因，無法對外公開，因為不能公開，所以在店裡的時候，只能以普通客人的身分和媽媽桑見面，來這裡的時候，也必須避人耳目。」

齋藤瞥了一眼身旁的純子，無奈地笑了笑。

「因為現在被你看到了，恐怕也很難否認，但這和你沒有關係吧？」

「你們為什麼要隱瞞情侶關係？」

「沒有義務向你解釋吧。」

齋藤的語氣中仍然沒有一點慌張，他舒服地坐在沙發上。坐在他身旁的純子欲言又止地看著光平。光平也看著她。

「是因為我的問題。」她說，「因為我的問題，所以才沒有公開我們之間的關係。因為我開那種店，公開自己有男朋友不太好。」

「廣美並沒有隱瞞和我之間的關係。」

「情況不一樣。」

純子的聲音很平靜，不愧是成熟的女人。

光平又沉默了片刻，再度看著純子，「媽媽桑，妳知道廣美每週二去『繡球花學園』的事，對嗎？」

是啊。她動了動嘴唇。

「那為什麼不告訴我？我每次問妳，妳都說妳不知道。」

「我之前不是說過嗎？」她回答，「不要凡事都追根究柢，既然她想要隱瞞，我不能未經她同意就說出去，況且，我也不知道她為什麼要去身障兒童的學校。」

「難道妳不覺得奇怪嗎？」

「覺得啊，我也曾經問過她一次，但她沒有說，之後，我就不再提這件事。」

「誰都有不願意被人知道的事，越是年紀大，想要隱瞞的事就越多。」

齋藤在一旁插嘴說。他似乎在挖苦跟蹤他之後，又問了一大堆問題的光平。

「我也有問題想要問。」

在光平有點退縮的時候，悅子開口說道。純子和齋藤的視線移到她身上。

「我想知道你們怎麼認識的，」她繼續說道：「純子姊和我姊姊是好朋友，又是合夥人，姊姊和齋藤先生在同一個身障兒童學校見過面，齋藤先生又和純子姊是男女朋友。所以，我覺得你們三個人的關係應該很密切。」

好問題。光平心想。

純子和齋藤有點困惑地互看了一眼，齋藤點了點頭說：「由我來說明吧。」因為悅子是廣美的妹妹，所以他沒有冷言拒絕說：「不關妳的事。」

齋藤把ＫＥＮＴ的菸蒂在菸灰缸中捺熄，雙手在膝蓋上交握著。

「是因為我和廣美在那個學園認識的關係，因為住得很近，所以慢慢熟悉起來。她邀我去店裡玩，當然，她要求我不要提起學園的事。」

「所以，你去了店裡，認識了純子姊嗎？」

悅子問，齋藤輕輕點了點頭，「但我們並沒有馬上深入交往，我們是在春天的時候認識的，夏天之後，才變成目前的關係。」

「姊姊知道你們的事嗎？」

「當然知道。」

悅子看著光平的臉，她的表情似乎在說，既然他這麼回答，我就不便再問了。

「你們，」純子開了口，「在懷疑我們嗎？你們以為我們是殺害廣美的兇手嗎？」

她的語氣溫柔，眼神卻在責備光平他們。光平慌忙搖頭，「媽媽桑，不是妳想的那樣。」

「那為什麼一直問這些事？」

「因為我希望從中尋找靈感，但完全沒有認為妳是兇手。因為我很清楚，廣美遇害的那天晚上，妳在店裡，而且，妳也沒有動機殺害廣美。」

「你似乎有什麼理由，對我產生了興趣。」

齋藤說，「因為你跟蹤了我。如果只因為我也去了廣美去的那個學園，以及住在這附近就跟蹤似乎不太尋常。」

於是，光平說出了在發現廣美屍體的那天，曾經和齋藤擦身而過的事。

齋藤不記得曾經見過光平，他偏著頭問了一句：「是這樣嗎？」

「對，但你那天沒有穿皮夾克。」

「是這樣嗎？」他再度偏著頭，然後看了光平一眼，重新換了一個姿勢。

「原來如此，所以你懷疑我是兇手。」

「不，沒有懷疑你，只是在案發前後，曾經有幾次在『莫爾格』看過你，所以有點在意。而且，你不可能是兇手。」

「為什麼？」他反而納悶起來。

「因為我和你擦身而過後，電梯才到一樓。那時候，廣美在電梯上，所以，你不可能是兇手。」

齋藤一臉訝異，似乎無法理解光平說的話，然後不解地問：「為什麼你認定她從一樓搭電梯？」

「從各種狀況做出的判斷，」光平說，「而且，警方也這麼認為，這一點已經很明確了，只是說來話長。」

「不可能。」

光平的話音未落，齋藤立刻說：「她不是在一樓搭上電梯的。」

光平屏住呼吸，重新打量著他的臉。因為他太有自信，光平不知道該說什麼。

齋藤繼續說道：

「那天，我來這裡拿之前遺忘的東西，然後就走了。你們也知道，我來這裡時都走樓梯，儘可能避免遇到其他住戶，當然，那天晚上也是走樓梯。」

光平和悅子同時點頭。

「但我到一樓後，又想起了一件事，急著想上樓。當時覺得爬樓梯很麻煩，所以就在一樓按了電梯，但等電梯時，又覺得很麻煩，就直接轉身離開了。我應該是在那時候和你擦身而過。這個問題不重要，總之，我在一樓等電梯時沒有其他人，我認識廣美，如果她在一樓的話，我當然會記得。所以，她不是在一樓搭的電梯──」

2

三天後，香月終於找到了「彩色球」的次郎說的那個和杉本──也就是松木──很熟，看起來像學生的人。他找遍了「彩色球」附近所有的電器行，找到了三個去年夏天左右在店裡打工，看起來像學生的人。其中一人至今仍然在電器行打工，但從來沒有撞過球，另一個人打電話確認後，說他根本不知道有「彩色球」這家店。

最後，只剩下曾經在沖田電器行打工的長谷部。電器行老闆證實，他的體型和次郎所描述的完全吻合。

「他之前有交履歷表，去年丟掉了，幸好我知道他家的聯絡方式。」

說著，老闆遞給香月一張便條紙，上面寫著住址和電話號碼。那個人名叫長谷部賢一。田所用公用電話聯絡長谷部時，香月去了附近的書店。店門口放了各種不同的科學雜誌。他拿起其中的一本，再度思考松木為什麼試圖接近電腦相關的學者。

經過這三天的思考，香月認為松木很可能想要出售什麼，比方說，中央電子研發或是發現了什麼劃時代的技術，他打算出售這項技術，但既然要出售，照理說，出售給電子公司才是上策。而且，根據常理判斷，大學和企業在電腦研究方面的態度和目的並不相同。

──還是自己想錯了……

香月正打算否定自己的想法時，田所打完電話，回來向他報告。

「這個電話號碼是空號，我請電信公司查了一下，上個月底解約了。」

「解約……所以是搬家了嗎？」

「要不要去看看？」

田所遞上便條紙。看到上面所寫的地址，香月的眼神頓時銳利起來。

「這個地址……就在那個學生街附近。」

雖說是學生街附近，但其實相隔了兩個車站。車站前有一個以圓形花圃為中心的圓環，周圍有不少小商店。正前方是一條寬敞的大路，前方車來車往。

商店之間也有好幾條放射狀的小路，分別形成了一條條小型商店街。香月和田所走進了其中一條小路。

經過商店街，來到一棟三層樓的公寓前。田所對照了便條紙上的地址說：「好像就是這裡。」

水泥的建築物還很新，不像松木住的公寓，牆上爬滿了裂痕。

長谷部賢一的房間在三樓的最後一間，門口沒有掛門牌。他們按了門鈴，沒有人回應。

「可能真的搬走了。如果他之前是學生，可能畢業了。」

田所說話時，順手按了隔壁的門鈴。屋內傳來動靜，有人開了門。

門鍊內探頭出來的是一個二十歲左右的短髮女人，臉上化著妝，但一臉睡意。「哪一位？」她的聲音也很沙啞。

「警察。」

田所回答，她的眼睛稍微聚焦了。
「我想請教一下關於隔壁鄰居的事。」
「隔壁鄰居？」她訝異地皺著眉頭，「現在沒人住啊。」
「之前是不是住了一個姓長谷部的人？」
「之前啦，現在沒人住了。」
「他搬家了嗎？」
「不是。」
「那他去了哪裡？」
「他死了。」
「什麼？」
田所回頭看著香月，臉上的親切笑容完全消失了。香月代替他繼續發問。
「什麼時候的事？」
年輕女人胡亂抓了抓頭髮說：「好像是兩個月前。」
「死因是什麼？」
「我也不太清楚，」她的聲音仍然很慵懶，「因為我和他沒來往，聽說是意外身亡……我真的不知道啦。」
這樣就可以了吧？年輕女人說完，關上了門。香月和田所愣在原地，看著那扇門。
他們在轄區警局很快查明了長谷部賢一的死因。他喝醉酒，掉進附近的運河溺斃身亡。他生前似乎在橋上小便，長褲前的拉鍊敞開著。

「聽他家人說，他不太會游泳，而且，那天也喝了不少酒，血液中的酒精含量很高。更因為發生在半夜，附近的居民也完全沒有發現。」

當時負責偵辦這些意外的偵查員向他們說明了情況。那位年輕的刑警曬得很黑，臉型很有稜角。

「有沒有查到他到那座橋之前的行蹤？」香月問。

「大致掌握了。那天他去參加同學會，在大學附近的餐廳喝到很晚，因為錯過了末班車，他走回家的途中，掉進了運河。」

「所以，長谷部賢一果然是那所大學的學生嗎？」

「沒錯。」年輕的偵查員點點頭。

香月和田所互看了一眼。也許這件事和松木出現在那個學生街有什麼關聯。

「他還沒畢業嗎？」

「不，我記得應該是今年畢業了，但他討厭正職工作，所以靠打工繼續過學生生活。」

香月想起津村光平，覺得他們很相似。

「沒有他殺的嫌疑嗎？」

「我們當然也想到了這個可能性，但現場的狀況找不到他殺的痕跡，也找不到動機。我們調查了出席同學會成員的不在場證明，每個人的行蹤都很明確。」

「原來是這樣。」

香月嘴上這麼說，心裡卻在想完全不同的事。「你知道參加同學會的成員嗎？」

「我知道啊。」

轄區的刑警調查了相關紀錄，「是研究室的成員，具體來說……呃，是電力工程系太田研究室……的成員。」

3

乾冷的風不停地吹，連眼睛也睜不開。一到晚上，天空中沒有一片雲，不知道是否被風吹走了。

光平在下班後，緩緩走在街上，他和悅子約好要見面。

中途經過「莫爾格」，木門內傳來好幾個男人的笑聲。時田可能在裡面，那個皮夾克男——名叫齋藤的人——可能也在。

今晚自己不去那家店。光平沒有改變步伐，經過了店門口。

風仍然很大，穿越學生街後，風聲變成了可怕的聲音，聽起來就像一群年邁的小丑同時在嘆氣。

他也嘆了一口氣，吐出的白色熱氣立刻飄向身後，消失不見了。

光平不知道該如何思考，也不知道該思考什麼。關於廣美的死，他瞭解不少事實，更有不少疑問，但他不知道什麼是命案的關鍵，什麼是毫不相干的事。也許他所知道的所有一切都是毫無意義的，但他手上沒有足夠的資訊否定這一點。

尤其是今天中午齋藤告訴他的事，更攪亂了他的思考。齋藤證實，廣美並不是在一樓搭電梯。

廣美不是在一樓搭電梯。

那她是在幾樓搭電梯？光平思考了這個問題。她回公寓前去了花店，買了秋水仙，她穿著買花時的衣服被人在電梯中殺害了。

——廣美先在三樓走出電梯，然後又進電梯前往六樓嗎？但為什麼要這麼做……。

光平一邊走，一邊思考著，來到那棵聖誕樹前時停下了腳步。因為他在聖誕樹旁看到了認識的人。

保險公司外勤人員佐伯良江身穿淡米色風衣，呆然地站在那裡。

——她為什麼現在出現在這裡……？

苗條的她站在樹旁的身影散發出一種難以形容的憂愁和無力感，只可惜那棵松樹裝飾得太俗氣了，否則很有竹久夢二[2]的繪畫風格。

他走上前去，正準備打招呼，她先看到了他。她「啊」地張著嘴，然後靜靜地鞠了一躬。

「妳這麼晚還在工作？」光平問。她優雅地笑了笑說：「因為我剛好來這附近。」雖然她答非所問，但光平也沒有再問。

「這棵聖誕樹怎麼了嗎？」

2 竹久夢二：日本畫家、詩人，有很多美女畫，稱為「夢二式美女」

他抬頭看著松樹，她也抬起了頭。

「聽說園長先生就是在這裡遇害的。」

「對，」光平說，「我們發現的，是一起很離奇的案子。」

「園長先生，」說到這裡，她停頓了一下，似乎在思考措詞，「為什麼在這麼晚的時間來這裡呢？」

「不知道，」光平搖了搖頭，「如果知道原因，應該就可以破案了。」

她雙手插在風衣口袋裡，默默地仰望著聖誕樹，似乎根本沒有聽到他的話。

光平發現眼前的良江和第一次在繡球花學園見到時，以及之後她來參加葬禮時的樣子明顯不同，當然，他無法清楚地說出到底哪裡不同。

「妳對命案有興趣？」

光平問，她用渙散的眼神看著他，重複了一遍：「興趣？」

「不是嗎？」

她又抬頭看了一眼聖誕樹說：「嗯，我也不太清楚。」

光平正在想要怎麼接話，良江把右手從風衣口袋中拿了出來，重新揹好側肩包。

「那我先走了。」

然後，她邁著堅定的步伐離開了。淺色的風衣晃動著，融化在夜色中。這個景象始終留在光平的心頭。

一按門鈴，悅子立刻出來開了門，身上戴著上次看過的《歡樂滿人間》（Mary

Poppins）圍裙。

「你肚子餓了嗎？」她劈頭就問。

「有點餓，我兩個小時前就吃晚餐了。」

「那剛好，我還沒吃。」

「現在才要吃嗎？妳才剛回來嗎？」

「對啊。」

悅子對他拋了一個媚眼。

走進廚房時，聞到煮義大利麵的味道。流理台旁放著番茄醬的空罐和大量蛤蜊殼。

「密室的謎解開了嗎？」

悅子背對著他問道。

「沒有。」光平回答，「雖然我一直在思考，但毫無進展。齋藤的證詞讓問題變得更複雜了。」

「你不是讀理科系的嗎？應該很擅長處理這種問題。」

「我覺得妳太抬舉我了。」

光平翻著桌上的筆記本說。

「首先，第一個問題是，姊姊是在幾樓搭電梯的。」悅子轉頭看著光平，食指放在嘴唇上，微微偏著頭。「是三樓嗎？」

「妳的意思是，兇手也一起進了電梯，在到六樓之前殺了她。根據目前的情況，似乎只能這麼認為，但還是不清楚兇手的逃跑路線。那個鄰居的女人在五樓等電梯，如果兇手走下樓梯，就會被她看到。」

「如果兇手的家在六樓，就解決問題了。」

悅子輕鬆地說。光平抬起頭，「媽媽桑和齋藤不可能是兇手，他們有不在場證明，我是證人。」

「我只是說，只要六樓有房間就解決這個問題了。」

她哼著歌，繼續下廚，她從鍋子裡撈起一根義大利麵放進嘴裡。

光平再度低頭看著筆記本。

「我之前就想問一件事，妳最近有去學校嗎？」

她形狀好看的屁股原本隨著自己哼的歌搖動著，聽到光平的問話停了下來。「為什麼問這種問題？」

「妳不是大學生嗎？但我從來沒看過妳去學校。」

「對啊。」她嚐著醬汁的味道，「因為我沒去啊，我決定不去了。」

「沒問題嗎？」

「有什麼問題？」

「就是……畢業考試啊，還有找工作之類的啊。短期大學不是讀兩年嗎？」

她一臉無趣地用穿著拖鞋的腳蹬地。

「我不去找工作，畢不了業也沒關係，我進大學不是為了這個目的。」

「那是為什麼目的？」

「因為我想知道大學是怎樣一個地方，算是一種體驗之旅。現在已經瞭解了，所以繼續去學校只是浪費時間。」

「浪費時間」這幾個字刺激到光平的內心深處，也許就像悅子說的那樣。

「工作的問題怎麼辦？」

「嗯，我會去找自己想要做的工作，但眼下還不著急，現在是蒐集人生各種選項的階段。反正我有足夠的時間，我相信你也是因為這種想法，所以才沒有去找正職工作。」

「不完全一樣，」光平說，「不瞞妳說，我覺得應該趕快找到自己的路，瞭解自己真正想要做的事，但至今還做不到，所以覺得自己很沒出息，也很著急。」

「這根本就像修行僧。」

悅子笑了起來，她似乎真的認為很好笑，「這麼緊張太累人了，人活在世上不是受罪。」

光平轉動著脖子，真的覺得自己肩膀的肌肉很緊張。

「妳很厲害，很厲害，也很棒。」

「謝謝，你之前也這麼說過。」

悅子開心地轉過身，動作俐落地把煮好的義大利麵裝進盤子，淋上了番茄醬汁。

光平說：「廣美好像很少吃義大利麵。」

「她不太喜歡，而且最近好像在減肥。」

悅子說著，伸手拿起一旁的小瓶子，把綠色粉末撒在義大利麵上。光平納悶地看著，她告訴他：「這是巴西利，你以前沒看過嗎？」

「我不知道有切碎的巴西利裝在瓶子裡賣。」

光平佩服地說，「到頭來，我什麼都不知道。既不知道廣美為什麼事煩惱，也不知道松木來學生街做什麼，就連有現成的巴西利碎末也不知道。」

「你喜歡吃義大利麵嗎？」

「喜歡啊，但不知道為什麼，有好幾年沒吃了。」

「我想是因為你沒有吃到好吃的義大利麵。」

她把其中一盤麵遞到光平面前，好像在說：「請享用吧。」染成番茄顏色的義大利麵中，點綴著淡黃色的蛤蜊肉，撒上了適度的巴西利碎末，在色彩上也是一流的。味道更是可圈可點。咬勁滿分，光平一邊吃，一邊豎起了大拇指。

「謝謝，」她瞇起眼睛，「我們很合得來。」

「妳做的三明治也很好吃。」

「等破案之後，我們一起去旅行好不好？澳洲很漂亮喔。」

光平嚇了一跳，「和妳嗎？」

「當然是和我，」她不以為然地說：「不必想得太複雜，雖然我也可以自己去，但兩個人旅行更開心，所以我才這麼提議。而且，我也不討厭你。」

「但我們是孤男寡女啊。」

她很不屑地說：「你好笨，孤男寡女才好啊，如果是同性，根本沒有任何可能性。」

光平吃著麵，搖了搖頭，似乎在說，真是夠了。

「還是說，那個服務生的女生會生氣？」

悅子意有所指地看著他，光平停下了嘴，喝了一口杯子裡的水。「那個刑警告訴你的嗎？」

「你不必露出這麼可怕的表情，這又不是壞事，你和誰上床是你的自由。她不是你的女朋友吧？」

「我送她回家，那天晚上睡在她家裡。」

「這種事很常見。」她說。

「有一個男人整天糾纏她，在她家門口埋伏，拿著刀子衝過來，她手肘被割傷了。」

「該不會是被懷疑殺了松木，遭到警方逮捕的研究生？」

悅子停下正把義大利麵繞在叉子上的手問道。光平點了點頭，輕輕嘆了一口氣。

「原來是由愛生恨，可惜研究所沒有教殺人的方法。」

光平聽不懂她這句話的意思，抬起頭問：「殺人的方法？」

「用刀的方法啊。」她說，「殺人的時候不能用割的，像這次命案一樣，把刀子刺進去才能斃命。割傷的傷口雖然會流很多血，卻不會致命。刺殺的血不多，通常都是致命傷。」

「這是香月告訴妳的嗎？」

「這是常識啊。」

「刺殺的血不多……嗎？」

「當然，如果割的是手腕、頸動脈，也會成為致命傷——你怎麼了？」

叉子從光平的右手滑落。他注意著某一點的雙眼緩緩抬起，注視著悅子的雙眼。

「怎麼了？」她又問了一次。

「我知道了，」光平說，「我解開了密室之謎。」

4

光平解開密室之謎的時候，香月他們正在中央電子附近的咖啡店和相澤高顯見面。相澤是松木在中央電子工作時的同事，香月之前和他見過面。

「今天要問你幾個可能讓你覺得不舒服的問題。」

香月事先聲明道，相澤坐直了身體，擔心地看著兩名刑警說：「他被殺的原因果然和他曾經在這家公司工作有關嗎？」

「目前還無法斷定，」香月回答，「所以今天才會找你。」

相澤再度左右轉動了眼珠子後說：「好，那我就知無不言。」

「很好。」香月說。

「那就從四年前的松木——不，是杉本所做的事說起吧。」

香月把松木在「彩色球」的言行告訴了相澤，也就是他要求店長為他介紹電腦相關的學者。

相澤聽完之後，喝了一口水，然後拿起有點冷掉的檸檬茶。他似乎在想什麼，香月用肉桂枝攪動著杯子裡的飲料，靜靜等待著。

「所以，」相澤緩緩開了口，「杉本試圖和大學的研究室接觸。」

「沒錯。」

香月回答後，相澤再度閉了嘴，然後，又喝了一口紅茶。

「我們，」香月始終看著他的眼睛說：「我們懷疑杉本試圖把當時的研究資料出售給其他研究機構。」

「有什麼目的？」

「這還不知道，也許他期待可以得到相應的報酬。」

相澤放下茶杯，靠在椅背上，緩緩地搖頭，「不可能，一旦被公司知道他做了這種事，很可能會身敗名裂。」

「那又該如何解釋杉本的行為呢？他為什麼試圖和其他研究機構的人接觸……？」

相澤移開了目光，用食指按著自己的太陽穴，然後抬起眼睛，「你是說……四年前？」

「對，」香月點了點頭，「你有什麼想法嗎？」

但是，相澤沒有立刻回答，用雙手撥了撥頭髮，然後，困惑地皺起眉頭，輕輕發出呻吟。香月觀察他片刻，終於發現這是他在擺姿態。

「相澤先生，」香月向他柔性喊話，「如果你知道什麼，請你務必告訴我們。當然，我絕對不會透露是你說的。」

相澤張開微微閉起的雙眼，無奈地撇了撇嘴，但內心似乎在等待刑警這句話。

「那就拜託囉。」他說。

「什麼？」

「就是……一定要保密啊。」

「喔，那當然。」

香月看向身旁，年輕的刑警田所也用力點頭。

相澤喝了一口水，微微探出身體。

「四年前的話，杉本參與了本公司和某大學的共同研究計畫。」

「共同研究？」

「是聲音辨識系統的研究，」相澤說：「簡單地說，就是研究能夠理解人類說話的人工智慧，機器聽到人說話後，轉換成文字。」

「我曾經在電視上看過這種文字處理機。」

田所停下了做筆記的手插嘴說。

相澤得意地點點頭，「這個研究計畫的研究色彩很濃，一旦加以實際運用，將會十分有效，所以才會採取和大學共同研究的方式。目前這項研究仍然持續進行，杉本在三年前接受ＫＥ訓練之前，都參加這個研究計畫。」

「這個研究計畫有什麼蹊蹺嗎？」

香月問道，他內心有一種預感。

「我記得是四年前，這項研究獲得了很大的成果。說實話，其實是大學方面有了新發明，我記得當時杉本曾經透露，如果是他發明的，就會拿著這項研究成果去投靠某一所大學。雖然他是半開玩笑地這麼說，但我當初就對他這句話印象特別深刻。」

「投靠某一所大學……」

「他很在意自己的學歷，也對未來感到不安，不知道是否能夠繼續勝任這份工作，所以才會情不自禁地說那句話吧。」

「所以說……」

香月用指尖敲著桌子，「他有可能擅自把這項研究成果的內容出售給某所大學，然後投靠那所大學……」

「只是覺得他有可能會有這種想法，」相澤說話的語氣變得十分謹慎，「但現實中不太可能，以研究人員的道德標準來說也是如此。而且，當時已經非正式公布了早期階段的研究成果，他根本來不及和其他大學接觸。」

「他最後也的確沒有成功，」香月說，「但至少可以解釋他的行為。」

「的確存在這種可能性。」

我們瞭解。兩名刑警點了點頭。

「我想再請教一件事。」

聽到香月的話，相澤露出不滿的眼神，「還有什麼問題嗎？」

「重頭戲正要開始，」香月眼神銳利地回望著他，「其實，最近杉本和某所大學有了接觸。」

「他嗎？怎麼可能？」

「確有其事。所以，我們推測杉本是不是做了和四年前相同的事。四年前雖然無功而返，這一次再捲土重來——」

不可能。年輕的技術人員搖了搖頭，「不可能。」

「他的確和大學有了接觸。」

而且，還造成了一名學生死亡——但香月沒有提這件事。

「不可能，」相澤痛苦地皺著眉頭重複了一遍，「他從事的工作只是程式設計，並不是研究工作，大學不可能有興趣。雖然專家系統在人工智慧的實用化方面算很先進，學會根本沒有放在眼裡。」

「但是，或許有大學想要他手中的技術呢？」

相澤斬釘截鐵地回答：「不可能，不光是專家系統，大學對我們企業的研究內容根本沒有興趣，我們把實用化放在首位，他們看的是十年、二十年的未來。」

「那你認為杉本這次又和大學相關人員接觸有什麼目的？」

相澤不耐煩地搖了搖頭，「可能和工作或是研究沒有關係。我已經說了很多次，即使是四年前的事，也只是他可能企圖這麼做，但研究人員的職業道德絕對不能容忍這種暗中搞鬼的事。」

和相澤道別後，兩名刑警坐上了白色房車，行駛在夜晚的街道上，中途遇到了塞車，進退兩難，如同在暗示他們的推理遇到了瓶頸。握著方向盤的田所咂著嘴，坐在副駕駛座上的香月無奈地看著車窗外的景色。

「太田……是清白的嗎？」

香月獨自嘀咕道：「我原本以為他要求松木出售中央電子的研究成果後，殺了他滅口，這樣的推理似乎不太合理。」

「現在還無法下結論，」田所說：「並不是完全沒有這種可能，而且，松木和長谷部賢一很熟是事實，長谷部又在太田的研究室，這絕對不是偶然。」

「是沒錯啦，」香月有點悶悶不樂，「如果長谷部不是死於意外，而是他殺，你認為兇手的動機是什麼？」

「那還用問嗎？當然是殺人滅口，先下手為強，避免他說出和松木之間的關係。」

「但是，我們對長谷部的死產生了疑問，才會認為太田有問題。問題是如果太田是兇手，照理說，行事應該更謹慎才對。」

「可能沒有其他的方法，只能出此下策。」

「是嗎……？」

道路仍然壅塞，前方剛好是一輛大貨車，無法瞭解前方的塞車狀況。窗外的風景和剛才幾乎沒有兩樣，前後和兩旁車道上的車子也都沒有改變。

香月他們幾乎認定長谷部不是死於意外，而是遭人殺害。雖然光從屍體和現場的狀況判斷，並不覺得有他殺的疑問，但如果兇手知道長谷部要去參加同學會，躲在成為死亡地點的那座橋附近埋伏，事情就另當別論了。因為把喝醉酒的人推下橋並不是一件困難的事，況且，假設長谷部真的在橋上小便，更是千載難逢的好機會，只要從身後輕輕推一下，不會留下任何證據。

香月也是基於這個原因懷疑太田。太田當然知道長谷部參加同學會的事。

——難道哪裡想錯了？

香月拿起放在後車座上的雜誌，隨手翻了起來。那是向津村光平借來的科學雜誌。

「專家系統……喔。」

這本雜誌上介紹了電腦在各個領域取代專家的有效性，而且正確、客觀而高速。

「而且還是非人道的。」

他自言自語著，田所似乎沒聽到。

實施的例子……M公司的ＩＣ設計專家系統、S公司的生產技術專家系統、D公司的公司經營專家系統等等。

「真奇怪。」香月脫口說道。

田所這一次聽到了，「什麼奇怪？」

「在介紹其他技術的實施實例時，比方說，在介紹智慧型機器人的實例時，都提到了公司的全名，只有介紹專家系統時，只用公司名字的第一個字母。為什麼？」

「是喔……」

前方的大貨車前進了一小段，田所也跟了上去，但隨即踩了煞車。

「也許並沒有特別的意義。」

「不，一定有意義。」

香月用手指彈著雜誌，「喂，趕快掉頭，再去一次中央電子。」

「什麼？現在大塞車，根本不可能嘛。」

「不可能也要掉頭。」

越來越有意思了——香月握緊了科學雜誌。

5

慢慢推開「莫爾格」的門，鉸鏈發出刺耳的聲音。光平有點意外，走進店內，仍然看著發出聲音的鉸鏈。

「怎麼了？」純子在他身後問。他回頭看著在吧檯內一臉納悶的她回答說：「不，沒事，外面好冷。」

「要不要喝熱開水兌酒？」

「不，我想喝啤酒。」

光平抬頭一看，發現齋藤坐在吧檯最角落的座位。齋藤扶了扶沒有度數的眼鏡，用沒有拿杯子的手輕輕向他打招呼。

「你好。」光平回答，在他旁邊坐了下來。店裡還有兩個看起來像學生的男客人。

齋藤拿著威士忌的兌水酒，正在看一本精裝本的書。光平瞥了一眼，發現是經濟學的書。光平不知道醫生為什麼要學經濟，但齋藤看得很專心。

店裡的暖氣充足，冰啤酒格外好喝。光平默默地喝完一杯，倒第二杯時，看了一眼身旁的醫生。「這陣子經常見到你。」

「是嗎？」齋藤頭也不抬地回答，然後，又扶了扶眼鏡，「在彼此認識前和認識後，感覺會很不一樣。」

「也許吧。」

光平沒有反駁，默默地喝完第二杯啤酒。他在倒第三杯時，倒出很多泡沫。

「我有事想要請教。」光平對著吧檯內的純子說。

純子似乎沒有察覺光平在對她說話，當光平盯著她看時，她茫然地回望著，隨即慌忙擠出笑容，掩飾自己的失態。「什麼事？」

「關於廣美房間的備用鑰匙。」

「備用鑰匙？」

「對。」光平點點頭，身旁的齋藤抬起頭，一起聽著他說話。

光平繼續說了下去，「有一次我感冒躺在廣美家的時候，妳不是突然跑去她家嗎？那時候妳說門沒有鎖，但其實是用備用鑰匙開了門吧？」

純子欲言又止地垂下眼睛，嘴角露出不自然的笑容。

「為什麼問這種事？」她說。

「因為我有必要知道。」光平回答。

「是嗎？」她垂下眼睛想了一下，似乎下不了決心，「有人告訴你有備用鑰匙嗎？」

「沒有，」光平搖搖頭，「我想了各種可能性，得出了這個結論。」

「是喔……」

純子仍然垂著雙眼，用右手摸著左手的手背，終於小聲地回答：「你說對了。」

「備用鑰匙在妳那裡嗎？」

「目前在我手上，」純子說，「但那時候不是。廣美房間的門牌後面有縫隙，鑰匙就放在那裡。有備用鑰匙很方便，我可以自由出入，而且，廣美經常找不到鑰匙，但這種事被別人知道很危險，所以只有廣美和我知道。」

「但沒必要瞞我啊，甚至還不惜說謊。」

「……嗯，你這樣說是沒錯，」她把玩著吧檯上的白蘭地杯，抬起了頭，「是廣美要求我不要告訴你，說不想引起不必要的誤會。」

「哼嗯，」光平用鼻子發出聲音，微微偏著頭，「是這樣嗎？——所以，現在鑰匙在妳那裡嗎？」

「對，我不希望警方因為這件事囉嗦……所以就放在我家裡。」

「還有其他人知道備用鑰匙的事嗎？」

「應該沒有，」純子說：「只有我和廣美知道。」

「也沒有向其他人提起過嗎？」

純子想了一下回答：「應該沒有，至少我不記得告訴過別人。備用鑰匙怎麼了嗎？」

「嗯，是啊。」

光平握緊杯子，目不轉睛地注視著杯中的白色泡沫，確認自己的想法沒有錯，也就是他解開了密室之謎。

「你的問題真奇怪。」

齋藤突然插了嘴。光平預料到他會插嘴，所以並沒有感到驚訝。

「這個奇怪的問題和我上次說的事有關嗎？也就是廣美並不是在一樓搭電梯。」

齋藤似乎記得上次光平他們聽到這件事時的驚訝。

「是啊，」光平回答，「你的那番話幫了很大的忙，如果不知道那件事，恐怕永遠無法解開謎團。」

「謎團？」齋藤又重新問了一次，「什麼謎團？」

光平猶豫了一下，不知道要不要把密室的事告訴齋藤，但最後決定暫時不說。因為一旦談起這個話題，就必須解釋一大堆，光平此刻沒有這份心情。

「有關廣美被殺的謎團，」光平說，「可以說，我已經瞭解兇手行為的一部分。」

「你的說法真模糊。」

齋藤似乎看穿了光平內心的想法，然後微微撇著嘴角，「沒關係，等你知道什麼後，可不可以告訴我們？」

「當然，」光平說，「我當然會告訴你們。」

「那就拜託了，」說著，醫生再度低頭看經濟學的書，但似乎又想起什麼，抬起頭，用略微嚴肅的口吻問：「你原本打算和廣美結婚嗎？」

光平驚訝地看著齋藤，因為齋藤的態度很認真。

光平又點了一瓶啤酒，想了一下後，搖了搖頭，「不知道，很少想到這個問題。」

「因為還年輕？」

「也許吧——你為什麼問這個問題？」

「不……」

齋藤輕輕笑了笑。這種表情很不適合他，光平猜不透他笑中的含意。

不一會兒，齋藤恢復了嚴肅的表情，闔上了經濟學的書，喝了一口兌水酒，清了清嗓子。

「我是在學園認識她的，我覺得她會是一個很為家庭奉獻的太太——這只是我毫無根據的想像。」

光平沒有回答，如果和廣美結婚，她應該會成為齋藤認為的那種太太，雖然光平完全不知道她為什麼會有這種奉獻精神。

「我聽學園的職員田邊小姐說，你在那裡也是很熱心的醫師。」

聽到光平的話，年輕的醫生微微轉過頭，似乎在說，「原來是這種事。」然後，露齒一笑。

「我沒做什麼，那是誰都可以做到的事，只是看起來好像有點引人注目而已。」

「但你拯救那些可憐的孩子。」

「醫學幾乎派不上用場。而且，如果不牢記這一點，就無法勝任醫生的工作。無論在任何時候，只有自己才能治療自己。」

「你真有自信。」光平說，「因為你很有自信，從容自在，所以才能說出這些話。」

「我沒有自信。」

齋藤有點生氣地說完，喝下杯中的兌水酒，又重新倒了威士忌，這一次沒有加水就直接喝了下去。

「我完全沒有自信，」他靜靜地重複了一遍，「無論做任何事都膽戰心驚，連自己都討厭這樣的自己。」

光平不知道該如何回答，只能喝啤酒掩飾。齋藤點了一支菸，慢慢抽了起來。乳白色的煙飄過光平的眼前，飄向呆然站在吧檯內的純子。

「你呢？」

光平看著煙霧飄去的方向，齋藤問他，「你對自己有自信嗎？」

「完全沒有，」光平回答，「我手上沒有牌，怎麼可能有自信？」

然而，醫生在他的話說到一半時，就開始搖頭，「你誤會了。」

「誤會？」

「對，你雖然還沒有得到什麼，但也沒有失去什麼，完全沒必要失去自信。」

醫生的語氣有三分之一是安慰，有三分之一是責難，剩下的三分之一是羨慕。光平注視著黏在杯底的白色泡沫，思考著他這句話的意思。如果他說的是事實，那到底是什麼讓自己覺得失去了很多？

「以前……」他開了口。

「什麼？」光平問道，剛才在發呆，沒有聽到他說話。

「以前……」他停頓了一下，喝了一口威士忌。然後，搖動著杯中的冰塊，輕輕嘆了一口氣。

然後，好像終於下定決心似的沉重地開了口。

「雖說是以前，其實也只是幾年前而已。我負責治療一個女孩子，她因為車禍造成大腦出現了障礙，手腳都無法自由活動。」

光平默默點頭，他想像著那個手腳不自由的女孩子散發出神聖的感覺。

「我們花了很長的時間治療，運用治療和訓練這兩種手段，終於讓她恢復了正常。再加上她自己的努力，她的肉體機能恢復情況良好。我興奮不已，自以為拯救了一個不幸的少女。」

齋藤淡淡地說到這裡，拿下了沒有深度的眼鏡，小心地收進了上衣口袋，用指尖輕輕揉著鼻梁，又嘆了一口氣。

「第二年，」他又開了口，聲音有點沙啞，「第二年的春天，我接到了她家人的聯絡，說她一睡不醒了。我們焦急萬分，努力想要喚醒她的意識，我們運用了最新的醫學技術和知識，但她還是沒有醒來。她的腦波突然停止，就像仙女棒突然滅了一樣。我們只能袖手旁觀。」

「是突然發生的嗎？」光平問，「那個女孩子突然一睡不醒嗎？完全沒有任何預兆？」

「是突然發生的，」他說，「完全沒有預警，但即使有任何前兆，我們恐怕也束手無策。當時我就覺得當醫生太無力了，這個世界上有些事可以改變，有些事卻無法改變，人類的生死屬於無法改變的問題。」

「所以你失去了自信嗎？」

「我決定從此不再有自信，這根本是小事，而且微不足道。」

這是微不足道的事——

「齋藤先生，你一定很喜歡那個女孩子。」

聽到光平的話，齋藤微微垂下雙眼，雙肘架在吧檯上，托著臉頰。

「在她病情開始好轉時，她曾經送我一個禮物，是用紅色的色紙摺的風車。可以感受到她如何用不靈活的手完成了那個風車。紙風車激發了我的力量——無論如何都要治好她。」

他笑了笑，「我話太多了，聽別人的往事一點都不好玩吧。」

「不，」光平說，「提供了我很多參考。」

齋藤喝完杯中所剩的威士忌，拿起放在旁邊椅子上的大衣，把經濟學的書夾在腋下。

「關於廣美的事，」他把手放在光平的肩上，「如果有需要我幫忙的地方儘管開口，我會盡力相助。」

「一言為定。」光平回答。

齋藤走過吧檯旁時，一直默默聽著他們對話的純子問他：「今天晚上呢？」她似乎在問，今天晚上要不要去她公寓。

齋藤拿著大衣和經濟學的書想了一下，緩緩搖了搖頭，「今晚就不去了。」

「是喔……」

「沒那個心情。」

「是喔。」純子又說了一次，這次很小聲。

齋藤離開後，光平仍然默默地喝著啤酒。其他客人不知道什麼時候走了，純子看著時尚雜誌，抽著菸。寂靜的夜晚，似乎可以聽到香菸的前端焚燒的聲音。

光平想像著那個紅色風車。在風中不停轉動的風車看起來很幸福。

雖然光平喝啤酒很少喝醉，但他回公寓的腳步有點蹣跚，好像有點發燒了。

打開家門，立刻有一種麵包屑和汗臭的味道。沒有摺好的被褥浮現在黑暗中，宛如一個巨大的紙團。

打開日光燈，他沒脫衣服就躺在被褥上，花了很長的時間慢慢吐氣。白色的氣在他臉上擴散，隨即消失了。

躺了一陣子，光平坐了起來，伸手拿起晚報。這時，他看到了流理台下方的水壺。

——為什麼水壺會掉在那裡？

光平心頭一驚。因為他認為有人闖進了自己的房間，有人闖空門，想要找什麼東西。但他的緊張心情隨即放鬆下來，因為他想起是自己在今天早上把水壺打翻的。他目前的日常生活很懶散，連水壺掉在地上都懶得彎腰去撿。

他重新環視房間，似乎看到了最近的生活。雜誌和書像被地震震落的瓦礫般散落在地上，放在外面的餐具積滿了灰塵，洗好的衣服和待洗的衣服也都混在一起，更何況他最近很少洗衣服。

——即使真的有人闖空門進來，自己恐怕也很難察覺。

他自嘲地獨自笑了起來，翻開了晚報，但是，他隨即把報紙放到一旁。

——我懂了，難怪兇手……

我知道答案了。光平在心中大喊。

6

香月搭私鐵進入鄰縣，在第一個車站下了車，準備前往新日電機株式會社的中央研究所。他站在月台上看了一眼手錶，確認離約定見面的時間還很充裕，滿意地點點頭。

這個小型車站周圍有很多小商店，棄置的腳踏車擋住了行人的去路。他擠在熙來攘往的人群中，感受著年底的氣氛。

他在離車站有一點距離的地方攔了計程車，告訴司機：「新日電機的中央研究所。」司機立刻就知道了。

他很輕鬆地查到委託中央電子製作專家系統的是新日電機，他向出版社打聽到《科學紀實》中介紹了三家實施專家系統的公司，也就是M公司（IC設計專家系統）、S公司（生產技術專家系統）和D公司（公司經營專家系統）的全名，然後，直接打電話到各家公司瞭解使用的是哪一家電腦公司的系統。

香月是基於調查犯罪的需要，才能夠問到這些情況，而且也向各家公司保證，絕對不會將相關資訊透露給他人。果然如香月所料，使用專家系統的公司都極力想要隱瞞這個事實，所以，雜誌上只刊登了公司名字的第一個字母。

他經過調查發現，S公司是大型家電公司新日電機，該公司最近實施的生產技術專家系統，正是和中央電子合作完成的。

計程車來到了新日電機的中央研究所，研究所周圍用高牆隔離，圍牆內有一棟白色的建築物。四層樓的大樓比香月預料中更小。

他在櫃檯自報姓名後，看起來不到二十歲的櫃檯小姐一臉緊張地看著香月。可能這是她進公司以來接待的第一位稀客。

他已經約好要見面的人。由於事關公司機密，所以必須是相當瞭解公司內部狀況的人，新日電機方面顯然慎重挑選了接待人選。

香月在可以看到窗外的操場和小山丘的接待室內等待對方，優質的皮革沙發很寬敞，連相撲選手也可以坐得很舒服，而且，也不會過度柔軟。

約好的對象很快就現身了。對方是一個頭頂開始稀疏的四十多歲男人，氣色很好，身材也很壯碩。

男人自我介紹，說他姓山野。

「沒想到刑警也會來問那個系統的事。」

交換名片後，山野晃動著龐大的身體笑了起來。

「很多人來問系統的事嗎？」香月問。

「很多啊。我們公司原本並不想讓外界知道使用專家系統這件事，但某位高階主管在某次聚會時說溜了嘴，有些身居高位的人就是腦筋不靈光。那次之後，公司就接電話接到手軟，來打聽到底使用了什麼推論方法，啊喲，用專有名詞你可能聽不懂吧？」

「我稍微瞭解一點點，所以，最後你們還是把內容列為最高機密吧？」

刑警問。山野用力點頭回答：「當然是最高機密。」

「對我這種毫無關係的人也要保密嗎？」

「沒有任何例外——這是保守機密最簡單的方法。當然，我們很清楚，即使刑警先生知道我們開發的系統內容，既沒有好處，也沒有什麼壞處。」

「你們最擔心被誰知道？」

香月改變了提問的方向。

「當然是同行的人。我們為了這個系統，開發了各種獨特的軟體，如果被研發專家系統的人偷走就慘了。」

「研發專家系統的人……也就是電腦公司的人嗎？」刑警問。

「不光是他們而已，這次成功投入實用的是生產技術專家系統，其中所使用的知識是我們公司寶貴的財產，如果被其他家電公司竊取，我們就會蒙受極大的損失。」

「不好意思。」

香月舉起拿著鉛筆的手，打斷了山野的話。「可不可以請你解釋一下生產技術專家系統？」

山野盯著刑警的臉看了幾秒鐘，然後點頭表示同意。

「那好吧。簡單地說，生產技術專家系統就是電腦針對生產方法的問題，向設計人員提出建議。」

「比方說？」

「比方說……設計人員要設計一款新的馬達，因為希望小型輕量化，所以要使用新的材質，就要考慮材料的加工性，是否能夠焊接，以及是否會受熱變形等生產上的問題。設計人員會參考現有的資料和基準進行設計，但在實際進行的過程中，會有很多這種教條式的規則無法解決的問題。以前遇到這種情況時，都由設計人員請教各方面專家的意見，做為在設計時的參考，但這種方法很費時間，也容易發生疏漏。」

「所以由電腦擔任顧問的角色嗎？」

「沒錯。」

山野用好像機器人般的動作用力點頭，「以後將是多品種少量生產的時代，必須快速設計，快速製作，再快速設計新產品。設計人員最好能夠同時是生產技術方面的專家，而人工智慧完成了這項不可能的任務。即使優秀的生產技術專家退休後，他們的知識和經驗也會完全留在公司內，傳承給下一個世代。」

「所以，以後就不需要生產技術的專家了嗎？」

刑警問，山野瞪大了眼睛，完全不同意這種想法。

「知識和經驗永無止境，系統必須不斷更新資料，所以，永遠都需要積極的研究人員，但那些只會死背既有知識，缺乏創造力的人會逐漸遭到淘汰。雖然最近的新進人員有不少屬於這種類型。」

「原來如此。」

香月想起中央電子的技術人員也說了和山野相同的話，即使引進了醫療專家系統，醫生也不能成為聽從機器指揮，而是必須具備足夠的專業加以利用。

「我瞭解了，」香月說：「所以，這是貴公司的技術結晶，絕對不想讓其他公司看到。」

「就是這麼一回事。」山野回答，「一旦生產技術專家系統被偷，就等於如數吸收了本公司有關生產技術的知識。當然，除此以外，專家系統本身對於設計人員提出的問題，如何做出高效率而正確判斷的技術也不能遭人竊取。」

「所以，你們為了保密，也費了很大的工夫吧。」

「你說對了，」山野加強了語氣，「使用者必須輸入自己的登記編號才能使用，也有雙重和三重的防火牆因應駭客入侵公司的內部網路。」

「我想請教一個問題，」刑警的語氣稍稍嚴肅起來，從沙發上微微探出身體，「瞭解這個系統全貌的人，也就是參與系統製作的人有沒有可能把相關資料洩漏給其他公司？」

山野收起了溫和的笑容，用嚴肅的目光看著香月。

「我無法斷言絕對沒有這種可能性，」他用謹慎的語氣說道，「不光是這套系統，公司內所有的機密都可能有這種危險，一旦內部出現間諜就茲事體大，只能在平時多加注意。」

「有道理，」刑警點頭表示同意，「我接下來想要請教一下關於系統製作的步驟……」

「請說。」山野說。

「以專家系統來說，你們委託了中央電子進行技術支援，可不可以請你說一下具體的情況？」

香月謹慎地說出這個問題的每一個字，這是今天的拜訪中最重要的部分。

山野舔了舔嘴唇。

「首先，新日電機向中央電子購買了支援開發的工具和工作站等建構專家系統的工具，然後再由中央電子的技術人員和本公司的技術人員使用這些工具，共同進行開發作業。」

「我想瞭解共同作業內容，可不可以請你談一下大致的作業分工，但不需要太專業的說明。」

「好。」

山野一口氣喝完已經冷掉的茶，「用一句話總結，就是由我們公司的技術人員提供相關知識，再由中央電子的技術人員輸入電腦。中央電子方面的技術人員稱為知識工程師（Knowledge Engineer），簡稱為ＫＥ，也就是扮演人類和機器之間的媒介角色。」

香月想起松木就是ＫＥ。

山野繼續說了下去。

「具體來說，首先由ＫＥ聽取生產技術專家的意見，ＫＥ藉由這個過程，瞭解專家經過怎樣的過程運用知識解決問題，把人類的思考系統變成有秩序的程式。」

「一旦完成，就可以輸入電腦，對嗎？」

「沒錯，原則上是這樣，但問題沒這麼簡單，有時候必須深入專家心理潛在的部分，從某種意義上來說，既是哲學，也是心理學。必須發揮毅力完成這種需要耐心的工作，而且，生產技術的範圍很廣，包括裁切、沖壓、焊接等加工技術，以及金屬、樹脂等材料的相關技術，在不同方面有不同的專家。在這次作業中，也是由超過十位專家和ＫＥ溝通後完成的。」

「應該花費了很長時間吧？」刑警問。

山野看著半空後回答：「我記得好像是一年多。」

「採取這樣的作業方式時，中央電子方面的技術人員ＫＥ不是也可以接觸到貴公司的機密嗎？」

「從某種角度來說，他們應該掌握得最詳盡。」

然後，他又補充了一句：「實在是很奇怪的現象。」

「既然這樣，你們不擔心中央電子的人洩漏情報嗎？比方說，當其他公司委託他們製作類似的專家系統時，也許會以貴公司的成果做為基礎。」

「這的確是我們非常擔心的問題，」山野露出嚴肅的眼神看著刑警，「因為人的記憶無法上鎖，在這個問題上，只能仰賴本公司和中央電子之間的信賴關係。合約中光是關於保密的內容就有好幾條。」

「這樣就能夠徹底預防了嗎？」

刑警問，山野的表情稍微放鬆，緩緩搖了搖頭。「無法做到很徹底，但一旦得知情報外洩，而且是因為中央電子造成的，中央電子恐怕就難以在業界繼續生存。本公司可能會要求龐大的賠償金，最重要的是，電腦公司會喪失信譽，所以，他們也不會這麼做。」

「原來是這麼一回事……」

香月用鉛筆答、答地敲著桌子，「你知道當時中央電子方面的技術人員——也就是ＫＥ的名字嗎？」

「當然知道，」他說：「你急著要嗎？」

「麻煩你了。」刑警低頭拜託。

山野想了一下說：「請稍等。」隨即站了起來。

十分鐘後，他拿著一個黑色檔案夾回來了。

「有三名ＫＥ。」他看著資料說。

「可以讓我看一下嗎？」

聽到刑警的要求，山野猶豫了一下，叮嚀了一句：「這是極機密資料喔。」然後打開檔案夾，放在桌子上。

檔案夾內是Ａ４尺寸的履歷表，左上角貼著名片大小的照片，那是參與專家系統的ＫＥ的半身照。

看到第三個人的資料時，香月的目光停在那裡。因為他看到了杉本潤也的名字。

「我就知道。」

他嘟囔道。山野訝異地探頭張望。

「你記得他嗎？」刑警問。

「當然記得。我們在一起工作了一年，」山野回答，「我記得他只是助理，有一個主要研究員，他輔佐那個研究員——他怎麼了？」

「他被人殺了。」刑警說，「被人用刀殺死了。」

山野瞪大眼睛，驚訝不已。

7

星期一。

光平看完了阿嘉莎．克莉絲蒂的短篇小說，在收銀台內伸了一個懶腰，然後前後左右轉動著脖子，發出好像小樹枝折斷般的聲音，但肩膀稍微放鬆了。

他按著眼角，輕輕吐了一口氣，回味著剛才看的小說內容。他對小說中的詭計有小小的疑問，但問題並不大。

他復習完小說內容後，決定開始思考現實生活中的事件，檢討至今為止的推理有沒有漏洞，或是遺漏了什麼問題。

沒有——他在反覆思考後，得出了這個結論。自己的推理無懈可擊，接下來只剩下確認而已。

問題在於確認的方法。

光平既非警察，也不是偵探，他完全不知道該如何確認自己的推理。雖然聯絡香月最穩當，但這也是他最不想採取的方法。

然而——

雖然光平有自信解開了謎團，但心情還是很沉重。他很久沒有這麼不舒服了，比欺騙父母說自己在讀研究所更令他感到不舒服。

光平感到口乾舌燥。他努力在嘴裡擠出口水，一口氣吞了下去。口水溫熱而帶著鉛味。

傍晚時，時田難得來到撞球場。他雙手插在外套口袋裡，斜斜地戴著成為他註冊商標的紅色貝雷帽。

「光平，你陪我一起打。」

時田用下巴指著其中一張撞球桌。光平從球桿架上拿起自己常用的撞球桿。

「你是不是有事瞞我？」

時田很有氣勢地開球後，用找碴的口氣問光平。

「有事瞞你？我不知道你說的是哪一件事。」

光平瞄準一號球出桿，球沒有落袋。

「你別裝糊塗。」時田用撞球桿瞄準了球，「你知道媽媽桑和那個姓齋藤的醫生有一腿吧？」

「喔，原來你是說那個男人。」光平終於知道了，「我也是最近才知道，還來不及告訴你。」

「無所謂啦。」

時田擊中母球，一號球被彈了出去，漂亮落袋了。他用冷漠的聲音說：「聽說他們打算結婚。」光平驚訝地看著他。

「媽媽桑說的嗎？」

時田點點頭，再度瞄準母球。

「是喔……原來他們要結婚了。」

光平覺得媽媽桑和齋藤一定是因為他們的關係曝了光，乾脆下了決心。在持續發生多起不幸事件後，純子應該想要找一個依靠。

「所以，你被甩了。」

光平儘可能用開玩笑的語氣說。「別說笑了。」時田用撞球桿打著光平的屁股，「我只是她的粉絲之一，你別耍嘴皮子，趕快打吧，輪到你了。」

光平覺得時田的聲音有幾分消沉。

「對了，老闆，我有事想要請教你。」

光平把二號球打進球袋後說，「你之前有沒有聽誰提過廣美房間的備用鑰匙藏在某一個地方？不是經常有人把鑰匙藏在牛奶盒或是瓦斯表後面嗎？」

「備用鑰匙？」時田皺起眉頭，「不知道，況且，這種事不可能大聲告訴別人吧。」

「有沒有剛好聽到？」

「沒有。你趕快打啦。」

在時田的催促下，光平胡亂打了一下，結果犯規了。

「為什麼問這個問題？」

時田把母球在頭線內移動後，瞄準母球時問道。當對手犯規時，可以移動母球或子球。移動母球時，都放在足點或中心點。

「有人擅自闖入了廣美家裡。廣美鎖了門，如果沒有備用鑰匙就進不去。」

「那個人就是兇手嗎？」

隨著激烈的撞擊聲，兩顆球落袋。時田吹著口哨，抓了抓人中。

「雖然我無法斷定，」光平說，「但我覺得可能性很高。」

「幸好我不知道備用鑰匙的事。」

書店老闆清了清嗓子，然後又開始瞄準。

「我可以再問一個問題嗎？」

時田老闆放鬆了身體，「什麼問題？」

「廣美被殺的那天晚上，你人在哪裡？」

聽到光平的問題，時田的臉頰抽搐了一下，站直身體和他對峙。從他肩膀可以發現他的呼吸亂了。

「你懷疑我？」

「對不起，」光平努力擠出聲音，「我不能讓你成為例外。」

時田痛苦地皺著臉，從外套口袋裡掏出 Mild Seven 的菸，拿了一支叼在嘴上，用一百圓打火機點了火，皺著眉頭吐出濃濃的煙。

「我說光平啊，」他好像有點發燒般慵懶地說：「可以了啦，你就收手吧，反正一切都已經結束了。」

「並沒有結束。」

「結束了。」書店老闆說，「已經畫上句點了，無論再怎麼絞盡腦汁，人死不能復活，只會讓活著的人更不開心。」

「原來你知道誰是兇手。」

「我不是說這個。」

「那為什麼突然說這種話？」

「我是為你著想。你和我們不一樣，早晚要離開這個已經墮落的地方，所以，你要趕快忘記在這個墮落的地方發生的事件，為自己的未來著想。」

「我的事不重要，」光平說，「而且，我以後會思考，現在希望你回答我這個問題。」時田嘆了一口氣，把還剩下一半的香菸在菸灰缸中捺熄，重重地坐在一旁的沙發上。

「那天晚上，我一直在店裡。」

這是光平意料中的回答。「對不起，」他又說了一次，「我只想確認一下。」

「我可以繼續打了嗎？」

時田用下巴指了指撞球桌。光平攤開手掌，示意他：「請。」

當光平去一樓拿了其他客人點的咖啡和紅茶回來時，井原正和時田一起撞球。井原好久沒來了。

「有什麼新的消息嗎？」

他看到光平劈頭就問，時田回答了他：

「他說有人擅自闖進廣美的家裡。」

「是喔。」

井原維持著「喔」的嘴形，看向光平。光平只好開口說：

「我們只是在閒聊。」

他想要改變話題，聊一些愉快的話題。

就在這時，窗邊的客人歡呼起來。

窗外開始飄雪了。

時田和井原一直到打烊才走。他們今天對戰的成績是七比三，時田占了優勢。

光平站在窗邊望著飄舞的雪，等待他們把最後的十五號球打進球袋。窗戶玻璃映照著他們兩個人的身影，外面雪花紛飛。

最後由時田獲勝，結束了比賽。「被你修理了。」賭客紳士嘆著氣說。

「井原，你今天的狀況很不好喔，身體不舒服嗎？」

「偶爾也會有這種時候，光平，你說對吧？」

被井原這麼一問，光平笑著說：「對啊。我和你們一起走。」

光平和時田、井原一起離開「青木」時，雪變小了，但馬路上積了薄薄一層雪，三個人走在路上，留下了清楚的腳印。

「你們看，」時田用下巴指了指前方，「只有寥寥幾個腳印，雖然時間已經晚了，但簡直難以想像這是大學附近的路。車站前那條路上，雪根本積不起來。」
井原沒有回答，默默地走著。光平當然也沒有說話。
三個人在「莫爾格」前停下了腳步。
「怎麼？不進去喝一杯嗎？」
時田不滿地看著光平。
「今天沒有喝酒的心情，但我會進去一下，我找媽媽桑有事。」
「那我也陪光平進去一下，今天不能太晚回家。」
「你也不喝？真不夠意思。」
時田有點不悅。
三個人走進店裡時，純子的假笑僵在臉上，隨即換上了不自然的親切笑容。
「你們三個人好久沒有一起來了。」她說話的聲音也有點虛。
店裡有兩個客人，一個是糕餅店的島本，另一個是齋藤醫生。齋藤仍然坐在吧檯角落，低調地喝著酒。光平猜想純子應該是因為齋藤在場的關係，所以才顯得心神不寧。
「妳男朋友也在。」
時田看了一眼齋藤說。純子低下頭，齋藤假裝沒有聽見。
「對啊，就是這麼一回事。」島本請時田坐下時說：「媽媽桑也有權利追求幸福，時田，你和媽媽桑年齡相差太大了。」
「我不是這個意思。」時田嘟著嘴，「我也很希望媽媽桑幸福，所以，齋藤先生，請你好好疼惜媽媽桑，媽媽桑有幫夫運。」

他話說到一半時，轉頭對著齋藤說，說到「請你好好疼惜媽媽桑」時，脫下了紅色貝雷帽。齋藤也露齒一笑，微微低下頭，算是回答了時田。

純子似乎鬆了一口氣，但看到光平他們始終站在那裡，露出納悶的表情。「不坐嗎？」

「嗯，」光平輕輕點了點頭，「我有事想要問妳。」

8

香月和另一名年輕刑警走出那家公司大門時，空中再度飄起白雪。

「還真會下。」年輕刑警豎起大衣領子嚷著。

「接下來有什麼安排？」年輕刑警問香月。

「嗯，」香月看著開著車頭燈的車子經過，指示後輩說：「你先回署裡。」

「香月先生，那你呢？」

「我要先去一個地方。」

「那個學生街嗎？」後輩刑警問道。

「……是啊。」

「你去看兇手嗎？」

香月瞪了一眼後輩刑警，緩緩搖著頭，「現在還無法斷定他就是兇手。」

年輕刑警並沒有因為被香月瞪了一眼就退縮，轉頭看著剛才走出來的那家公司說：「但動機不是已經很明確了嗎？」

「不光是這樣，還需要證據。」

「不妨從和松木的關係下手，他恐怕就會坦承不諱。」

「事情不可能這麼順利——總之，我先離開了。」

香月轉身離開，輕輕舉起了右手。一輛剛好路過的計程車雨刷掃著白雪，在路旁停了下來。

「要不要我向課長說明？」

聽到後輩的話，香月上車時點了點頭。

「小心點。」後輩恭敬地向他鞠了一躬。

香月說出地點後，司機從後視鏡中打量著他。「那裡最近不是發生了命案嗎？」

「是嗎？」

香月明知故問。

「對啊，聽說屍體裝飾在聖誕樹上，已經變成了那一帶的參觀景點。」

司機是一個長髮男人，汽車音響播放著馬勒的音樂，帶著東方味道的旋律和窗外的雪景相得益彰。

「只有一個人被殺嗎？」

香月隨口問道，司機的臉左右轉動了一下，「好像是，詳細情況我忘了。」

香月把視線移回窗外，再度體會到人死就是這麼一回事。即使別人記住了聖誕樹事件，也早就把松木和廣美的死忘得一乾二淨了，誰都沒有想到兩者之間的關聯。對其他人來說，這種事根本不重要。

廣播中傳來了低俗的談話性節目，司機放慢了車速問他：「在這一帶嗎？」那裡是大學的正門，也就是新學生街。

「不是這裡，是舊學生街。」

聽到香月的話，司機露出納悶的表情想了一下，「喔，你是說後街那裡。」他連續點了幾次頭，「那裡還有店家在營業嗎？」

「還有幾家。」香月說。

香月在「莫爾格」前下了計程車，店門前的路上積起了薄雪，有好幾個凌亂的腳印，但都走向相同的方向。

馬路上除了他以外沒有人影，白雪彷彿吸收了所有的聲音，寂靜籠罩了整個街道。為了打破這份寂靜，香月故意咳了一下，好像真的有什麼東西被打破了。

他推開店門，純子面帶笑容地轉頭看著他，隨即變成了僵硬的表情。

「客人還是很少嘛。」

他環視店內說道。店內只有吧檯前坐了三個人，其中有兩張是熟面孔，分別是名叫時田的書店老闆，和企畫了巨大聖誕樹這個愚蠢活動的糕餅店老闆島本。兩個人都用充滿敵意的眼神看著香月。

「要喝什麼？」

純子用公事化的口吻問道。

「我有事想要問妳，」刑警說：「妳應該知道《科學紀實》這本科學雜誌吧？」

純子有點不自在地看了一眼吧檯前的客人，又將目光移回刑警身上，「如果我知道呢？」

「聽說松木拿給了廣美？」

「……那又怎麼樣？」

「當時，除了雜誌以外，是否還交給她其他東西？」

刑警直視著純子，純子低下頭開始擦杯子，嘴角露出笑容，似乎想逃避他的銳利視線。「我忘了。」

「請妳回憶一下，他應該有同時交給她什麼東西。」

「有什麼問題嗎？」

時田突然在一旁插嘴。他瞪著突然出現的刑警。

香月苦笑起來。「這和你沒有關係，不好意思，請你不要插嘴。」

「雖然和我沒有關係，但你們的奇怪對話讓我無法不在意，你們這些人都只會問一些奇怪的問題，連一杯酒也不喝。」

「你們這些人？」刑警露出不解的表情。

「剛才也有兩個傢伙只問了問題而已，」糕餅店的島本告訴香月，「而且，和你的問題完全相同。媽媽桑，對不對？」

純子聽到島本徵求她的意見，只能無奈地點著頭。香月向吧檯探出身體。「誰來問？」

純子緩緩抬起頭，把擦乾淨的杯子倒放在吧檯上，「是光平。」

「原來是他，」刑警似乎並不感到意外，「他也漸漸發現了真相，當然，他的起點比較早，這也沒什麼好意外的。」

「我對他也說了同樣的話，『對不起，我不記得了。』」

刑警轉身打開門，走出店外。好幾個腳印清楚地留在雪地上。他看了之後，倒吸了一口氣。

他俐落地轉身，再度打開門，瞪著店內的人。

「你們剛才說『兩個傢伙』，」他劈頭就問：「是不是『有兩個傢伙』只問了問題而已？」

「對啊。」島本回答。

「津村光平和誰？」

「紳士，」時田不滿地說，「你應該也認識，就是每次都穿著三件式西裝去撞球的那個人。」

「他們什麼時候來的？」

「就剛才啊，我沒有告訴你嗎？」

「他們去了哪裡？」

「不知道。」

刑警像獵犬般衝了出去。

9

光平和井原一起離開「莫爾格」後，緩步走在又開始下雪的街道上。十二月很少下這麼大的雪，不時駛過的汽車也都小心駕駛。

「好安靜的夜晚。」

井原撐著黑色大傘遮雪，用平靜的語氣說道。他吐出的氣異常地白，彷彿會在空氣中凍結。

「對啊。」光平回答。

「要不要去我家坐一坐？」井原說：「我請你吃點熱食。」

「不。」

光平轉動著縮在棒球外套領子內的脖子，「今天晚上就不去了，我還要去一個地方。」

「是嗎？」

井原輕輕點著頭，露出優雅的笑容看向前方。他的皮鞋底踩在積雪上的聲音很有節奏。

來到平交道附近時，街角的服裝店內傳來聖誕音樂聲。櫥窗總是霧茫茫的，好像是一家永遠睡不醒的商店。光平稍稍放慢了腳步，豎耳細聽著音樂，但突然被刺耳的聲音打斷，完全聽不到音樂聲。平交道的警鐘聲響了。

「我要去廣美的公寓。」光平對同樣放慢腳步的井原說，「因為我有事想要確認。」

「你是說，」紳士抓了抓鼻翼，「和命案有關嗎？比方說，和廣美被殺的狀況有關？」

「對，」光平看著紳士的眼睛回答：「就是廣美被殺的狀況。當時的情況屬於一種密室狀況。」

「密室？」

「對，因為兇手殺了廣美後，無法逃離現場。」

「太有趣了。」井原大聲地說，「不，說有趣太失禮了……請你說一說詳細情況。」

「那可以請你陪我走一段嗎？」

光平問。紳士在傘下用力點頭，「我陪你，因為事關重大，也只能晚一點再回家了。」

「那我們邊走邊聊。」

兩人一起走向公寓。光平向井原說明了當時的狀況為什麼是密室，井原時而佩服地點頭，時而發出驚訝的聲音。光平覺得紳士此刻的表情就像坦誠的少年。

「原來是這樣，的確是密室，原來現實生活中，也會發生這種像推理小說情節一樣的事——你破解了密室之謎嗎？」

「對，算是吧。」光平回答。

「是嗎？所以，你要去確認自己的推理？但是，我現在也想到一件事。」

「推理嗎？」

光平按捺著內心的緊張問。「當然。」紳士用很有紳士風度的口吻說。

「也許和你一樣，只是靈光乍現。」

「我有機會洗耳恭聽嗎？」

「好啊，我們來玩推理大戰。」

紳士看起來真的很高興。

光平和井原走進公寓，搭電梯來到六樓，在廣美倒地的電梯廳前面對面站著。

「廣美倒在這裡，兇手卻消失不見了……是不是這樣？」

井原向光平確認。光平收起了下巴。

「但是，有一點你似乎沒有考慮到，兇手並不一定逃去樓下。」

「屋頂嗎？」

光平看著樓上。電梯只到六樓，但可以沿著樓梯去屋頂。

「在風波平靜之前，躲在屋頂上並非不可能的事。」

「但警察應該去屋頂看過。」

「總之，我們上去看看吧。」

井原拍了拍光平的肩膀，走上樓梯。

上樓後，發現那裡是一個樓梯間，門從內側鎖住了。如果有人在外面，鎖就會打開，但光平不知道廣美被殺時，門鎖有沒有鎖上。

光平第一次來到這棟公寓的屋頂。屋頂上沒有燈，只看到一片白色的積雪。踩在積雪上時，內心掠過一絲不安，彷彿在深夜走出小木屋的感覺。

雪繼續下，寂靜的黑暗中，宛如可以聽到一片片雪花落地的聲音。遠處傳來汽車按喇叭的聲音，但很快就消失了。

「兇手有沒有可能躲在這裡呢？」

走在前面的井原突然回頭問道。光平停下腳步，在搖頭的時候整個身體都晃動起來，「不可能。」

「為什麼？」井原問。

「警方應該調查過。如果樓梯間的門鎖打開，警方不可能沒有發現。而且，躲在這裡對兇手根本沒有好處。當時，最重要的是趕快逃離現場。如果在這裡被人發現，不就沒戲唱了嗎？」

「原來是這樣。」

井原轉了一個身，「所以，我的推理不及格囉？」

「很遺憾，」光平說，「我認為兇手並沒有那麼做。」

「嗯哼。」

井原又往前走了幾步，發出踩在雪上的聲音。「那現在就來聽聽你的推理。」他繼續說道。

光平的目光從紳士寬敞的背移向擦得很亮的皮鞋，以及清楚留下腳印的雪地上。

「最重要的是，」光平低著頭說道：「廣美到底是在哪裡被殺的？」

「在哪裡……被殺？」

井原低沉的聲音問道，「我搞不懂，為什麼這是最重要的事？她不是在電梯中被殺的嗎？」

「只是屍體在電梯中而已。」光平用平靜的語氣說。

「所以……是兇手把屍體搬進電梯嗎？但即使是這樣，兇手仍然必須藉由某種方式逃離現場。」

「不，」光平挺起胸膛，吸了一口氣。冰冷的空氣經過喉嚨，刺激了他的肺部。「並不是兇手搬動的。」

「那是誰搬的？」

井原轉過頭。在夾著小雪的風中，兩個人再度面對面站著。

「有幾個疑問，」光平說：「首先，廣美和兇手都不是在一樓搭電梯，其次，廣美的房間鑰匙並沒有放在皮包裡。」
「鑰匙？」井原露出不解的表情，「鑰匙怎麼了？」
「廣美平時都把鑰匙放在皮包裡，但是，她的皮包被搶走了，只有鑰匙掉在她身旁。」
鑰匙目前在悅子手上。
「我不太瞭解你想說什麼。」
井原的聲音中帶著一絲焦慮。
「你不瞭解嗎？因為她必須從皮包裡拿出鑰匙。為什麼？理由只有一個，因為她要回家。也就是說，她拿出鑰匙，準備進屋時被人殺害。當時，她手上握著鑰匙，兇手就拋下她逃走了。當然，那時候我還沒有到這裡。」
「既然這樣，屍體應該在房間內。」
「如果她當場死亡的話。」
井原的臉背著光，所以看不到他的表情，但光平看到他的嘴唇抽搐了一下。
光平繼續說：「如果她當場死亡，應該倒在自己的房間內，但她用盡最後的力氣站了起來。在兇手離開後，她走出房間，來到走廊上，然後搭上了電梯。當我在一樓時，上樓的電梯會停在三樓，就是因為她按了電梯。她當然去了六樓，所以，電梯也停在六樓。」
「為什麼？」井原問，「她為什麼要這麼做？」
「當然是為了求救，」光平回答，「『莫爾格』的媽媽桑也住在六樓，雖然當時媽媽桑在店裡，不在家，但廣美已經意識不清，以為只要去六樓就可以獲救。」
「但她會流血啊。」

「如果是刺傷，尤其是被銳利的刀刺進身體，幾乎不會流血——但是，她的生命力只有到此為止。她在到六樓之前就斷了氣，當電梯門打開時，她就倒在地上。在她倒地時，身體壓到了刀子，導致傷口流了大量的血。」

之前和悅子聊天時，她不經意的一句話啟發了光平。

廣美手上抱著花束，以及仍然穿著大衣，都是因為在遇刺後不顧一切地逃向六樓的關係。

「原來是這樣。」

井原再度背對著光平，謹慎地向前邁步。光平也跟著他。

紳士說：「你的意思是說，兇手逃走後，廣美獨自搭電梯上樓。這樣的確可以合理解釋當時的情況。」

「但是，」光平對著他的後背說：「問題並不在於推理，重要的是，兇手為什麼會在廣美的房間內？」

「喔，」井原仍然維持剛才的語氣，「為什麼呢？」

「在此之前，必須先整理一下這次一連串的事件。首先是松木被殺，他的房間內被人翻箱倒櫃。」

「好像是。」

「也可以說，是有人在他房間裡找什麼東西。不久之後，『青木』的沙緒里家也被人闖了空門。」

井原露出意外的表情。光平不知道他為什麼事感到意外。「我沒聽說這件事。」

「兇手殺了松木，想拿走什麼東西，卻沒有找到那樣東西。所以才會潛入沙緒里家裡，這麼一來，也就不難推斷兇手為什麼會去廣美家裡。」

「是為了找『那樣東西』嗎？」

光平點了點頭，「之前，我一直以為廣美是在電梯中被人殺害，所以，只注意到兇手殺她的動機，但如果兇手事先潛入她家裡，情況就不一樣了。兇手是因為被廣美發現他是兇手，才會動手殺了她。」

「我能瞭解兇手為什麼去沙緒里的房間，但為什麼要去廣美家裡？松木和廣美之間並沒有交集。」

「的確沒有。」光平回答，「這個問題我等一下會解釋，反正這一點可以說明為什麼兇手要去她家裡。令我不解的是，我看了廣美家裡，完全找不到任何被人翻動過的痕跡。廣美家很大，和沙緒里的房間不同，照理說應該不會輕易找到。於是，我就得出一個結論，兇手事先知道『那樣東西』放在哪裡。」

「……」

井原似乎說了什麼，但光平沒有聽到。

「不，兇手知道『那樣東西』在哪裡的說法並不恰當，也許應該說，他知道尋找『那樣東西』的記號。那個記號是什麼？在命案當晚，那個記號留在廣美的家裡，就是那本《科學紀實》的創刊號。」

雖然雙腿發抖，但光平的臉上泛著紅暈。雪不知道什麼時候已經停了，井原也停下腳步，一動也不動地俯視著夜晚的街道。

光平深呼吸後繼續說了下去。「我不知道兇手為什麼知道那本雜誌是記號，但根據我的推理，這代表兇手知道廣美有這本雜誌。兇手到底是誰？根據各種狀況綜合研判，只有三個人。其中一個，是親眼看到松木把雜誌交給廣美的媽媽桑。」

「另外兩個人是曾經聽說這件事的時田老闆和我，是不是這樣？」

「你說對了，」光平緊張起來，「我知道媽媽桑有不在場證明，當時，時田老闆也有不在場證明。」

「所以，兇手是我。」

喀沙。雪地上傳來有什麼東西掉落的聲音。光平定睛細看，發現黑色雨傘掉在井原的腳邊。光平猜想他在準備什麼。

「雖然我不瞭解殺人動機，也不知道你要找什麼，但兇手就是你。我猜想動機應該和松木之前的工作有關。」

井原沒有回答，視線看著車站前閃爍的霓虹燈，彷彿陶醉在這片景色中。

過了一會兒，井原輕輕咳了一下。光平全身緊張，忍不住抖了一下。

「我和松木，」井原背對著光平，緩緩開了口。「是在某個撞球場認識的，那家小店也可以喝酒，牆上有電視螢幕，經常播放《江湖浪子（The Hustler）》那部電影。」

「你們不是在『青木』認識的？」

光平想要吞口水，但嘴裡連一滴口水也沒有。

「那是他來這裡之前的事，那時候，我在公司內的職位岌岌可危，很希望在工作上做出成績扳回一城。那個時候，太田副教授的學生介紹松木給我認識。和松木見面聊天後，發現他的工作內容對我來說是有極大幫助的資訊，於是，我想到可以和他合作。」

「那不是商業間諜嗎？」

光平問，井原輕聲笑了笑。

「你腦筋真的很好，你應該把這種能力運用在其他地方。」

「松木就是因為這個原因辭職嗎？」

「為了掩飾他出賣商業情報一事，中間最好有一段空窗期。所以他選擇來到這個學生街，做為他的隱身之處，這裡離我家很近，隨時可以假裝來撞球，和他討論工作的事。」

光平終於知道松木為什麼會來這種地方了，也瞭解他經常掛在嘴上的「逃離」的意思。

「他出賣情報的回報是什麼？」光平問。

「當初談好他會以特別待遇進我們公司，但他真正的目的是以此勒索我和公司。」

「所以你殺了他？」

「我只能說，我不得不這麼做。」

井原轉頭看向光平的方向。在車站燈光的映照下，他的雙眼發亮，但臉上好像戴著能劇的面具般漠無表情。

「所以，你在找當初約定時的證據。」

「你說對了。有一份意向書，我那天和松木約定見面，就是為了拿回那份意向書。」

井原的身體已經完全面對光平。他的右手緩緩從大衣口袋裡拿出來，手上緊緊握著一把刀。

「但松木沒那麼笨，不會放在自己家裡，他在和你見面之前，就已經交給第三者了。」

光平用球鞋底慢慢向後滑。井原咄咄逼人，一旦光平動作幅度太大，他可能就會撲過來。

「他一旦交給別人——就會變成我的夢魘。如果不趕快拿回那份意向書，就會造成無可挽回的結果。我第一個想到沙緒里，但她家裡也沒有。」

「這時，你得知了科學雜誌的事。」

井原像死人般的臉上下挪動了幾下。

「松木沒有理由把那種科學雜誌交給小酒店的女人，所以，我立刻想到，意向書可能夾在那裡面。接下來，就只剩下什麼時候、用什麼方式潛入她家拿回來。」

「所以，你知道廣美房間有備用鑰匙？」

「是啊，」井原說，「純子可能忘了，有一次，她身體不舒服，店裡提早打烊，她順口提到了這件事。因為她說要去廣美家裡，我問她：『廣美不是不在家嗎？』她不小心透露，『雖然廣美不在，但我可以進去她家。』我當然跟蹤了她，得知了放備用鑰匙的地方。」

之前光平感冒睡在廣美家裡時，純子突然闖了進來。原來當時還有另一個人也一起進了公寓。

「接下來只要趕快把那份意向書拿回來就好，為了以防萬一，我決定星期五去。」

「星期五？」

光平反問。

「你不知道嗎？那棟公寓的管理員每個星期五都不在，因為萬一被他看到就會壞事。」

原來是這樣。光平終於瞭解了，他之前雖然知道有管理員，但從來沒有在意他。

「你只想潛入她家，沒有想要殺她嗎？」光平問。

「拿回意向書是重點，但最後還是殺了她。」井原回答。

「就像我現在的情況一樣……」

「對，」井原深深地笑了笑，「像你一樣。」

「我可以請教你一件事嗎？」

「什麼事？」

「你都隨身帶著刀子嗎？」

井原哼哼地笑了起來，鼻子吐出白色的氣。他一邊笑，一邊走了過來。他和光平之間保持了對他有利的距離。

「並不是隨身帶著，只是第六感告訴我，差不多需要用到了。剛才去『莫爾格』時，你不是問了媽媽桑問題嗎？松木除了科學雜誌以外，有沒有同時把其他東西交給廣美。聽到你的問題時，我很慶幸自己準備了刀子。密室的事也給了我很大的壓力。」

「我做這些事都是為了刺激你。」

「我想也是。因為你已經知道兇手是誰，但還是選擇賭上自己的性命和我對質。不過，我必須說，你太魯莽了，我手上有鬼牌，但你什麼都沒有。」

井原巧妙地逼迫光平和他交換了位置，光平背對著柵欄。井原握著刀子的手慢慢向他逼近。

「只要沒有你，沒有人會懷疑我，從這個角度來說，我真的很幸運。我要為你的推理補充一點，廣美被刺後離開房間時忘了鎖門，那時候她已經意識模糊，當然不會想到要鎖門。如果警方和你發現門沒有鎖，一定會更早察覺真相，所幸當時我又折返回去她家，因為我忘了把備用鑰匙放回門牌後面，於是，我順便鎖了門。以時間來說，應該就是妳聽到女人的尖叫聲，衝上六樓的時候。之後，我就逃走了，我很幸運，沒有被任何人看到。」

「幸運總有用光的時候。」

「但這句話不適合用在我身上。」

刀子猛然刺了過來。井原的身軀看起來很遲鈍，難以想像他的身手這麼俐落。光平好不容易才閃開，但棒球外套的領子被井原的左手抓住了。

「我再告訴你一件事，你別小看我，我學過柔道，你不要以為比腕力我會輸你，恐怕你會失算，松木也失算了。」

光平還來不及「啊！」地叫出聲音，身體已經被摔倒在積雪上，但井原仍然抓著他的衣領不放，他想逃也逃不了。井原立刻向他揮刀，光平用盡渾身的力氣擋住了他的手。刀刃掠過他的手背，流出的血滴在他的胸前。

井原將全身的體重壓在刀子上，光平拚命撐著快要被壓垮的手臂，左腳用力踹向井原的肚子。隨著一聲呻吟，井原抽離了壓在他身上的身體。

當光平站起來時，井原也同時站直了身體。他重新握好刀子，準備展開第二次攻擊。

「住手！」

這時，光平身後傳來一個聲音。回頭一看，香月站在那裡。

「趕快住手吧，沒有人能夠得到好處，而且，在雪中打鬥一點也不好玩。」

刑警慢慢走向他們，走到光平身旁時，嘆著氣看向井原。「你也沒有得到任何好處吧？你殺了幾個人，卻沒有一毛錢進帳。」

「你們不瞭解情況。」

井原的語氣很平靜。雖然剛才激烈打鬥，他卻完全沒有喘一口大氣。「你們根本不瞭解我們的辛苦，只要低頭看腳下就知道了。」

光平忍不住低下頭。

井原說：「你們以為是誰建造了你們踩在腳下的基礎？是製造業的人齊心協力，不斷生產可以稱霸世界的產品。你們只是站在我們所創造的基礎上，說一些自以為是的話。什麼想要自由地生活，什麼厭惡製造業，你們這些天真的人不可能瞭解我們流血流汗的戰鬥。」

光平低下的雙眼無法抬起，注視著被踩爛的雪。

「無所謂啦，」刑警說：「你可不可以把刀子扔了，過來讓我逮捕你？這樣至少可以幫我立一個功。」

井原再度發出哼哼哼的奇妙笑聲。

「我很欣賞你的想法，只是我不能被你逮捕。」

接下來的事發生在轉眼之間，光平甚至來不及叫出聲音。井原動作俐落地越過屋頂的柵欄飄向空中，在光平他們面前轉了半圈，隨即消失在黑暗中。

雪地上只留下腳印。

10

警察在處理井原的屍體時，光平正在廣美的家裡面對悅子。電視正在播放卓別林的老片，但他們兩個人都沒有看，只有獨特的背景音樂在寬敞的房間內響起。

「你太魯莽了。」

悅子大口喝著白葡萄酒說，「既然已經知道誰是兇手，就應該先告訴我，這不光是你一個人的事。」

「對不起，我道歉。」

光平摸著鬍碴對她低頭，他的頭髮被融化的雪弄濕了。

「總之，你不可以一個人出風頭，你剛才也差一點被殺了。」

「我沒有任何可以稱為證據的東西，只能把他逼到走投無路，讓他自我毀滅。今天晚上是千載難逢的機會。」

「況且，下雪也很有情調？」

「對。」光平認真地點頭，「況且又在下雪。」

「莫名其妙。」

悅子把酒杯用力一斜，淡金黃色的液體帶著小氣泡，流入了她的喉嚨。光平看著她，覺得好像在看深夜電影時中間插播的廣告。

「所以，姊姊是受那個叫松木的人牽連而送了命？」

悅子托著下巴問，她似乎努力克制著內心的情緒。

「以結果來說是這樣，」光平說，「但只要不是自然死亡，都是因為某種方式受到牽連。無論飛機失事或是大樓火災都一樣，如果是真的被電梯殺手殺了，甚至不算是受牽連，只是命運走到了這一步。」

光平說話時，發現自己像在辯解。自己為什麼要辯解？

「但是，松木為什麼要把意向書交給姊姊？可以交給你，也可以交給沙緒里啊。」

「可能他認為交到我手上，很容易被井原發現，意向書交到意想不到的人手上，就可以對井原構成威脅。事實上，井原的確去沙緒里家裡找過。」

「姊姊應該不知道雜誌裡放了那麼重要的東西，所以，她也不知道自己為什麼被殺。」說完，她閉口不語。她隔著喝空的酒杯，不知道在看什麼。光平不知道該說什麼，也模仿起她的動作。

玄關的門鈴聲打破了沉默。悅子走出去後，傳來開門的聲音，接著，又聽到了熟悉的說話聲。

「原來主角在這裡。」

刑警說著，環顧室內，想了一下，靠在沙發的椅背上。可能是因為光平占領了他平時坐的位置。

「我也要向你道歉。」光平說。

香月詫異地挑著眉毛，「道歉？為什麼？」

「因為兇手死了，你一定在想，如果是你，絕對可以讓事情更完美落幕。」

香月笑了起來。

「他一心想死。誰都無法阻止一個下決心要死的人，而且，他已經沒有其他路可以走了。」

「無論如何，」香月輪流看了光平和悅子一眼，更大聲地說，「事件已經告一段落了，也讓我加入你們舉杯慶祝的行列吧。」

「還有酒啊。」

悅子從櫃子裡拿出一個乾淨的葡萄酒杯說，「但你要先說明一下情況。光平已經告訴了我大致的情況，但事件的背景還有許多不明不白的地方。」

刑警有點無奈地苦笑著撥了撥微濕的頭髮，渾身散發出男人完成一件大事後的疲憊。

「你怎麼知道井原是兇手？」

光平問。香月拿出菸，滿臉陶醉地抽了一口，拿起茶几上的菸灰缸，把菸灰彈了進去，一臉無可奈何，終於開口說：「你給我的那本科學雜誌成為破案的關鍵。」

「……果然是。」

「只是我繞了一大圈。」

香月告訴他們，松木打算靠和某大學共同研究的資料進入其他大學，並在一年前和名為長谷部的學生接觸。

「長谷部是太田副教授研究室的學生，而且最近死了。」

「……他殺嗎？」

「應該是。於是，我們懷疑兇手是太田副教授，從松木之前的行為來看，推測他可能把什麼情報賣給了太田，但這個推理有很多問題。於是，轉而思考松木的對象可能不是大學，而是企業。這時，看到那本科學雜誌的報導，發現有幾家企業使用了專家系統，就把這兩件事串在一起了。」

「松木參與了企業使用的專家系統的……」

香月點了點頭。

「我調查了那本雜誌提到的公司中，哪一家和松木之前工作的中央電子有合作關係，結果查到了新日電機這家公司。你知道新日電機嗎？」

「我知道，是大型家電品牌。」

光平回答，刑警點了點頭。

「新日電機為了追求公司的合理化，迎接未來的人工智慧時代，著手開發了生產技術專家系統。這件事說來話長，可以省略嗎？」

「如果和主題無關就不必說了。」光平說。

「只要知道專家系統是新的電腦系統就好，一旦完成，對公司來說，就是一項很大的成果。同時，也是絕對不能讓競爭對方知道的極機密項目。」

香月在說「絕對」的時候加強了語氣。

「松木和這個項目有關嗎？」

「成為這個系統的基礎工具是向中央電子買的，松木被派去新日電機擔任技術指導員。得知這個消息後，我立刻有了靈感。因為井原任職的東和電機和新日電機是死對頭，松木掌握的情報對他來說應該很寶貴。井原經常去找太田副教授，太田副教授研究室的學生長谷部又和松木很熟，所以，他們兩個人之間有交集。」

光平心想，和井原說的話一致。

「於是，井原就和松木簽下了擔任商業間諜的合約。」

「但是，找不到明確的證據。我向東和電機查證，結果發現了一件有趣的事。當時，井原在公司的績效不佳，即將被派去下游公司。而且，不是去下游公司擔任主管，而是實質上的降職。沒想到他那時候突然提出一份使用電腦的新企畫，並且開始高效率地推動這個企畫。他的這項工作受到了肯定，他被調職的人事命令取消了。雖然東和電機的人沒有提到企畫的具體內容，我猜想應該是和新日電機的生產技術專家系統相同的內容。」

「所以，他是以松木提供的資訊做為參考，推動了那個企畫嗎？」

「我猜是這樣，因此，對井原來說，松木就對他構成了威脅。雖然不知道他們之間有什麼約定，總之，足以讓井原決定殺他。井原之所以殺長谷部，也是先殺人滅口，避免他說出和松木之間的關係。」

「太可惡了。」光平咬著嘴唇。

「我原本以為因為廣美得知了這個秘密，所以兇手才動手殺她，在思考廣美為什麼會知道這件事時，覺得松木拿科學雜誌給她的這件事似乎有蹊蹺，猜想可能當初留下了要求松木當商業間諜的證據，然後夾在科學雜誌內。」

事實正是如此。雜誌內夾著井原和松木當初簽的意向書。松木可能原本只打算把意向書放在第三者手上，但看到時田那本科學雜誌的報導，覺得放在一起，更能夠明確瞭解井原的企圖。

最後，松木的機智發揮了作用。如果沒有那本雜誌，光平和香月就不可能知道這些事。

「我去向『莫爾格』的媽媽桑確認，發現已經有人搶先一步問了相同的問題，而且和兇手一起離開了。」

香月語帶揶揄地看著光平說，光平聳了聳肩，什麼都沒說。

「但是，你怎麼知道他們在公寓的屋頂？」

悅子問。光平也有相同的疑問。

刑警指著自己的太陽穴說：「憑直覺。而且，你很幸運，外面剛好在下雪，路上留下了你們的腳印。在空蕩蕩的路上，腳印一直延續到這棟公寓，所以我就想，也許你們在這裡。」

「感謝。」光平說。

「你要感謝這場雪。」刑警回答。

「對了，」悅子輪流看著光平和香月的臉說：「那堀江園長的事件呢？他也是被井原殺死的嗎？」

「不太清楚，」光平說：「我原本想問他，但他突然撲了過來——我想應該是他吧，他從廣美口中得知了兇手的名字，所以來找井原，結果反而死在他手上。」

悅子沒有回答，反而問刑警：「香月先生，你覺得呢？」

「目前還不清楚。」

刑警說：「但很快就會查得水落石出，我們有很多人手可以查證。總之，你們就不要再插手了。」

「即使你拜託我，我也不想插手。」

悅子說。

11

時間過得很快，幾天的時間轉眼間就過去了。

光平在家中的被窩中醒來，裹著毛毯，從信箱中抽出報紙，坐在被子裡打開報紙。報紙內夾了一大堆歲末大減價的廣告。

報紙上完全沒有之前那一系列命案的相關報導，又有新的命案占據了版面。光平坐在被子裡想道，這個世界真的充滿了命案。

在這一系列命案的事後處理中，最令人頭痛的就是東和電機這家企業的責任歸屬。東和主張，間諜行為是井原的私人行為，這也是事實，但麻煩的是當新日電機要求東和公布專家系統的全貌時，東和方面的人員面有難色地表示，井原只是參與該系統開發的成員之一，他的貢獻也只占一小部分而已。

這個問題並不容易解決，但當然和光平沒有關係。

光平闔上報紙，下定決心起了床。

今天應該也很冷。

光平來到「青木」，咖啡店內沒有半個客人，沙緒里坐在角落的桌旁修指甲。

「過年有什麼打算？」她蹺著迷人的雙腿問道。

「還沒有決定。妳呢？」

「嗯……有人約我去滑雪。」

「男朋友？」

「算是吧。」她回答。光平完全不知道沙緒里到底有幾個男朋友。

「我可能會在家裡滾來滾去發懶吧。」他說。

「你不回老家嗎？」

「不回去，也不太想回去。」

「是喔。」她似乎接受了光平的說法，剪完所有的指甲後，又開始磨了起來。她的動作很仔細。

「聽說，」她在磨大拇指的指甲時說，「『莫爾格』的媽媽桑要結婚了，要嫁給綜合醫院的一個醫生。」

「我知道。」光平回答。

「太厲害了，她以後就是醫師娘了，可能會把『莫爾格』收起來吧。」

「是啊。」

光平覺得應該是這樣，這樣也比較好——

「但是，連續發生了那麼多不幸的事，媽媽桑結婚的消息總算是好事一樁，希望一直朝好的方向發展下去。」

「對啊。」光平說。

「命案也順利偵破了。」

沙緒里說，但光平沒有答腔。

他坐在撞球場的收銀台內，卻沒有半個客人上門。大學已經開始放寒假，只有運動社團的學生必須繼續來學校訓練，即使是新學生街的撞球場應該也是生意冷清，更何況他們也不可能特地繞遠路跑來舊學生街。

光平坐在椅子上，看著疲憊的撞球桌。它們似乎也在回顧今年一整年的時光，於是，光平也模仿它們開始回首這一年，卻覺得有尚未解決的事卡在心裡，讓他無法好好感受年末的氣氛。

他隱約瞭解那件尚未解決的事到底是什麼，那是關於廣美過去的問題。她的遇害與她周圍所存在的很多不解之謎沒有關係，但光平並不希望這些謎永遠都解不開。

至於是否有必要深入追究，他還無法做出明確的解答。他覺得那是一種自私，想要瞭解所愛的人所有一切的自私。

光平嘆了一口氣。想到暫時無法拋開這種糾葛，就忍不住嘆氣。

當光平重新坐在椅子上，打算想一些快樂的事時，香月走了進來。他雙手插在口袋裡，用眼神向他打招呼。

「這裡像鬼城一樣。」

他說。光平沒有吭氣，他又補充說：「我是說這條路。路上沒有人，每家店都門可羅雀，連野狗都見不到。」

「因為是年底。」

光平說，但他無法確定是否一到年底，所有的學生街都會變成鬼城，他覺得應該不太可能。

然而，刑警並不想深談這個話題，「我有事想要問你。」

「隨便問。」光平回答，他已經沒有理由和警方敵對了。

「是堀江園長被殺當時的事，想要和你確認一下。」

「確認？」

光平想了一下，問要不要找沙緒里一起來。「發現屍體時她也在，要不要去一樓邊喝咖啡邊聊？我請客。」

「好主意。」刑警說，但光平覺得他的聲音有點無力。

來到咖啡店，店內果然生意冷清。光平倒了咖啡，決定坐在一樓邊喝邊聊。

香月問的是案發當天晚上的情況。

「聖誕樹第一次亮的時候不到十二點，當時，井原也在現場吧？」

光平和沙緒里相互確認後回答：「他在。」

「你看到他離開嗎？」

「沒有。」光平說，沙緒里也在他旁邊點頭。

刑警重重吐了一口氣，再度看著光平他們。

「你們是在十二點多才離開聖誕樹，對嗎？」

「對，」沙緒里回答，「之後我們去了『莫爾格』。」

「當時，聖誕樹還沒有異常吧？」

「沒有，」光平說，「至少那時候還沒有屍體。」

「所以，是在凌晨一點才發現屍體嗎？」

「絕對不會錯——當時的詳細情況已經告訴了當時趕來的刑警。」

「我向他們確認過了。」

香月一臉無趣的表情說，然後，輪流看著光平和沙緒里，無助地微微向右偏著頭。光平第一次看到他露出這樣的表情，感到很意外。

「有什麼問題嗎？」

光平問。刑警苦笑著點了點頭，「對啊，說起來是不太好的狀況。」

他打開警察證內的記事本，看著記事本淡淡地說：

「那天晚上，井原在聖誕樹試燈結束後，和商店街的人一起回家了，而且，那天晚上，井原家剛好有親戚上門，和他一起喝到快天亮。雖然也可能是那個親戚做偽證，但他們的關係並不是那麼親密，況且，事到如今，做偽證也沒什麼意義。」

「也就是說，」光平停頓了一下，「他有不在場證明。」

「就是這麼一回事。」

刑警收起了警察證，露出一臉無趣的表情。

「所以，殺害堀江園長的兇手另有其人。」

第五章——墓園、教堂和再見

1

再等幾天，將迎接新的一年，學生街宛如一艘船員全都跳船逃走的棄船。

光平在打掃撞球場和看店內報紙的徵人廣告中，打發了年底的日子，直覺告訴他，該做出決定的日子近了。

不久之前，時田和島本這些喜歡撞球的近鄰還會不時現身，但仔細觀察後，發現他們撞球時，也都是一臉從夢中醒來的表情。即使贏了也不覺得開心，輸了也不會感到不甘心。

這兩、三天，就連他們也沒有來撞球場。

堀江園長的命案仍然沒有進展，井原有不在場證明，警方調查了三起命案中成為兇器的三把刀子，發現殺害松木和廣美所使用的是市售的登山刀，但刺進堀江園長胸口的是水果刀。井原試圖攻擊光平時的刀子也是登山刀。所有的證據都顯示殺害堀江園長的兇手另有其人，但除此以外，警方沒有掌握任何線索——有助於揪出真兇的線索。

說到刀子，曾經有刑警去光平家裡，拿出一把水果刀問他：「你以前有沒有看過這把刀？」白色塑膠刀柄的刀子很普通，即使有人堅稱是你的刀子，恐怕也無法立刻否認。

如果那把刀子是唯一的線索，恐怕很難找到兇手——這或許是外行人的想法，但光平的確這麼認為。

光平正在保養撞球桿時，悅子來到「青木」。撞球場內沒有客人，早上擦過的地板光可鑑人。三樓的撞球場和二樓的麻將館從昨天開始休息，他今天只是來保養道具和用品。

「沒想到這裡的環境還不錯。」

她一走進撞球場，深呼吸了一下，對光平說道。她穿著黑色毛皮短大衣，應該是廣美衣櫃裡的衣服。

「這裡的暖氣調得剛剛好，」光平調整皮頭狀態時說，「如果讓撞球的人冷得發抖，或是會流手汗，就無法盡情地撞球。」

「真講究。」她似乎並不感興趣。

「做生意嘛。」

說完，光平拿起另一根球桿。悅子檢查沙發上有沒有垃圾後坐了下來。

「你有沒有聽說純子姊婚禮的事？」

「聽說了。」光平回答。

純子打算在除夕邀請親朋好友，在鄰町的教堂舉行簡單的婚禮。書店的時田告訴了光平，聽說也是他提出的建議。光平記得他得知純子和齋藤關係時的不悅表情，所以對他的熱心感到很不自然。

「是嫁給那個齋藤先生吧？」

「應該吧。」

「聽說結婚之後，就會把『莫爾格』收起來。」

「她是一個聰明的女人。」光平檢查著手上撞球桿的彎曲情況。
「沒想到她想收就收了，照理說，那家店對她有很重要的意義。」
「別人無法理解。」
光平說。
「也對。」悅子也小聲表示同意。
光平默默地用砂紙磨著撞球桿的前端。悅子也蹺著二郎腿，目不轉睛地看著他的手。砂紙和皮頭摩擦的聲音融化在寬敞的撞球場。
悅子拿起一旁的報紙，發出沙沙沙的聲響。她發現徵人廣告那一頁朝上，問他：「你打算離開這裡嗎？」
「總不能一輩子磨撞球桿吧。」
光平把磨得很漂亮的撞球桿前端放在悅子面前說。
「你磨得很好啊，真可惜，但這也是沒辦法的事，」她說：「以前，我家附近有一個很會理髮的理髮店老闆，剪頭髮時很有節奏，好像在彈樂器。看到你的動作，讓我想起那家理髮店的老闆。」
「謝謝，這句話可以激勵我。」
「你離開這裡後有什麼打算？」
「還沒有決定，但是，這次不是打工，而是要認真選擇自己的職業。我覺得進入公司體制中似乎也沒那麼不好。」
「磨圓了。」

「磨圓了？」
光平反問之後，才發現悅子是指他性格中的稜角磨圓了。「我一直在想，很希望可以發揮自己的個性和才華，不被體制埋沒，在茫茫人海中，沒有任何人能夠取代自己——我希望從事這樣的工作。」
「我也這麼想。」悅子說，「每個人都這麼想吧？不值得大驚小怪。」
光平想起按照時間計算，她明年春天就可以畢業了，也許她經常和朋友聊這些問題。
「我以前討厭當上班族，尤其是製造業的上班族，雖然不至於像卓別林的《摩登時代》中那樣，但總覺得是組織中齒輪的代名詞，我一直自以為是地認為我不想過這樣的人生。」
「現在的年輕人都這樣，」悅子說：「大家都崇尚自由，而且，大家都很自以為是。」
「但是，我們目前能夠過這麼豐足的生活，就是靠那些製造業的人。我們沒有資格尊敬他們，更沒有資格侮辱他們，他們只是做著必須有人去做的事。在汽車組裝工廠內，必須有人裝方向盤，但即使有一個搖滾樂團解散，也不會造成任何人的困擾。」
「但那些粉絲會難過。」
「就只是這樣而已，這點小事很快就會適應。」
光平把保養好的撞球桿一根一根小心翼翼地放回球桿架，在流理台洗了洗手，為了消除肩膀的疲勞，他轉動脖子，發出了喀喀的聲音。
「今天我來，是想找你一起去掃墓。」
說著，悅子嫣然一笑。光平覺得那是安慰的笑容。
「掃墓？」

「因為命案已經落幕，心情總算稍微平靜下來。之前完全沒有這份心情。」
「沒想到妳這麼敏感。」
光平一臉嚴肅地說，悅子掩著嘴笑了起來，「第一次有人這麼說我，但還是謝謝你。」
「我從來沒有掃過墓。」
「沒有特別的規矩，你要不要去？」
「好啊。」
光平想像著夕陽下，墓地豎著一整片長方形的石碑，想像中的墓碑正對他訴說著什麼。
「雖然這麼說聽起來了無新意，但我還是去向廣美報告一下年底的近況好了。」
聽了光平的話，悅子笑著說：「還真的了無新意。」
他們離開店後，走向車站。大部分商店都已經休假，除了咖啡店、餐廳以外，連精品店也開始休假。普通的商店街根本不可能這麼早開始休假不做生意。
在悅子的提議下，他們決定去買花。廣美經常去的那家花店剛好有營業，廣美臨死前，就是在這裡買了秋水仙。
花店門口放滿了五彩繽紛的花，每一朵都滋潤鮮艷。光平仔細觀察著每一朵花，大部分以前都沒看過。他原本就很不瞭解花草樹木，忍不住思考為什麼自己知道的花卉名字寥寥無幾，覺得自己好像犯下了滔天大罪，不是用一句「沒興趣」就可以解釋的。
花店老闆娘是一個微胖的中年女人，臉上隨時保持著親切的笑容。那不是為做生意而堆起的假笑，而是由衷地感到開花店是一件快樂的事，光平忍不住有點羨慕她。

「啊喲，」老闆娘叫了一聲，驚訝地看著悅子的臉，「妳該不會是那棟公寓之前過世那位的……」

「對。」悅子點點頭，老闆娘露出鬆了一口氣的表情。

「我就說嘛。妳姊姊很漂亮，妳們長得很像，我想都沒想就問了。話說回來，萬一不是的話就糗大了。」

悅子看了一眼光平，視線又移回老闆娘身上。「我們要去掃姊姊的墓。」

老闆娘感慨萬千地點點頭，「真的太令人難過了。」

悅子請教了老闆娘，掃墓要挑選哪一種花。老闆娘在店內走來走去，為他們搭配了幾種花。當悅子付錢時，她又送了幾朵白色的花。

「妳姊姊真的是紅顏薄命。」

老闆娘把花交給悅子時說，「她也常去掃墓。」

離開花店後，他們一起走向車站，在月台上等電車。悅子說，去墓地要將近一個小時，中間還要換車。

「是妳家祖先的墓地嗎？」光平問。

「對啊，建得很漂亮，一下子就可以找到了。」

「我沒有看過我家裡的墓。」

光平甚至不知道家裡的墓在哪裡，是什麼形狀。每年盂蘭盆節時，母親都會去掃墓，但他從來沒有跟母親一起去。每次在二樓的窗戶看到母親出門掃墓時，都覺得她是在做無意義的事。

「我也沒看過，發生這次的事之後，我才第一次去。」

「所以，聽花店老闆娘剛才說的意思，廣美之前也常去掃墓。」

「對啊。」悅子微微皺著眉頭，微微偏著頭，光平以為她在想其他的事。

不一會兒，前往廣美墓地的電車進站了。白天的車內沒什麼人，車門一打開，光平就走了進去，悅子從身後拉住他棒球外套的袖子，他停下了腳步。

「聽我說，」悅子一臉不解的表情看著光平，「有一件事我想不通。最近我去墓地時，那裡長了很多草，不像是姊姊經常去清理的樣子。」

「那她為什麼買花？」

「會不會去其他地方掃墓？不是我們家的墓。」

光平下了車，轉身看著悅子。電車的警笛聲起，車門在他身後關了起來。

「其他的墓……妳知道是誰的墓嗎？」

悅子雙手插在大衣口袋裡，聳了聳肩。「不知道，也猜不到。」

「我們回去花店。」

光平拉著悅子的手。

兩個人一起回到花店打聽，但老闆娘也不知道廣美去哪裡掃墓。聽到光平他們的問題，露出困惑的表情。

「我姊姊多久來買一次花？」悅子問。

老闆娘抱著肥胖的雙臂，皺了皺眉頭，「差不多一個月一次，我記得都是月初的時候來。」

光平和悅子向老闆娘道謝後，走出了花店。
「怎麼辦？」悅子問光平，「我沒心情去為姊姊掃墓了。」
光平也不想去了。沒想到又有關於廣美的新謎團冒了出來。
「我要好好思考一下這個問題，我們可能疏忽了什麼，我猜想她應該隱藏了什麼重大的秘密。」
「要不要去我家？」
「不。」光平搖搖頭，「我先一個人想一想，妳也幫忙想一下她可能會去掃誰的墓。」
「我會把相簿找出來看一下。」
「也順便好好檢查一下抽屜，搞不好會有什麼墓園的門票。」
悅子露出奇怪的表情，「墓園要買門票嗎？」
「不知道……應該不用吧，反正妳回去好好找一找吧。」
「好，我知道。」她說。
光平回到公寓，發現信箱裡有一封信。白色信封上用藍色墨水寫著收件地址和收件人，一看到信封上的字體，光平就知道是老家的母親寄來的，也大致可以猜到信的內容。
在玄關脫了網球鞋，他穿著棒球外套直接躺了下來。上一次是在廣美告訴他墮胎一事的那天，接到母親的信。回想起來，那天是這一連串離奇命案的起點。
——那本小冊子讓命案變得更加匪夷所思。
他坐了起來，拿起放在架子上的「繡球花」小冊子。堀江園長說，那是在畢業典禮時發給畢業生小朋友的冊子。

——這本小冊子太神秘了。

廣美打算告訴他小冊子之謎。從各種狀況不難判斷，她帶著悲壯的決心迎接了光平生日的那一天。比方說，秋水仙的花語。「我最美好的日子已經結束了」——為什麼最美好的日子已經結束了？光平忍不住思考這個問題。難道因為要說出秘密，所以代表結束的意思嗎？果真如此的話，又是為什麼？

想到這裡時，光平翻著小冊子的手停了下來。因為他看到最後一頁印著發行日期。

——原來不是今年的畢業典禮。

這本小冊子是五年前發行的，也就是在五年前的畢業典禮時發的。之前，光平一直以為這本小冊子是今年的，他這才想起堀江園長也沒有說過，這本冊子是今年的。

——為什麼是這麼久以前的……？

光平再度翻著小冊子，並沒有找到新的線索。他心灰意冷地把小冊子放回原來的地方，拿起母親寄來的信。

信封背面果然工整地寫著老家的地址和母親的名字，就連最後一個「緘」字都寫得一絲不苟。

撕開信封，拿出信紙，發現連內容都和他的想像相差無幾。母親問他過年要不要回去，也暗示他最好找時間回去一趟，但沒有提研究所的事。

光平重重地嘆了一口氣，連自己都覺得有點矯情。他把信往旁邊一丟，看著天花板。天花板上有一個很大的汙漬，那是之前下大雨漏水時留下的，他已經看著這個汙漬很多年了。

光平確信，對自己而言，這一個時代已經畫上了句點。所有的信息都在告訴他這件事——

2

十二月二十六日——

「為媽媽桑的前途乾杯。」

在糕餅店島本的帶領下，在店裡聚集的十幾個人紛紛舉起手上的杯子。純子在吧檯內羞澀地笑著，杯中的啤酒已經喝了一半。她臉頰泛著紅暈，並不光是因為光線角度的關係。

今晚是「莫爾格」最後一天營業。不光是今年的最後一天，而是純子永遠不會再站在吧檯內招待客人了。於是，時田、島本和其他商店街的老主顧都來為她舉辦歡送會。

光平和悅子面對面坐在店內最深處的一張桌子前，看著商店街的老闆依依不捨的樣子。有多少邂逅，就有多少離別。圍在純子周圍的那些店家老闆還是難掩臉上的落寞。

然而，他們也對純子的新出發寄託了無限的夢想。這幾年來，這條學生街的凋零有目共睹，這次的殺人事件也令人心情更加灰暗。因此，她嫁給齋藤重新出發，是這條街上唯一的開心事。大家都希望拋開不愉快的回憶，沉浸在這份歡喜之中。

島本他們熱鬧地聊天喝酒，只有時田老闆坐在吧檯角落看著純子，小口喝著威士忌。他是最常來捧場的老主顧，對純子也有特殊的感情，所以面對這一天的到來也感慨萬千。

他和光平四目相接時，微微舉起杯子，臉上卻完全沒有笑容。光平覺得他是用冷漠的表情掩飾內心的尷尬。

「關於上次的事，」悅子喝著杯中的波本酒。她除了葡萄酒以外，只喝波本酒。「之後有沒有新的發現？」

「如果妳是問廣美掃墓的事，」光平說：「目前還沒有發現任何新線索，也不知道可以從哪裡找到線索。」

「怎麼都是負面消息？」她一臉無趣地說：「而且好像走進了死胡同。」

「妳那裡呢？」

光平問，悅子聳了聳肩，「只知道她的抽屜裡沒有墓園的門票。」

「所以，這是唯一的收穫。」

光平右手握緊裝了啤酒的杯子，左手搓了搓臉頰。

廣美到底去了哪裡，掃誰的墓呢？

即使光平努力思考這個問題，也完全沒有半點頭緒，只有廣美相關的疑問混沌不清地掠過他的腦海。無論再怎麼凝視這些疑問，都找不到方向，甚至無法把握模糊的形狀。

光平和悅子在聊天時，其他人不知道什麼時候已經開始唱卡拉ＯＫ。糕餅店的島本連續唱了好幾首幾年前流行的演歌，其他人都拍著手為他打拍子。

光平和悅子冷眼看著他們，純子走了過來，把一瓶啤酒放在他們面前，在旁邊的椅子上坐了下來。

「不開心嗎？」她擔心地問，也許她發現了他們悶悶不樂的表情。

「怎麼可能？」光平說，「怎麼可能不開心，只是很希望以後也能在這家店喝酒，恐怕很難再找到這麼開心的店了。」

純子凝視著光平的臉，靜靜地說：「謝謝，很高興聽到你這麼說，因為我很惶恐，好像什麼都失去了。」

「不會失去，」光平說，「回憶會留下來，統統留下來。」

「也對。」純子小聲地說，低頭看著自己的手。她似乎看著手上的藍寶石戒指。光平最近才知道那個戒指是誰送她的。

送戒指的人在幾分鐘後也來到店裡。齋藤在熱烈的掌聲中走進來後，在純子身旁坐了下來。

「事件終於落幕了。」

他對光平說。

「多虧你的證詞發揮了作用。」

光平指的是齋藤關於電梯的證詞。

「你們要面對很多事，我們卻打算走進家庭，總覺得有點對不起你們。」

齋藤深有感慨地說。純子也在他身旁低下頭，看著指尖的指甲油。光平心想，也許今晚是她最後一次擦這麼紅的指甲油。

「你們的話題是這個學生街唯一的救贖，」光平說，「大家都希望帶著你們的好消息過新年。」

「你這麼說，讓我心裡舒坦多了。」

齋藤真的露出了舒坦的表情。

「對了，我還有事想要請教一下。」

光平說，齋藤和純子帶著剛才的笑容看著他，「什麼事？」齋藤問。

「關於廣美去掃墓的事。」

「掃墓？」

光平告訴他們，廣美每個月都去某個地方掃墓，而且並不是掃自己祖先的墓。

「我第一次聽說這件事，」純子說，「她從來沒有向我提過掃墓的事。」

「我也沒聽她提過這件事。」

齋藤也搖著頭。

「是嗎？我以為你們知道她去掃哪裡的墓。」

「不太清楚。」

兩個人互看了一眼，然後再度搖頭。

之後，他們開始談論除夕婚禮的事。他們說，原本不打算鋪張，但在時田的堅持下，決定辦一場婚禮。

他們在聊天時，主事者時田拿著杯子走了過來。他一個人喝了不少，走路已經有點搖晃了。

「喂，光平，」書店老闆摟著光平的肩膀，把臉湊了過來。光平的臉頰可以感受到他帶著酒味的呼吸。「你什麼時候離開這裡？」

「離開？為什麼？」光平驚訝地問。

「哪有為什麼……這裡不是你落腳的地方而已嗎？」

光平故意露出不耐煩的表情看了看周圍的人，「你喝醉了。」

周圍的人都笑了起來。

「我才沒醉。」

時田鬆開了光平的脖子，搖晃著站直身體，然後，把杯子裡的威士忌一飲而盡，又把手放在齋藤的肩上。

「那就拜託你了。」

齋藤把手放在書店老闆的手上，仰望著他點了點頭。

時田也看著他點了點頭。

光平看到純子用小拇指按著眼角。

八點過後，光平和悅子一起離開。可能有點醉了，冰冷的空氣吹在臉上很舒服。

「一旦『莫爾格』關了，」光平邊走邊說，「我也沒什麼理由繼續留在這裡了。」

「因為這裡是你充滿回憶的地方？」悅子問。

「這也是原因之一，」他回答，「但最重要的理由，是因為『莫爾格』是這條街上為數不多還有呼吸的店家之一，雖然大家把自己的夢想寄託在重新出發的同行身上，為她感到高興，卻忘記了一件重要的事。就是這條街上又熄了一盞燈火。」

「燈火早晚會熄滅，動物終有一死，如果整天為這種事難過，這個世界就快樂不起來了。」

「時田老闆說得對，我差不多也該離開這裡了。」

「不要說該離開了，你想離開就離開啊。」

光平稍稍放慢了腳步，看著悅子的臉。她察覺後，也回望著他。

「我真是輸給妳了。」

「那當然。」

她笑了笑。

來到岔路時，光平轉向自己公寓的方向。「真希望作個好夢。」悅子說完，直直向前走。

光平來到公寓前，發現自己房間亮著燈。他向來有出門關燈的習慣，忍不住狐疑地走上樓梯。

來到房間門口，他慢慢地轉動門把。門果然沒有鎖。他以為又是香月擅自闖入自己家裡。

他用力拉開門，正想大叫：「你夠了沒有？」但看到屋內的情景，急忙把話吞了下去。一個身穿褐色西裝的男人背對著門口坐著，那絕對不是香月的背影。

男人緩緩轉過頭，仰望著光平。

「好久不見。」男人說。

光平在門口呆立了幾秒鐘，才終於說出話。

「爸爸……」

父子倆已經一年沒見面了。

3

光平的故鄉是一個道路規劃完善的地方都市，老家在國道旁開了一家蕎麥麵店，在當地小有名氣，除了麵類以外，也推出火鍋類菜色，當地人經常在那裡舉辦聚會、筵席。

蕎麥麵店採取了老房子的設計，有榻榻米包廂和普通桌子的座位，包括計時工在內，僱用了超過十名員工。附近有一個很大的停車場，有時候還會有遊覽車載著大批觀光客上門。

光平的父親是第三代老闆，父親退休後，將由光平的哥哥繼承那家店。

父親突然出現在光平的公寓。

「我因為店裡的事，剛好來這附近。」

父親撥著頭髮，語帶辯解地說。光平覺得父親的白髮變多了。

「你可以事先通知我啊。」

光平在倒茶的時候說。

「嗯……也沒特別重要的事。」

父親轉身從黑色大皮包裡拿出一個紙包，包裝紙上印著店名。父親把紙包放在桌上，

「下次店裡要推出這個，我帶了一點給你嚐嚐。」

打開紙包，裡面是乾的烏龍麵，還附了塑膠包的湯料。

「現在這個季節可以放很多天，你知道怎麼吃嗎？」

「我知道。」光平回答後又問：「店裡的生意怎麼樣？」

「還不錯啦，」父親回答：「我和你媽正在討論，差不多該開分店了。」

「分店？由哥哥照顧嗎？」

「嗯，這也是一種方法。」

光平覺得父親說話的語氣有點不太對勁，看著父親的臉。父親移開視線，拿起茶杯，陶醉地喝了起來。然後，雙手握著杯子取暖。

「也可以由你來照顧。」父親淡淡地說。

「……」

光平仍然看著父親。父親也抬起頭，他們的視線交會，但這次都沒有移開目光。

「當然，如果你有其他想做的事也沒問題，我不會勉強你，你可以根據自己的想法做出決定。」

「爸爸，原來你知道……？」

他省略了「我騙你們說，我在讀研究所」的部分，但父親知道他想問什麼。父親垂下雙眼，嘴角露出自然的笑容。

「如果連這點事也猜不到，怎麼能當父親？我還算瞭解你的個性。」

光平也低頭看著杯子，羞愧和安心在內心交織在一起。原來父親說因為店裡的事來這附近應該是善意的謊言，其實是來向自己這個笨兒子伸出援手。

一陣沉默。即使好久不見，光平也沒有主動想要說的話。

「你最近在忙什麼？」

最後，還是父親開了口。光平回答說在打工，從流理台下的抽屜裡拿出「青木」的火柴，放在父親面前。

「咖啡店的三樓是撞球場，我在那裡打工。」

「撞球……是這個？」

父親做出握住撞球桿撞球的動作。「對啊。」光平說。

「我以前也經常撞球，酒莊的隔壁剛好有撞球場。原來你在做這個。」

光平頻頻點頭，似乎深有感慨。

那天晚上，光平和父親睡在一起。關了日光燈，躺進被子後，光平問：「我真的可以做自己喜歡的事嗎？」

「可以啊。」父親回答。

「你不是要給我什麼指示嗎？」

「指示？」

「關於未來的方向。」

父親在黑暗中吃吃笑了起來。

「人不是多活幾年，就知道該怎麼生活，對於人生這件事，連我自己都沒有搞得很清楚。」

「是嗎？」

父親似乎點了點頭。

「任何人都只能體會一種人生，所以，也只知道一種人生而已，如果去干涉別人的生活方式，就是一種傲慢。」

「萬一我走錯了路怎麼辦？」光平問。黑暗中，彼此看不見對方，反而更容易敞開心房。

「我覺得有沒有走錯，也是自己決定的。如果覺得錯了，再往回走就好。人的一生，就是不斷在重複一些小錯誤。」

「有時候也會有大錯誤。」

「的確有，」父親深有體會地說，「遇到這種情況，就不能逃避，面對之後的人生，更要好好珍惜這種彌補心理，我想，這才是正確的人生態度。」

「……」

「你睡著了嗎？」

「沒有。」光平回答，「我正想睡──晚安。」

「嗯。」

光平感受到父親閉上了眼睛。

翌日早晨，光平起床後，煮了父親帶來的烏龍麵當早餐。父親起床後立刻換了衣服，當光平開始吃麵時，他已經繫好了領帶。

「這麼急著趕回去？」光平說。

「窮人不得閒啊。」父親輕輕笑著。

「麵怎麼樣？」

「嗯……我覺得很好吃，有咬勁，口感也很好。」

「對吧？我們可是費了一番工夫。」

父親顯得很開心。

吃完麵，氣氛突然尷尬起來。光平收拾了碗筷，在流理台前洗乾淨。父親似乎正在看他的小書架。

「最近你好像很少買雜誌。」父親自言自語地嘟囔著。

光平停下手問：「你說什麼？」

「雜誌啊，」父親說：「你以前不很愛蒐集那些戰鬥機啊，直升機的。」

「喔，」光平轉身繼續洗碗，「都過了二十歲，哪有人還在蒐集這種東西？」

「是嗎……我倒覺得和年齡無關。」

「兒時的夢想就是這麼一回事。」

會隨著年紀的增長而淡化，進而消失不見——光平擦著碗，在心裡嘀咕道。如果能夠早一點發現，就不會繞遠路了。

休息片刻後，父子兩人一起走出公寓去車站。光平拿著父親的皮包，但皮包很重，裡面好像放了鉛塊。

父親放慢腳步，仔細觀察著車站前那條路。光平覺得父親的樣子好像是在觀察植物的學者。

「原來這一帶年底也沒有促銷活動。」

父親觀察了一陣子，說出了感想。

「當然啊，」光平說：「學生都回老家了，根本沒生意可做。」

「喔……原來是這樣，所以，這條街只能獨當半面。」

「就是這麼一回事。」

這條街只能獨當半面——這句話令光平印象深刻。

來到車站，快走到售票處時，父親伸手接過皮包。

「我再送你一程，我還有時間。」

「不，送到這裡就好。」

父親接過皮包，看著兒子的臉，「過年有什麼打算？要回來嗎？你媽很期待你回家。」

「我知道……」

「你媽說，希望你除夕那天回家。」

光平的父親努力用不帶感情的聲音說話。

「很可惜，」光平露出遺憾的表情，「除夕那天我有重要的事，一定要去參加。而且，之後的事我也還沒有想清楚。」

「是嗎？」

父親看著兒子的臉，眨了好幾次眼睛，面不改色地說：「那我告訴你媽，你八成不會回家。」

父親仔細說著每一個字。

「對不起。」

「不，沒關係——你的氣色好像不太好。」

光平摸著自己的臉，「沒事，只是有點睡眠不足。」

「只要你健健康康的就好。」

父親在剪票口驗票後，斜著身體拿起了沉重的皮包，緩緩走向月台，沒有回頭看兒子一眼。

——原來人的一生，就是不斷在重複一些小錯誤。

光平目送著父親的背影，回想起昨晚的話。至今為止，自己到底犯了多少錯誤？其中應該有很多無法挽回的錯誤。

——好好珍惜這種彌補心理……

有什麼東西打動了光平的心。

彷彿沉重的鐘聲，深深地、重重地打在光平的心頭。

光平跑了起來。

4

悅子細長的手指按著電話的按鍵，她小心地確認電話號碼，所以動作有點不自然。電話桌上有一張紙，悅子按完按鍵後，拿起紙，用認真的眼神確認了內容，聽著電話鈴聲。

紙上寫了幾個人的名字，都是從「繡球花」小冊子上刊登的兒童名冊中挑出來的。似乎有人接了電話。悅子自報姓名後，詢問田邊澄子有沒有來上班。她就是之前去學園時，接待光平他們的那個女職員。

田邊澄子剛好在旁邊，悅子用大拇指和食指對著光平做了一個ＯＫ的動作。

她為突然致電道歉後，用相同的語氣說出了自己的目的。

「不好意思，突然向妳請教這個問題。」

她聲明了這一句，問對方五年前畢業的小孩子目前是否都很健康。其實，這是用拐彎抹角的方式打聽，有沒有小孩子已經死了。

光平想到，廣美去掃墓的對象，也許是那本「繡球花」小冊子上刊登的畢業學童中的某一個人。昨天晚上，父親不經意的一句話帶給了他啟發。好好珍惜這種彌補心理——

掃墓、義工——仔細回想廣美的行動，發現她很可能在彌補什麼。因為她珍藏著五年前的「繡球花」，所以，光平把焦點鎖定在上面所刊登的學童。

送走父親後，光平立刻回到自己的公寓，帶了小冊子來找悅子，然後，把自己的想法告訴了悅子，悅子也同意他的想法。

「我認為這樣的想法很合理。」

她聽完光平的話說道，「但姊姊什麼時候犯了什麼罪？為什麼她要彌補？」

「這只是我的想像，」光平遲疑了一下說，「我在想，廣美會不會是為自己的小孩掃墓？」

「我姊姊的小孩？」

悅子拉高了八分貝說：「我姊姊怎麼會有小孩？」

「不知道。」光平回答，「所以我說只是我的想像，如果她幾年前生了小孩，那個小孩又是身障兒，而且曾經讀過『繡球花學園』，所有的事不就都有了合理的解釋嗎？」

「而且，那個小孩還死了？」

「對。」

「所以，姊姊是去掃那個小孩的墓？」
「對。」
「莫名其妙。」悅子不屑地說，「這麼重大的事情，我怎麼可能不知道？」
「有時候正因為是重大的事，才需要隱瞞。妳和廣美應該有一段時間分開住吧？」
「是沒錯啦，但這種事根本瞞不了，而且也沒有說的那麼簡單。」
說完，悅子再度拿起那本小冊子。「但是，我也同意你說的，姊姊是去掃其中一個孩子的墓。」
然後，她決定打電話去學園問清楚。這的確是最直接的方法。
「啊？喔……是喔，所以，有小朋友在讀貴學園時就去世了。名字……好……加藤佐知子妹妹，請問死因是什麼？……原來是因病去世。」
果然有小孩死了。光平努力保持平靜，在悅子面前的便條紙上寫了「父母的名字」幾個字。雖然姓氏不同，也不斷認定不是廣美的女兒，小孩可能跟隨父姓。
「呃……請問小朋友的父母叫什麼名字？」
悅子有點難以啟齒地問。因為悅子接連問了好幾個奇妙的問題，對方一定覺得很奇怪。
「啊？什麼？……好，好。」
這時，悅子突然激動起來。光平不安地看著她的臉，發現她的臉色一下子變得很蒼白。
她蒼白的臉看著光平，再度向對方確認：
「妳是說，小朋友的媽媽是佐伯良江女士——？」

這個墓園建在樹林中開拓出的一片平地上，墓園內豎著大小不一的墓碑，展現了各家的風格和對墓地的態度。墳墓和墳墓之間的步道鋪著漂亮的碎石，比活人的街道看起來更洗練。

有些墓前的線香裊裊飄著煙，這些墓前通常都放著花。

光平和悅子把車子停在樹林下方的停車場，鑑賞著夕陽映照下的墓碑，邁著緩慢的步伐走在墓園內的步道上。墓園內沒有其他人，也許沒什麼人會在這個季節，而且是快日落時來掃墓。

「你覺得呢？」

悅子突然開口問光平。這是他們踏進墓園後說的第一句話。

「我覺得……妳的意思是，」光平看著腳下說：「廣美和這個少女的人生到底有什麼關係嗎？」

悅子想了一下回答說：「對啊，歸根究柢就是這個問題。」

「這個問題很難回答，」光平先說了這一句，「既不能輕率地回答，而且，我們手上又沒有任何證據。在心情上，又想要否認這件事。」

「不能參雜私情。」

「我知道，」光平點點頭，「我們缺乏判斷的材料是事實，但不得不承認，廣美和少女的悲劇有關這種想法，可以讓所有的事都有一個合理的解釋。」

然後，他又反問：「妳覺得呢？」

「我當然同意你的觀點，」她回答說：「有這樣的事實比沒這種事的想法更合理，而且，也許可以因此解開鋼琴之謎。」

「鋼琴之謎？」

「為什麼姊姊突然放棄鋼琴這個謎，當然，如果我猜對的話。」

「哼嗯……」

光平不知道為什麼會出現這樣的發展，也許是因為悅子手上掌握了光平不知道的資訊，但他並不打算細問。

墓園比想像中更大，光平他們久久都找不到想要找的那個墳墓，據繡球花學園的女職員說，名叫加藤佐知子的少女就埋葬在這個墓園。

「這裡簡直就像是一個小城市。」她說。的確如此，光平也點頭表示同意。

「你覺得有死後的世界嗎？」她問。

「我想應該沒有。」光平不假思索地回答。「人一旦死了，就像電池耗盡一樣。」

「像電池一樣？好悲哀。」

「如果有死後的世界，就不需要為人生多無聊煩惱了。」

「也對。」她又邁開步伐。

來到加藤家世世代代的祖墳時，太陽已經快要下山了。墳墓比想像中的小，墓碑的高度也比悅子的個子稍矮。

「啊，你看！」

悅子看到墓碑前的花瓶叫了起來，小心翼翼地從裡面拿出什麼東西。她的指尖拿著細小的花瓣，花瓣枯萎已久，縮得又綯又小，顏色也褪了色，但隱約可以看到淡淡的紫色。

「你應該知道這是什麼。」

悅子的視線從花瓣移向光平。光平也理解了她想表達的意思，但沒有勇氣說出口，只是目不轉睛地回望著她。

悅子深呼吸後說：

「是秋水仙。」

5

純子舉行婚禮的日子，也就是除夕的前一天早晨，光平難得早起打掃了房間。回想起來，自從大學畢業後，就從來沒有打掃過房間。只有遇見廣美，以及和廣美死別的這段期間，房間才維持了舒適的環境。

這幾天來，他第一次打開了窗戶，曬一下從來不摺的被子。被褥吸收了大量水分，變得沉甸甸的。如果大巨人像擰抹布一樣把被褥擰一下，一定可以擰出一大汽油桶的水。

然後，他把桌子搬到角落，撿起散落一地的書本雜誌放回書架，報紙和廣告放進回收的袋子，只剩下喝光的啤酒空罐和速食食品的殘骸，還找到不知道什麼時候掉落的好幾片洋芋片。光平找出兩個便利商店的袋子，把廢棄物分為可燃物和不可燃物丟進袋子，兩個袋子很快就裝滿了。

之後，他去隔壁的重考生家借吸塵器，但沒有借到。因為鄰居早就回家省親了。重考生也有回老家的權利。

光平只好用小掃帚把灰塵掃出來，用面紙沾水擦榻榻米。榻榻米發出吱、吱的清脆聲音。

他發現房間角落掉了一張名片大小的紙，撿起來一看，是醫院的掛號證。光平有點納悶，因為他很久沒有生病了，但立刻想了起來。今年夏天，為了救廣美造成腦震盪時曾經就醫。

翻過來一看，背面寫著很多不同的科別。小兒科、內科、皮膚科和婦產科……腦外科的地方打了一個勾，意思是他曾經在這一科就診。

——腦外科……嗎？

不愉快的思緒即將在光平的腦海中擴散，但他甩了甩頭，似乎阻止這種想法的入侵，把掛號證丟進了垃圾袋。

打掃完畢後，光平走出公寓，走去車站前，也就是新學生街的方向。他和悅子約在名叫「搖頭小丑」的咖啡店見面。

他已經好久沒有去車站前的商店了，平時想喝咖啡就去「青木」，想喝酒就去「莫爾格」。

新學生街就像拍片之後的布景般靜悄悄的，卻不像舊學生街那樣，連肉體的感覺都喪失了，每家商店都蓄勢待發地迎接新年的到來。

和悅子相約見面的咖啡店每年營業到除夕，和客人一起迎接新年。光平也曾經有一次在這裡新年倒數計時。學生就是一種會為這種事感到高興的動物。

走過必須彎腰才不會撞到頭的入口，店內右側是吧檯，左側有四張圓桌，悅子在最裡面的桌旁向他揮手。

「我喜歡這家店。」

光平坐下來點了咖啡後，她對他說。

「為什麼？」

「因為這裡有肉桂茶，而且不是只加肉桂粉的冒牌貨。」

「哼嗯。」

光平看著她手上的大杯子，裡面裝滿了略帶咖啡色的乳白色液體。他正想表達感想，他點的咖啡送來了。咖啡杯只有悅子手上杯子的一半大。

「之後的情況怎麼樣？」

光平切入了正題。

悅子注視著茶杯說：「不太妙。」

「不太妙？」

「我被刑警盯上了。」

已經把咖啡端到嘴邊的光平差一點被嗆到，「刑警嗎？」

「我猜應該是，」她面不改色地說：「上次我不是打電話去繡球花學園，問一些奇怪的事嗎？我猜警方應該掌握了我們的行動。」

「是香月在背後指使嗎？」

「我猜應該是他。他一定猜到我們掌握了什麼消息，決定靜觀其變，從我們採取的行動中推測真相，搶先一步找到兇手。」

光平心想，香月絕對有可能這麼做。他覺得即使當面問光平他們，也不一定能夠問到真相，還不如放長線，釣大魚。

「我只想瞭解真相，完全無意揪出兇手。」

「我也一樣。」

「妳昨天去了哪裡？」光平問，「妳好像不在家。」

「我去了圖書館。」悅子回答。

「圖書館？去幹什麼？」

悅子喝了一口紅茶，吞下去後，吐了一口氣，「我去找以前的報紙，找到了那件事的相關報導。」

光平驚訝不已，「找到相關報導了？太厲害了，妳居然知道日期。」

「其實……我是從鋼琴這個線索下手。」

「鋼琴？喔，原來如此。」

光平語帶佩服地點點頭，「所以，妳的直覺果然沒有錯。那篇報導妳帶來了嗎？」

「我帶了影本。」

悅子拿出一張摺得很小的白紙，打開一看，Ｂ４大小的紙上影印了以前的報紙內容。

「這裡和這裡。」

她指著其中的兩個地方，光平迅速瀏覽後，在嘆氣的同時發出呻吟。

「原來是這樣。」

「我們的推理百分之九十九都是正確的，」悅子說，「姊姊的秘密終於曝光了。」

「廣美的秘密……」

光平抬起頭問：「剩下的百分之一呢？」
「就看你了。」
「我？」
「就是不在場證明啊。」
「喔……」
「你確認了嗎？」
「對。」
光平左顧右盼，確認附近沒有人。頭髮花白的老闆正隨著音樂的節奏擦杯子。
「我先說結論，我們的假設完全正確。」
「果然是這樣。」
「我不經意地打聽了一下，園長遇害的那天晚上，具體來說，從十二點到凌晨一點，只有一個人沒有不在場證明。」
「是我們想的那個人嗎？」悅子問。
「對，」光平簡短地回答：「就是我們猜想的那個人。」
悅子輕輕嘆了一口氣說：「這麼一來，就變成百分之一百了。」
「對啊。」光平悶悶不樂地說。
「你有什麼打算？」悅子問。
「什麼打算？」

「你打算去問當事人嗎？我想你應該不至於想去報警。」

「不知道，」光平說：「我還在猶豫，不知道該怎麼辦，但妳不打算張揚吧？」

「關於姊姊的疑問都有了答案，我已經別無所求，雖然這麼說有點對不起堀江園長。」

「我也無意揭別人過去的短。」

「那不就是不張揚嗎？如果我們擅自行動，香月先生一定會察覺。」

兩個人分別又點了一杯飲料，細細品嘗後，離開了「搖頭的小丑」這家名字很特別的咖啡店。老闆從頭到尾都在擦杯子。

「你會參加明天的婚禮嗎？」

離開咖啡店後走了一會兒，悅子問。

「當然會去。」光平回答，「因為是媽媽桑的婚禮啊，妳呢？」

「我會去。」她說，「但我完全不知道婚禮的時間。」

「我也不知道，因為他們沒寄喜帖，我打電話問她一下。」

他們在半路看到一個紅色公用電話，光平決定打電話給純子。光平在撥號時忍不住想，好久沒看到紅色的公用電話了。現在這個時間，純子絕對在家裡。

電話鈴聲響了五次，有人接了電話。

「喂？」——是純子的聲音。

「……」

「喂？」

「呃……」

「哪一位？」

「呃，媽媽桑？……是我，光平，不好意思，這麼早打擾妳。」

「喔。」電話中傳來鬆了一口氣的聲音，「怎麼了？」

「不，剛才聽不太清楚，現在沒問題了。」

「是喔……有什麼事嗎？」

「嗯，有一件事想問妳。」

光平問了她明天婚禮的時間，電話彼端傳來純子的笑聲。

「不是什麼隆重的婚禮，我和他都不年輕了，只想簡單辦一下，時間也沒有很明確，都很隨興啦。」

然後，她告訴了光平明天大致的安排。除夕舉行婚禮本身就很特殊，光平也覺得沒必要嚴格規定時間。

「好，那我會準時到。」

「不用想得很嚴肅。」

「嗯……對了，媽媽桑。」

「……」

正準備掛電話時，光平叫了一聲，「什麼事？」電話中傳來純子困惑的聲音。

「怎麼了？」

「……不，」光平吞吐起來，「沒事。本來想對妳說恭喜，但還是留到明天再說好了。」

「是嗎？謝謝，那就期待明天囉。」

她的聲音洋溢著幸福。

掛上電話後，光平仍然在原地發呆。

「怎麼了？」

悅子在一旁問他。「你的表情好像考試考了不及格。」

「考試？」光平反問後，眨了眨眼說：「不，沒事。」然後把純子告訴他的婚禮安排告訴了悅子。

「是喔……」

她訝異地抬頭看著他的臉說：「好吧，算了。你要不要來我家？我想烤鬆餅。」

「鬆餅？」

「你不覺得加大量鮮奶油會很好吃嗎？」

「不，」光平搖了搖頭，「今天不去了，我回家還有事。」

「是嗎？」

她納悶地看著他的臉，「要回家想事情嗎？」

「差不多吧。」光平回答。

她沒有繼續追問，笑了笑，露出雪白的牙齒說：「好，那明天見。」

「明天見。」光平也說。

和悅子道別後，光平故意繞遠路回家，開始思考未來的打算。

他可以感受到混濁的記憶緩緩流向一個方向，他成功地隱約看到了記憶流動的方向。這個世界上有些事明明不願意去想，卻還是忍不住會想，就像這起命案的始末，他的腦筋格外清晰，簡直就像在和他作對。

——原來……是這麼一回事。

當他回到公寓時，一個想法在他的腦海中已然成形。這個想法既沉重，又黑暗，讓他忍不住雙腿發軟，癱坐在地上。事實上，他在走上公寓的樓梯時，如果不抓住欄杆，就無法走上樓。他很想一回到家裡就大口喝啤酒，然後一覺睡得死沉。

然而，當他看到自己房間門口站了一個人影時，知道這個心願無法實現。他停下腳步，等待對方開口。

「我有事找你。」佐伯良江說。她的聲音微微發抖，但語氣很堅定，不容別人拒絕。

光平默默點頭。不知道為什麼，他對佐伯良江突然現身並不感到驚訝，也許內心深處早已有了預感。

——也許說是心理準備比預感更正確。

他內心這麼想。

「是很重要的事，」她說，「我想和你談談加藤佐知子——我女兒的事。」

6

教堂所在的住宅區，建造得像棋盤般整齊，環境十分閑靜，很少有車輛經過，不時看到一些樹木。這裡看不到高樓和超市這類粗俗的建築物，應該是受到相關法令的限制。多虧了這些法令限制，小房子屋簷下的花盆都可以平等地享受到冬日的陽光。

光平穿了之前為求職面試而買的西裝，來到教堂前，動作生硬地拉了拉袖子，看了一眼手錶。數位手錶顯示目前是下午三點半。還有三十分鐘的時間。

教堂周圍是一片紅磚圍牆，不知道哪裡傳來彈鋼琴的聲音，但不是教堂內傳出來的。在這種高級住宅區，可能哪一戶人家有鋼琴。

走進大門，是一個廣場，廣場的一部分是小庭園。草皮上放著擦了白色油漆的長椅，舊學生街常見的老面孔圍著長椅談笑聊天。不遠處還有幾個人，應該是齋藤邀請的賓客。

「這麼晚才來。」

時田看到光平慢慢走來，向他打招呼。他穿著和參加廣美葬禮時相同的禮服，只有領帶的顏色不一樣。

「時間還早啊。」光平反駁道。

「參加這種場合，就是要提早來，耐心等新人出現。」

聽到書店老闆的話，旁邊幾個人都笑了起來。

光平四處張望，悅子還沒到。

「要不要去看媽媽桑的婚紗？聽說很漂亮。」

和往常一樣穿著黑色迷你裙的沙緒里抓著光平的手臂問。雖然她看起來像個叛逆女孩，但這個年紀的女孩還是對婚紗很有興趣。

「沙緒里，妳沒去滑雪嗎？」光平問。

「那種人，才不想和他一起去。」她若無其事地說：「滑雪只是幌子，他只想和我上床。雖然這也無妨，但我討厭他把話說得太露骨。」

走進教堂，左側有一道小門，上面貼了一張紙，寫著「新娘休息室」。右側也有一道門，應該是新郎休息室吧。

「我還是不要去看比較好。」

沙緒里伸手想要敲門，光平拉住她的手說。沙緒里意外地回頭看著他。

「為什麼？你有什麼好害羞的？」

「我不是害羞，」光平說：「只是現在不想見到新娘。」

沙緒里原本想開玩笑，但抬頭看著光平時，突然露出不安的僵硬表情。

「光平……你的表情為什麼這麼可怕？」

光平驚訝地看著她的眼睛。「我的表情很可怕？」

「對，你的表情超可怕的，好像準備去殺人。」

他忍不住用右手摸著自己的臉，心想，沙緒里可能說對了。

「我只是緊張。」

光平笑著對她說，但他沒有自信臉上的表情看起來像不像笑容。沙緒里臉上露出懷疑的表情，顯然不覺得光平臉上的表情是笑容。

當光平再度來到廣場時，悅子已經到了。她穿了一件深色洋裝，外面套了那件黑色短大衣。參加這場婚禮的大部分都是中年男子，萬綠叢中一點紅的她顯得格外亮麗。

悅子也發現了他，向他走了過來，但舉止有點矯揉造作。

「你怎麼愁眉不展的？」

聽到她這麼說，光平再度摸了摸臉。他向來不擅長掩飾感情。

「事情越來越不妙了。」悅子壓低嗓門說，然後迅速四處張望，似乎在觀察周圍的情況。

「有什麼不妙？」

「昨天和你分開後，我又去了圖書館，」她比剛才更壓低了聲音，「警方已經知道我調查的內容了。」

「警方？為什麼？」

「應該是跟蹤我，我太大意了，竟然沒發現……圖書館櫃檯的女人告訴我的，刑警要求她把我影印的內容也同樣影印一份。」

「這麼說……」

「如果動作快，可能今天就會來這個教堂。」

她省略了「刑警」這個主詞。

光平低著頭，踢了兩、三下被陽光溫暖的水泥地面。他的腳始終無法適應皮鞋的感覺，他當初為了求職面試買了這雙鞋，但至今仍然油油亮亮，看起來很不自然。

「如果妳同意，」光平說：「我想現在去看新娘。」

悅子驚訝地抬頭看著光平，然後搓著雙手。

「你該不會很幼稚地想要給警方一個下馬威吧？」

「不是，」他輕輕搖搖頭，「一旦交給警方，我們就再也沒有機會了。我想在那之前搞清楚一件事，如果不趁現在搞清楚，可能永遠都無法見天日。」

「什麼意思？」悅子皺著眉頭，「昨天不是已經證實，我們的推理沒有錯嗎？你還要確認什麼？」

「就是……隱藏在事件背後的真相。昨天和妳分開之後，我想了很多事，發現了一個重大的問題。現在沒有時間向妳解釋了，總之，希望妳交給我來處理。」

光平直視悅子的眼睛。悅子那雙眼尾微微上揚的大眼睛和廣美很像。

「不瞞妳說，昨天佐伯良江來找我。」光平說。

「佐伯？」

悅子露出害怕的表情。「她找你幹什麼？」

「她說想問我關於她女兒的事……她從繡球花學園的田邊小姐口中得知我們曾經打聽加藤佐知子的事。」

「她果然也在懷疑。」

「她畢竟是母親，第六感比我們更強。」

「結果呢？你把所有的事都告訴她了嗎？」

悅子看著光平，似乎想要看透他內心的想法。

「我還沒說，」光平說，「我告訴她，我還有事要確認，請她等我確認完之後再說。」

「你想確認的，就是隱藏在事件背後的真相？」

光平凝視著她的眼睛，代替了他的回答。她也用平靜而堅定的眼神迎接他的目光。

時間一分一秒地過去，悅子先鬆了口。

「我原本還想過一個平靜的新年。」

光平也努力想要擠出笑容，但表情變得很不自然。
「好事一定很快就會發生的。」
兩個人走向教堂。
一踏進建築物，光平走向左側那道門，但立刻改變主意，停下了腳步。
「去見新娘之前，先去看看新郎吧。」他對悅子說。
「應該沒有新郎休息室。」她訝異地皺起眉頭。
「這裡有，而且不會耽誤太多時間的。」
光平敲了敲門，裡面傳來齋藤的聲音。齋藤打開了門，光平走了進去，悅子也跟在他身後。
齋藤似乎正在休息室內和一個女人說話，看起來像是教堂工作人員。齋藤穿一身黑色燕尾服很帥氣，神情不太緊張，氣色也很好。
「那就麻煩你了。」
那個女人說完，向光平他們行了一禮，走出了房間。看到她關上門後，齋藤苦笑著嘆氣。
「我要忠告你們，」齋藤整了整領帶，對他們兩個人說：「這種婚禮要儘可能趁年輕時辦，年紀一大，就會覺得很難為情，也很麻煩，沒辦法樂在其中。」
然後，他察覺了光平他們的神情，微微皺了皺眉問：「怎麼了？」
「我有事想要請教。」光平說。
齋藤看了看他，和站在他身後的悅子，然後視線看向左斜下方，似乎在思考「是什麼事？」，但隨即放棄了思考，抬起了雙眼。

「什麼事呢？」

「就是廣美遇害當天的情況。」光平遲疑了一下說。因為他想到對方即將步入禮堂，而且這裡是教堂。

「你說那天你忘了拿東西，所以去了媽媽桑家裡，但很快就離開了，對嗎？」

「對，我把一本小型記事本忘在那裡，因為上面記了重要的電話，所以我不得不去拿。那本記事本怎麼了嗎？」

「記事本不重要，」光平說，「所以，從你進公寓到離開，前後並沒有太長的時間吧？」

「對……大概幾分鐘而已。」

「我想也是。」

光平小心謹慎地說出這句話，把「幾分鐘」的時間和自己的想法對照了一下，「你去公寓的時間和廣美回家的時間幾乎差不多，所以，她很可能看到你走進了公寓。」

齋藤打量著光平的臉，似乎再三確認他說的話是什麼意思。

光平沒有說話，齋藤微微偏著頭，擠出親切的笑容，但笑容逐漸僵硬起來。

「也許吧，但怎麼了嗎？應該和命案的真相無關吧。」

「你果然在公寓前遇到了廣美嗎？」

「沒有遇到，我走進公寓，走上樓梯時，看到她從後面走進來，她可能看到了我。」

「原來是這樣。」光平說，他感到渾身的力量放鬆。

「你好像一直在追究這個問題，有什麼問題嗎？」

齋藤的語氣嚴厲起來。光平看著他的臉，心情沉重地撥了撥劉海。

「不，我只是想請教一下這個問題。」

光平走出了休息室，齋藤也沒有叫住他。

「我搞不懂你的目的。」

走出新郎休息室時，悅子在光平的耳邊說。「你到底有什麼目的？如果你不說，我完全搞不懂。」

「我馬上就會告訴妳。」

光平用下巴指了指對面的門。

悅子正想要說什麼，對面的門突然打開了，沙緒里從裡面走了出來，她剛才似乎在參觀純子的婚紗。她一看到光平，意外地瞪大眼睛。

「你怎麼了？你還是想來看一下？」沙緒里看著光平說。

「機會難得啊，」他說，「還有誰在裡面？」

「沒有，只有媽媽桑一個人。她好像很緊張，你去鼓勵她一下。」

「是嗎……啊，沙緒里。」

她正想離開，光平叫住了她，「我的表情還是很可怕嗎？」

沙緒里一臉嚴肅地觀察著他的表情後說：「不會，沒問題。」

「太好了。」光平笑著回答。

打開門，放在牆上架子上的銅製馬車模型立刻映入眼簾。雖然這個木造的房間有點老舊，但打掃得很乾淨，地上鋪著胭脂色的地毯，放在角落的桌子也是手工製作的，似乎已經有相當的年分了。

牆上設計了鑲嵌玻璃的窗戶，冬天的陽光灑進屋內。身穿白紗的純子背對著窗戶，靜靜地坐在那裡。光平他們走進休息室時，她抬起了頭，眼前的景象宛如一幅油畫。

悅子先走到她面前，呼吸了一下後，對純子說：「純子姊，妳好美。」純子的嘴唇露出笑容。

「真難為情，但是謝謝妳。」

「真的很漂亮，」光平也在悅子身後說，「真希望廣美可以看到。」

純子微微低著頭，小聲地再度說了聲：「謝謝。」

「但是，媽媽桑，」光平努力克制著內心湧起的情緒說：「但我無法對妳說恭喜。」

純子很不自然地收起了笑容，然後問光平：「為什麼？」她的聲音微微發抖。

「因為……」

光平舔了舔嘴唇，讓呼吸平靜下來。因為無論說什麼，聽起來都像是可悲的呻吟。他終於下決心開了口。

「我不想恭喜妳。警察很快就來了，因為妳是殺害堀江園長的兇手……」

7

純子好一陣子都沒有反應，旁人無法分辨她是一下子無法理解光平說的話，還是在思考該怎麼回答。然後，她緩緩地偏著頭。

「為什麼？」她問。她化了妝的白皙臉龐微微偏著，宛如古董人偶。

「我們並沒有積極調查殺害堀江園長的兇手。」

光平努力克制著內心的感情說。

純子的眼睛化著濃妝，所以光平無法解讀她的感情。她用漠無表情的雙眼看著他的嘴。

「剛開始，」光平瞥了一眼悅子，「是因為我們想知道廣美的秘密。」

「廣美的秘密？」純子重複一遍，似乎聽不懂這句話。

「我們發現，廣美每個月都去掃墓，」他說，「但並不是去掃有村家的墓。我們經過各方的調查，發現她是去掃六年前讀過繡球花學園加藤佐知子的墓。」

純子似乎又重複了一遍「加藤佐知子」這個名字，但聲音太小了，根本聽不到。

「於是，我們向學園的職員打聽了這個小女孩的情況，得知她在一場車禍中，頭部受到外傷，造成了一種腦性麻痺。那個女孩在學園讀了一年多就死了，死因也是車禍引起的後遺症。我們問了職員那起車禍的事。」

光平回想起悅子和職員通完電話後的神情，她的臉色蒼白，表情僵硬。

「車主肇事逃逸，」光平說，「八年前，當時三歲的加藤佐知子在路旁玩的時候，被經過的車輛撞到，頭部受了重傷。發現時已經為時太晚，她也因此陷入了更深的悲劇。」

這就是悅子從電話中聽到的內容。

「廣美就是去為承受了這種悲劇命運的少女掃墓，珍藏了那名少女寫下作文的小冊子，也去她曾經就讀的學園幫忙。廣美為什麼要這麼做？只有一個理由可以合理解釋這件事，那就是廣美造成了那起車禍。」

「但是，」悅子用平靜的聲音插了嘴，「這太不合理了，因為，我姊姊根本不會開車。所以，到底是誰開的車。」

「妳的意思是……是我開的車？」

純子問。光平屏住呼吸，悅子移開了視線。沒有人說話，沉默支配了小房間。

「但是，」悅子打破了寂靜，「姊姊為這件事感到自責，所以，始終無法忘記少女的事，試著用各種方式補償。」

她打開手提包，從裡面拿出一張摺得很小的紙。

「這是車禍當天的報紙，」悅子說，「當繡球花學園的人告訴我車禍發生地點時，我立刻想到了一件事。車禍地點就在姊姊最後一次去參加鋼琴比賽的會場附近，所以我猜想，會不會是妳們開車去會場的途中，撞到了那個女孩。」

「沒想到她真的猜中了。」光平說。

悅子深深地點頭，「我去圖書館，查了鋼琴比賽翌日的報紙，果然發現了車禍的相關報導——純子姊。」

聽到悅子叫自己的名字，純子的身體抖了一下。

悅子繼續說道：

「我至今仍然清楚記得那次比賽的事，那天，姊姊因為臨時有狀況，所以搭了妳的車子，在比賽開始前才走進會場……。我猜想姊姊應該要求妳開快一點，妳為了姊姊，在小路上開快車，結果就引發了車禍。」

純子沒有回答。她的不回答就是回答。

「只要回想之後的事，就知道姊姊當時受到了多大的震撼。她走上舞台後，無法彈出任何一首曲子。如果幾分鐘前，自己坐的車子撞到了小孩子，而且是因為自己的原因造成了車禍，她當然彈不出來。」

悅子輕輕吐了一口氣，「那次之後，她就放棄了鋼琴，我猜想她也不敢奢求幸福。」

她看著光平，似乎在說，之後就交給你了。

光平吞了一口口水。

「不知道是幸運還是不幸，那起車禍沒有查出肇事者，但廣美為此懊惱不已。她在某個場合得知那名少女在『繡球花學園』，而且在六年前死了。」

純子聽光平說話時，泛淚的雙眼看向空中。她臉色蒼白，卻沒有對悅子和光平的話感到驚訝，只是默默地觀察著事態的發展——至少光平這麼覺得。

「我猜想廣美打算去繡球花學園幫忙做為補償，所以每個星期二都去那裡做義工。這就是廣美的秘密。」

光平暫時做了總結。

光平重重地吐了一口氣，好像完成了重大的任務，他在不知不覺中握緊了雙手，手心被汗水濕透了，喉嚨卻乾得快冒煙了。

他從長褲口袋裡拿出手帕，擦了擦手心的汗。擦汗時，他偷偷瞄了純子一眼，她的姿勢幾乎和前一刻沒有兩樣，對光平說的話也不感到驚訝。也許這是理所當然的，他想，因為她早就知道了一切。

「但問題還在後面。」

光平把手帕放回口袋，用壓抑的聲音再度開了口。「我猜想廣美應該對堀江園長……坦承了自己在八年前的罪行。」

純子突然開了口。

「到底是為什麼？」

「什麼？」光平驚訝地看著她。

「為什麼？」她又重複了一次。她的眼神很納悶，就像小孩子在發問。也許她真的覺得很納悶。

光平想了一下，回答說：「我不知道。我猜想她想說就說了——應該就是這樣吧。」

「因為想說……」

純子仍然看著半空嘀咕。光平覺得她也許一輩子都搞不懂這個問題。

他繼續往下說。

「堀江園長聽廣美說了這件事後，也沒有採取任何行動，廣美應該也沒有要求他做什麼。這只是我見過園長一次之後的感想，他不是那種會拿過去的罪過，要求別人償還的人。」

光平看到悅子在一旁微微點頭。

「照理說，這種平靜的日子會一直持續下去，沒想到卻發生了任何人都沒有預料到的情況，就是那起連續殺人案。井原殺了廣美，但堀江園長因為這起命案產生了不安，他擔心和八年前的車禍有關。」

堀江當然不可能知道這起命案是發生在學生街的商業間諜案，他很自然地和廣美的過去連結在一起。

「堀江園長為了消除內心的不安，來到了學生街。他當然是來見和八年前車禍有關的另一個人。」

「所以……就是來找我？」

純子已經恢復了往日的鎮定，用慣有的溫柔眼神迎接光平的視線。光平看著她的眼睛說：

「對，堀江園長來見妳，妳不得不殺了他。因為妳擔心他說出妳的過去。」

光平彷彿終於吐出了鬱積內心的膿汁，內心一陣舒暢，然而，他只舒暢了短暫的瞬間而已。膿汁吐出後，出現了一個更大的洞，冰冷的風咻咻地吹過，但他仍然無法閉上嘴巴。

「媽媽桑，妳殺了堀江園長。」

他又說了一次。最好純子強烈否認。這個想法浮上他的心頭，隨即又消失了。

「我殺了他？」

然而，純子並沒有強烈否認，她輕輕閉上眼睛，露出既悲傷、又難過的表情。

她在猶豫。光平深信這一點。她只有一張王牌可以從眼前的局面脫困，然而，她很清楚，一旦使用這張王牌，就可能為別人帶來災難。

「妳為什麼不反駁?」光平問,「妳應該有證據可以反駁,妳有牢不可破的不在場證明。」

純子張開眼睛,嘴唇也無力地張開,看著光平。

「我沒說錯吧?」光平說:「那天晚上十二點,聖誕樹亮的時候,那裡根本沒有屍體,屍體是在凌晨一點時發現的。十二點到一點這段時間內,妳從頭到尾都和我們一起在店裡。」

她仍然不發一語,目不轉睛地看著光平的嘴,似乎在推測他到底知道多少真相。

「妳的不在場證明牢不可破,不容許別人有絲毫的質疑,但仔細分析後,就會發現有幾個不自然的地方。比方說,發現變成聖誕樹裝飾的屍體時的狀況,為什麼兇手要用那種誇張的方式處理屍體?而且,那天看完試燈後,妳邀我們來店裡也啟人疑竇,那時候已經超過十二點了。綜合所有這些情況後思考,發現只有一個答案可以讓所有的情況有合理的解釋,那就是有人為妳製造了不在場證明。」

她的胸部用力隆起。光平以為她打算說話,所以就等待著,但她最終沒有說話,只是嘆了一口氣,她的嘆息宛如洞窟般又深又暗。

「那天晚上的事,我猜想應該是這樣。」

光平說話時觀察著純子的反應。「十一點半後,我們就一起離開了妳的店去看聖誕樹試燈。原本商店街的人、沙緒里和井原都在妳店裡,但那時候大家都離開了『莫爾格』,店裡只剩下妳一個人。我猜想堀江園長就是那個時候出現的,他在車站前的拉麵店問了大學的位置，那只是為了知道『莫爾格』的方位。他之所以會挑選那個時間，是希望在打烊之前，和妳兩個人單獨談，瞭解廣美的死和八年前的車禍是否有關。但對妳來說，他是妳最不願意見到的人，因為妳擔心他的存在會威脅到妳的未來。因為這個原因……」

「所以我殺了他……」

純子突然開了口。她的聲音沒有感情，令空氣更加凍結。

「對，妳殺了他，」光平說：「堀江園長後腦勺有內出血，警方認為他的致命傷不是胸前的刀傷，而是後腦勺的傷。妳趁他坐在吧檯前不注意時，從後方用鈍器敲他的頭。」

「鈍器？」她反問。

「就是兇器。」光平補充道。

「我也大致猜到了兇器是什麼，可以讓堀江大意，使用後也不會引起懷疑的東西——對，我猜是威士忌的酒瓶。參觀完聖誕樹，我們回到店裡喝酒時，妳說要請客，送了我們一瓶威士忌。其實那瓶酒就是兇器吧？」

光平想起當時純子很仔細地擦拭酒瓶。

也難怪警察怎麼也找不到兇器。

「雖然妳在衝動之下殺了人，但真正棘手的問題還在後面，因為妳必須處理屍體。我相信妳當時很慌張，我能夠想像妳當時有多煩惱，不知道接下來該怎麼辦，甚至可能想過要自首。但是，這時，有一個人主動願意為妳製造不在場證明。」

「光平。」

純子聲音很小，卻很清楚地叫著他的名字，用好像母親在訓諭孩子般的眼神看著光平。「你要怎麼想像是你的自由，但希望你想清楚之後再說出口，尤其是在說出我以外的人的時候……」

光平點了點頭，純子的這番話讓他對自己的推理更加產生了自信。純子擔心對「那個人」造成不良影響，所以不提出自己的不在場證明。

「在思考到底誰為妳製造不在場證明時，我一度以為共犯是齋藤先生，我以為只有他願意為妳做這件事，但很快就知道我想錯了，因為他有真正的不在場證明。既然這樣，到底誰能夠協助妳？於是，我換了一個角度思考，既然妳是臨時起意殺人，共犯是在什麼時候知道妳的行為。既然並不是計畫犯罪，如果共犯不是剛好在場，根本不可能知道妳殺了人。這麼一想，答案就呼之欲出了。我們離開店的時候，堀江園長還沒有來，當我們回到店裡時，店裡並沒有他的屍體，所以，只有這段時間內出現在『莫爾格』的人，才可能知道妳殺了人。在聖誕樹試燈前，有人回去店裡嗎？其實有一個人，他看到燈亮之後，回去店裡找妳。」

光平看著純子，「共犯是時田老闆——對不對？」

光平仍然記得時田之前曾經要求他「收手」。他試圖袒護純子。

純子無力地搖頭說：「我無法回答。」光平覺得這句話就是回答。

「老闆回到『莫爾格』時，剛好看到屍體和妳，我不知道時田老闆對案情的背景瞭解多少，但是，他應該知道是妳殺了對方，於是，他想到為妳製造不在場證明，為妳脫困。首先，他把屍體拖到裡面，讓妳去看聖誕樹，然後，他回到家裡，拿了水果刀，等試燈結束，大家都回家後，再從店後方把屍體搬走。妳和我們在一起，所以有完美的不在場證明。當他把屍體搬去聖誕樹前，就用刀子刺進了屍體胸口，把聖誕樹亮燈的時間設定在凌晨一點。他之所以用刀，是希望警方認為這起命案和之前的兩起命案是同一人所為。如果妳不是之前那兩起命案的兇手，這件事可以擾亂偵查；如果之前的兩起命案也都是妳幹的，此舉就可以為妳製造不在場證明——當他做完這些事後，若無其事地來到『莫爾格』，在一點左右再度把我們帶去聖誕樹前。仔細思考後就會發現，他那天在試燈後再去店裡很奇怪。因為他知道『莫爾格』打烊的時間，為什麼會以為店還開著？」

光平在說話時想起時田掛在店內深處的相框中的照片，照片中是他夭折的女兒。光平之前一直覺得她像一個人，現在終於想到，原來是純子。時田對純子懷有的不是男女之情，而是移情純子，把純子當成是死去的女兒。

然而，光平沒有提起這件事。

純子看著自己的手指，這可能是她在思考時的習慣動作。今天，她的手上沒有戴那個藍寶石的戒指，指甲擦上了淡淡的粉紅色指甲油。

「你有……證據嗎？」她用略微帶著鼻音的聲音問，「你說時田先生做了這些事……你有證據嗎？」

「我沒有證據，」光平說，「全都是我的推理，所以，妳可以說我是胡說八道，但事實並不是，對不對？」

純子沒有回答。

「純子姊，」始終默默聽著光平說明的悅子用專注的眼神看著新娘，「我們並不是來勸妳自首的，不瞞妳說，我和光平討論後，決定不把這些事說出去。我們當初只是想知道姊姊的秘密，所以開始調查，沒想到被刑警盯上了，他們很可能也注意到妳的事。如果警方沒有關鍵證據，妳可以否認到底，我們絕對不會把妳的事說出去，對吧？」

光平沒有立刻意識到悅子最後的「對吧？」是在問他。因為他注視著悅子的臉，她專注的光芒格外動人，臉上的肌膚白裡透紅，看著她的表情，讓他想要默默點頭，然後走出這個房間。因為這樣做比較輕鬆。

然而，他開了口，「不對……」

「不對？」

悅子對他露出責備的眼神，「什麼『不對』？」

「不對，」光平又說了一次，「妳說得不完全對。」

「哪裡不對？」

「所以，」他走到牆邊，拿起放在架子上的讚美詩的書，因為太舊了，整本書快要散開了。

「我原本也和妳想的一樣，至少在昨天之前是這樣，我也不打算揭露媽媽桑的罪行，但現在有一點點改變，不，應該說完全改變了主意。」

「為什麼改變？為什麼會改變主意？」悅子問。

「也許是因為我太自私了，」光平回答：「我原本覺得，即使媽媽桑殺了堀江園長，書店老闆也牽涉了這起命案，都和我沒有直接關係。但是……如果和廣美的死有關，無論對方是誰，我都無法原諒。」

時間好像暫時停頓，悅子用失焦的雙眼看著光平，純子宛如化石般一動也不動。

「我是昨天才發現的，」光平說：「我昨天不是打電話給妳嗎？為了打聽今天的行程安排，妳接了電話，我聽到妳在電話中說：『喂。』」

光平低頭看著純子，「那一刻，我整個人都呆住了。」

純子有點茫然，似乎無法理解這句話的意思，但她隨即瞭解了。光平看到她因為化妝而變得很白的臉更加蒼白。

「那一剎那，我想起以前聽過這個聲音，」他說：「我甚至納悶為什麼之前都沒有想到這件事。因為那就是我發現松木屍體時，接到的那通電話中的聲音。」

當時，光平聽到電話中有一個女人說：「喂、喂。」但對方沒有多說話，就掛上了電話，光平曾經聽過這個聲音的記憶也被推到意識的角落，無法浮現在意識的表層，但是，昨天聽到相同的——除了音質以外，連聲調都一模一樣的——聲音的剎那，迅速喚醒了他的記憶。

「我開始思考，妳和松木並沒有特別的交情，為什麼會打電話給他，而且，妳隻字不提曾經打電話給他這件事也很奇妙，更奇怪的是，妳一聽到我接電話，就馬上掛了電話。於是，我想到了一個假設，也許妳預見到松木會遭人殺害。如果妳預見了這起命案，就會對他好幾天沒有去『青木』上班感到不安，才會打電話確認。」

「預見？」悅子問了，「為什麼純子姊知道松木會被人殺害？」

「因為，」光平調整了呼吸，一字一句地說：「因為松木把那份意向書和科學雜誌交給了媽媽桑，而不是廣美。」

啪沙。室內響起一個聲音，純子手上的捧花掉在地上。光平看著散落的花，不由得想起了秋水仙，但花束中當然沒有秋水仙。

「松木把自己的命運託付給媽媽桑，而不是廣美。」

他心情沉重地繼續說道：「其實只要仔細想一下就會發現很簡單，松木覺得把證據給和自己沒有太多交集的人，對井原構成的威脅更大，廣美和我有關，所以，他認為交給幾乎沒有太多交集的媽媽桑更安全。」

「純子姊，那妳為什麼要說那種謊？」

悅子語帶顫抖地問純子，純子一動也不動，對她的問話充耳不聞，但也沒有否認光平的推理，這更加令他感到絕望。

「我猜想媽媽桑一開始無意說謊。」光平說：「我猜想是因為媽媽桑掌握了重要的證據，所以真的很擔心松木的安危，所以就忍不住打電話確認——媽媽桑，我沒說錯吧？」

純子似乎微微點了點頭，但也可能是光平的錯覺，或者是她的身體微微搖晃了一下。

「既然這樣，在得知松木死了以後，純子姊為什麼沒有告訴警察？只要公布證據，就可以馬上逮捕井原。」

「要立刻逮捕他並不難，但媽媽桑並沒有這麼做，她知道為了湮滅證據，井原可以殺人不眨眼，所以，她利用這一點借刀殺人。」

「等一下。」

悅子尖聲叫了起來。這種慌亂的態度不像是她的作風，「你這句話的意思……好像是純子姊利用井原殺了姊姊。」

「很可惜，」光平克制著內心的感情，「事實就是如此。」

「你胡說！」

「我沒有胡說，媽媽桑……」

純子閉上眼睛，雙唇也像牡蠣般緊緊閉著。光平撿起掉在純子腳下的花束，再度放在她的腿上。甜蜜中略帶苦味的香氣刺激了他的鼻孔。

「比方說，名為《科學紀實》的科學雜誌的下落也是如此，雖然現在大家都以為是松木把雜誌交給了廣美，但當時只有媽媽桑看到那一幕，正確地說，是只有媽媽桑說她看到了，井原和時田老闆都是聽媽媽桑轉述的。」

「啊！」悅子叫了起來，光平點了兩、三次頭。

「從這個角度思考，就可從井原的行動背後發現一些蛛絲馬跡。公寓的備用鑰匙也一樣，媽媽桑故意先在井原面前隨口提起可以有方法擅自溜進廣美家，然後，又故意讓井原尾隨自己，讓他知道門牌背後藏了備用鑰匙。其實原本廣美並沒有在那裡放備用鑰匙，媽媽桑只是假裝從那裡拿了鑰匙。離開廣美家時，又把鑰匙放回了門牌背後。於是，就為井原進入廣美家鋪好了路，同時，媽媽桑還安排了井原溜去廣美家的日子，告訴他公寓的管理員星期幾不在。星期五——媽媽桑這麼告訴他，然後，事先把《科學紀實》這本雜誌放在廣美家裡，當然，也把井原想要拿回的那份意向書也放了進去。」

悅子嘟囔道。

「井原找到這份意向書後，就會對姊姊下手……」

「這就是媽媽桑的計畫，廣美也因為在井原溜去她家的那天提早回家，果真被井原殺了。」

「為什麼？」

悅子看著地毯，用尖銳的聲音小聲問道，不知道在問光平，還是在質問純子。「為什麼要殺姊姊？為什麼要殺害從小就情同手足的好朋友……」

「一開始，」光平嘀咕道，「我以為媽媽桑想要殺掉所有知道那起車禍的人，但我還是不願意往這個方向解釋。況且，媽媽桑和廣美之間的關係，恐怕並非只是共同掌握了這個秘密的簡單關係，事到如此，還在拘泥於八年前的事也讓我感到不解。」

「那又是為什麼……？」悅子滿臉悲傷，微微偏著頭。

光平調整呼吸後說：「因為情況發生了變化。」

「情況？」

「對，齋藤先生的出現，改變了原本的情況。」

純子沒有回答，她沉默不語。

「什麼意思？」悅子問。

「也就是說，」光平小聲地說，「車禍的事當然不能被其他人知道，尤其是齋藤先生，絕對不能讓他知道。」

「為什麼？他那麼愛純子姊，告訴他應該沒關係吧。」

「照理說應該是這樣，但這一次不行，因為齋藤先生是負責治療加藤佐知子的醫師。」

光平語氣強烈地說完這句話，空氣變得更加緊張，光平在緊張的氣氛中繼續說道：

「我想起之前齋藤先生告訴我那個紅風車女孩的事，終於發現了這一點。那個女孩因為車禍後遺症導致手腳不方便，最後在失去意識的情況下長眠了——那個女孩就是加藤佐知子。我至今仍然記得齋藤先生告訴我這件事時的眼神，他至今仍然為投入了全力治療，卻無法拯救那個女孩感到懊惱和痛苦。如果造成少女死亡的直接原因是肇事逃逸的車主，即使是自己的女朋友，齋藤先生也很可能無法原諒，不，絕對不會原諒。」

室內再度陷入沉默，但這次的沉默並沒有持續太久，因為純子的喉嚨深處擠出一個奇妙的聲音。光平仔細一看，發現淚水滴落在她的腿上。

「所以，純子姊利用井原借刀殺人，殺了姊姊，是避免姊姊把八年前的事告訴齋藤先生……嗎？」

悅子問這句話時，那雙很像廣美的長眼睛眼尾沉痛地垂了下來，光平只能對她點頭。

「但是，純子姊是姊姊的好朋友，姊姊怎麼可能說出這種會讓好朋友不幸的事呢？」

悅子語氣激動，不知道是針對純子，還是針對光平，可能連她自己也不清楚。

「我也這麼相信，」光平說：「但媽媽桑不相信。」

「為什麼？」悅子的表情快要哭出來了。

「我猜想……應該是廣美曾經和齋藤先生關係親密。」

純子的啜泣一度中斷，身體用力搖晃了一下。

悅子的胸口也用力起伏著，「他們曾經是情侶嗎？」

光平皺起眉頭，抱著雙臂。

「我和廣美剛交往時，她曾經告訴我，和之前的男朋友剛分手後不久，如果那個人是齋藤先生，很多情況就有了合理的解釋，而且合理得令人感到可怕。比方說，我雖然經常去『莫爾格』，卻從來沒有見過同樣是老主顧的齋藤先生。至於其中的原因，就是他每次都是星期二去。因為廣美每個星期二都不在，我不會在星期二去；齋藤先生不想見到舊情人，所以只在星期二才去，我們永遠都不可能見到面。」

「所以，純子姊不相信姊姊，是因為姊姊憎恨她搶走了齋藤先生嗎？」

「不，不是這麼一回事，」光平否定了她的想法，「廣美和他分手，應該是廣美主動提出的。」

「姊姊提出的？為什麼？」

「根據我的推理，廣美可能因為某個機會，得知了他和加藤佐知子的關係。果真如此的話，以廣美的性格，很可能認為自己沒有資格和他在一起。」

「……的確有這種可能。」

「但是，齋藤先生一無所知，只覺得廣美突然甩了他。」

「所以，他之後立刻和純子姊發展了親密關係？」

「妳這麼說，聽起來他好像是一個隨便的男人，」光平看著低著頭的純子，「其實是媽媽桑很有手腕，而且，齋藤先生也很在意。雖然他們之前說，廣美知道他們的關係，但其實應該並沒有公開。」

「是嗎？」悅子輕輕合掌，「姊姊因為過去的事感到自責，所以，絕對不會原諒擁有相同過去的純子姊和他結婚。」

「我想是這樣。」

「因為……」光平的話音剛落，幾乎癱軟的純子擠出一個聲音。

「因為……我想廣美不可能原諒我，因為她是優等生，是千金大小姐……但光說漂亮話，怎麼可能在這個社會上過日子……」

這時，突然傳來敲門的聲音。門打開一條縫，一個人影探頭進來。

「時間差不多了。」

人影說。

「知道了。」

悅子回答，人影說了聲：「那就拜託了。」隨即關上了門。

光平回頭看著新娘。

純子無力地坐在椅子上，好像隨時會倒下來。或許是因為穿著白色婚紗的關係，光平覺得她宛如一堆雪，很快會靜靜融化，然後消失。

「妳似乎誤會了，」光平用和剛才完全不同的公事化口吻說：「我最後再說明一點。」

純子緩緩抬起頭，她的眼睛和眼睛周圍都染成了紅色，彷彿她流下的眼淚是血。

他說：

「雖然妳和齋藤先生對廣美隱瞞了你們的關係，但我猜想她已經知道了。」

純子吃驚地倒吸了一口氣，全身痙攣起來。光平低頭看著她的後背。

「廣美知道齋藤先生出入妳家，她被井原殺害的那天晚上，也看到他走進了公寓。所以，她被井原殺害時，她用盡最後的力氣搭上電梯，想要上樓求救，因為那時候，她仍然愛著齋藤先生……她去六樓，不是試圖向妳求救，而是要去找齋藤先生。這才是密室之謎的真正答案。廣美仍然愛著齋藤先生，也知道他和妳的關係，但她沒有妨礙你們，我相信她永遠都不會。」

光平最後說了聲：「我說完了。」走向了門口。

8

教堂內的空氣有點潮濕，並不是說這裡的氣氛很陰森，而是濕度真的很高。光平以為哪裡在加濕，卻沒有找到加濕機。

光平和其他人坐在縱向排了很多排的長椅上，等待新娘和新郎入場。

左側坐的是新娘的朋友，右側是新郎的朋友。純子的朋友不多，但齋藤的朋友更少，只有幾個看起來像是醫院的同事出席。

光平在齋藤為數不多的朋友中發現了佐伯良江的身影，當他們視線相遇時，她恭敬地欠了欠身。

——咦……？

她昨天突然來到光平的公寓時，有一種令人無法抗拒的氣勢，對光平說：「希望你把知道的所有事告訴我。」

堀江園長死後，她猜想到這次的事件可能和自己的女兒有關。園長在被殺之前曾經問良江：「最近有沒有人問妳關於佐知子的事？」

於是，佐伯良江去醫院見了佐知子主治醫生，也去命案現場附近走動，試圖尋找線索，卻沒有任何收穫，原本正打算放棄，剛好得知光平他們打電話去學園詢問佐知子的事。

光平向良江約定，日後一定會告訴她真相，同時，也從她口中問出了一些情況，也確認了齋藤是治療佐知子的主治醫師。

但是——

到底要怎麼告訴她真相？光平想到這一天，心情更加憂鬱起來。

他把視線從參與婚禮的人身上移開，巡視著建築物。這棟地板和牆壁都是木製的古老建築物，天花板上刻著複雜的浮雕，設置在高處的窗戶鑲著配色十分漂亮的鑲嵌玻璃。正前方的聖壇有三層，宛如歷史悠久的老房子內設置的佛堂般富麗堂皇。而且聖壇很大，可以上演一齣小型舞台劇，後方有一扇小門。門上也有精細的浮雕。

教堂內雖然有十字架，但並沒有看到平時在圖片和照片上常見到的耶穌，只有木板上鏤刻了一個十字架。

「光平，我問你，」坐在他旁邊的時田戳了戳光平，「聽說這種地方不能拍照，真的不能拍嗎？」

他手上拿著高級單眼相機，似乎想為他當成女兒看待的純子拍下出嫁的那一刻。

「我也不太清楚，」光平偏著頭，「應該不能拍，但上帝應該能夠體會你的心情吧。」

時田瞇起眼睛笑了起來，「是嗎？那就太好了。」

聖壇後方的門打開，神父走了出來。他身上穿的不是黑色的衣服，而是鑲著金線銀絲的袍子。神父裝模作樣地環視信眾席，緩緩走了出來。當他來到聖壇的中央時，教堂後方的門迫不及待地打開了。

鋪著地毯的通道上響起富有節奏的腳步聲，身穿燕尾服的齋藤走過光平他們身旁。

齋藤來到神父面前時，風琴開始演奏。身穿一襲純白色婚紗的新娘將在音樂中登場，所有人都起身等待她的出現。

「你能夠祝福她嗎？」站在光平另一側的悅子在他耳邊問。

「不知道，」光平回答，「恐怕很難做到。」

「那你為什麼在這裡？你可以不參加啊。」

「雖然是這樣，但我也不太清楚。妳又為什麼在這裡？」

「我就是因為不知道才問你啊。」

「我們的行為應該違反了上帝的意志。」

「你會受到良心的苛責嗎？」她問。

「叫上帝去吃屎。」

光平沒好氣地說。

教堂內的人開始竊竊私語。風琴演奏的樂曲即將結束，卻遲遲不見新娘現身。圓臉的神父不安地伸長脖子，齋藤也轉過頭。

「發生什麼事了？」到處聽到有人在問，甚至有人走到通道上看著後面抱怨著。

這時，門開了。

門打開的速度好像慢動作般極其緩慢，令人焦急不已，但座位上還是傳來鬆了一口氣的聲音。

然而，這種嘆息聲也很快縮了回去。因為站在門外的男人完全不符合這個場合，他身上的衣著邋遢，眼中佈滿血絲，然而，在場的所有人都盯著他的胸前，因為他雙手抱著身穿婚紗的新娘。新娘無力垂下的手臂綁了一塊白色手帕，她的手腕沾滿鮮血。

風琴的演奏突然中斷了。

有好長一陣時間沒有人說話，感覺好像過了很久，但也許實際並沒有那麼長。

「純子。」

第一個開口的是齋藤，他想要衝向自己的新娘，但抱著新娘的男人制止說：「你不要動。」他向前衝了兩、三步，隨即像石頭一樣僵在原地。

「我是警察，」抱著純子的香月說，「新娘企圖自殺，我會立刻送她去醫院。」

「還有救嗎？」

悅子大叫，光平也想大喊。

香月看著悅子，用力咬著下嘴，然後開口說：「還有救。」他的聲音極度沙啞。

「一定還有救，」他又重複了一遍，「我不會再讓任何人送命。」

9

迎接新年後，光平碌碌無為地過完了新年的前三天。四日早晨，光平睡了一個懶覺。左手伸手一摸，床上沒有人，窗簾已經打開，對冬天而言有點刺眼的陽光照了進來。

廚房傳來動靜，但似乎並不是在準備早餐。

光平伸了懶腰，在床上坐了起來。一看旁邊，發現有一件淡粉橘色的T恤脫在那裡。那是悅子代替睡衣穿的T恤，她睡覺時，在這件T恤下只穿一件白色內褲。她說，穿睡衣睡覺，睡衣也會翻起來，和穿T恤沒什麼兩樣。

門打開了，悅子走了進來。她穿了一件白色寬鬆毛衣，下半身仍然只穿了一件短褲。光平欣賞著她白皙的美腿良久，稱讚說：「妳的腿真漂亮。」

「謝謝，我對自己的腿很有自信。」她露齒一笑，然後把手上的報紙遞給他。「沒什麼重要的內容，只有新日和東和又為之前電腦的事槓上了。」

「那起事件呢？」光平問。

「沒有刊登。和新年這麼大的事相比，這種事太微不足道了。」

說著，悅子撿起黑色絲襪穿了起來。穿上絲襪後，她的腿看起來更長了。

那天，純子從教堂被送去醫院後，醫生救回她一命，但光平他們對之後的情況完全不瞭解，香月也沒有聯絡他們。

今年的新年，光平都在悅子家。他們一致認為，沒有必要各自體會憂鬱的心情。悅子穿完黑色絲襪後，又穿上灰色短裙，在光平腳邊坐了下來。

「接下來有什麼打算？」她問。

「什麼打算？」

「比方說，今年這一年打算在哪裡度過？今年還是要在撞球場繼續打工，住在那個唯一的優點就是臭氣沖天的公寓嗎？」

「妳的嘴巴很毒喔。」

「我說的是實話──你有什麼打算？」

光平雙手握在腦後，看著白色天花板。對他來說，這是目前最難回答的問題，但也是目前最需要認真考慮的問題。

「我決定重新整理一下。」光平回答。

「重新？整理？」

「我要重新整理一下廣美的事，」光平說，「妳不是也看到她在『繡球花學園』當義工時的照片嗎？照片中的她很快樂。」

「的確很快樂。」悅子回答。

「我在思考，為什麼她看起來這麼快樂，然後終於發現，她去那裡當義工，並非單純想要補償，而是真的在那份工作中感受到生命的意義。」

「也許吧，因為她在那裡彈了鋼琴。」

「對啊，」光平說：「一開始也許是為了補償，但漸漸從中感受到快樂。她並不是在那裡追求生命的意義，而是把自己的境遇轉化成生命的意義，原來這也是一種人生方式。」

「所以她選擇了那樣的生活方式嗎？」

「不，」光平掀開被子走下了床，「而是說，也有這樣的生活方式。借用妳的話，就是菜單上多了一道菜。」

「哼嗯。」她點了點頭。

「要不要去澳洲？」

「澳洲？」

「我之前不是邀你一起去嗎？說等命案偵破後，我們一起去。你下決心了嗎？」

「澳洲喔。」

光平再度倒在床上，想像著那個南國。雪梨、無尾熊、袋鼠、葛瑞・諾曼（Greg Norman）——他對澳洲的印象僅止於此，完全不知道那裡有什麼山，有什麼河川，水龍頭裡流出來的是什麼水？他覺得喝那裡的水，用那裡的水洗臉似乎具有煥然一新的意義。

「不錯啊。」光平說，「太奇妙了，我第一次有這種心情。」

「我想，應該是詛咒失靈了。」悅子說，「有某個詛咒綁住了你，所以讓你無法動彈。」

她說話時的神情太認真，光平忍不住感到不安。
「什麼詛咒？」他問。她不假思索地回答：「學生街。」
光平不由得感到佩服，真是一針見血的意見。

10

寒假結束，學生再度返回大學校園。舊學生街仍然像受潮的煙火般毫無生氣，但生意至少比寒假期間稍有起色。因為「青木」對面的理髮店有了新客人。
光平在「青木」上完最後一天班，為每張撞球桌蓋上防塵套後，像以前一樣，站在窗邊低頭看著下方的馬路。
許許多多的往事浮現在他的腦海，其中也包括了在學生街的回憶，但也有很多是之前的事件，似乎每個人都在向他傳遞某些訊息，他想要花很長的時間，努力解讀他們發出的訊息中的意義。反正有的是時間，現在還太年輕，還無法瞭解其中所有的意義，而且，並不需要對太年輕這件事引以為恥。
當他回過神時，發現老闆站在他身後。留著小鬍子的老闆看起來比第一次見到時稍微瘦了點。
「你真的要離開了。」老闆說。
「我應該說，感謝您這段時間的照顧吧？」
「我不擅長應付這種場面。」
老闆把手上的褐色信封遞給他，光平接了過來，發現比他想像中更加厚實。

「我在裡面放了一點程儀。」老闆瞇著眼睛說，「反正多帶點錢在身上不會礙事。」
「謝謝。」光平說。
「需不需要我為你做什麼？」
光平想了一下說：「我想保養一下撞球桿。」
老闆下樓後不久，沙緒里上了樓。她反手拿了一個紙包，神情有點緊張。
「你要走了。」
「嗯。」
「你走了，我會很寂寞。」
「謝謝，見不到妳，我也會很寂寞。」
「這個送你。」
沙緒里把四方形的紙包遞給光平，包裝紙上畫了法國人偶、古董車和機器人。光平小心翼翼地打開包裝紙，裡面是一個白色的四方形盒子。打開蓋子，裡面是一個小丑人偶。
「這是音樂盒。」說著，她拿出盒子裡附的電池，裝進小丑的肚子裡。小丑的肚子是電池盒。
「準備好了嗎？看清楚囉。」
她把人偶放在收銀台上，她雙手在小丑面前用力拍了一下。音樂盒響起音樂，小丑的脖子和手動了起來。小丑脖子轉了兩周半後停了下來。
「是不是很有意思？」
「很有意思。」光平說，然後，他也拍了一下手，小丑的脖子和剛才一樣轉了兩圈半。

「你要把它當作是我好好珍藏。」

「我會把它當作是妳好好珍藏。」

她在光平的身旁坐了下來，雙手抱住他的脖子，親吻他的嘴唇。她的嘴唇宛如富有彈性的乳酪蛋糕，光平摟著她的腰，用肌膚感受著時間的流逝。

「我相信，很多事都會慢慢發生變化。」

長吻之後，沙緒里看著光平的眼睛說。「我也會改變，絕對會改變。」

「怎麼改變？」

她微微側著頭說：「變漂亮。」

沙緒里最後握了握光平的手，抽離了身體。

「那就再見了。」她說。

「再見。」

樓梯上響起她的腳步聲，好像在倒數計時。

光平獨自擦著球桿，腳下突然出現一個影子，接著，陰影遮住了他的手。他抬起頭，發現香月笑嘻嘻地低頭看著他。

光平也露出絲毫不輸給刑警的笑容。他早就預料到這位刑警會上門，所以並沒有太驚訝。

香月難得穿了一套深色西裝，外面穿了一件大衣。

「我在想，必須把這起事件的結果告訴你。」

「太感謝了。」

「你知道我帶走了新娘。」

「就像達斯汀．霍夫曼。」光平說。唯一的不同，就是香月不像達斯汀．霍夫曼那麼謙虛，而是大搖大擺地帶走新娘。

「她總算恢復了健康，所以從她口中問出了詳細情況。沒想到她很鎮定，讓我開春的第一個工作就很順利。」

「她有沒有提到我？」

光平問了內心最在意的問題，他仍然記得純子宛如白雪般文風不動的身影。

「沒有說什麼，」刑警冷冷地說：「還是你有什麼在意的事？」

「不……沒有。」光平說。

「命案的情況正如你們所推測的，我沒有什麼需要補充，你有什麼問題要問嗎？」

「有一個問題。」

聽到光平這麼說，香月看著他，似乎在說：「放馬過來吧！」

「媽媽桑對廣美的殺機到底是何種程度？」他問：「廣美被殺翌日，她在店裡哭，用酒把自己灌得爛醉。現在回想起當時的情景，覺得她似乎也很後悔。」

刑警低下頭想了一下後回答：「這個問題很難回答，別人很難判斷她當時的心理，我猜想她自己也沒有明確的答案。即使這樣，你仍然想問答案嗎？」

「不。」光平搖了搖頭。刑警似乎對他的回答很滿意。

「這個世界上，有很多事情知道太多反而沒有意思。」

「就像是，」光平吞了一口口水，看著刑警的臉，「廣美拒絕你求婚的原因？」

「是啊。」他從容不迫地回答。

其實光平已經為這個問題找到了相當合理的理由。他是在那起車禍後向廣美求婚，她想到自己的過去，就覺得不能嫁給維護法律尊嚴的香月。因為當因為某種原因，導致她的過去曝光時，會對香月帶來麻煩，最重要的是，她無法欺騙自己的良心。

然而，光平沒有說出口，因為他相信香月已經知道了。

光平也覺得有很多事不說為妙。比方說，廣美為什麼想衝向平交道就是其中之一。她當時一定得知了齋藤曾經全力以赴地治療加藤佐知子，覺得這個事實是自己的報應，所以選擇踏上死路。當時的她，身上散發出這樣的絕望。

經過一番曲折後，她的生命中出現了一個契機。她遇見了光平。尤其是光平在救廣美時，發生了腦震盪，更吸引了她的注意力。因為加藤佐知子的事，讓她對腦部受傷的問題變得異常神經質，難怪當初光平謊稱頭痛時，她會那麼緊張。

光平也決定閉口不談成為命案關鍵的備用鑰匙的事。純子手上的備用鑰匙——應該是以前廣美交給齋藤的，之後隨便找了一個理由交給了純子。

而且——

最後，還解開了關於她的一個謎團。她墮胎的那個孩子應該是齋藤的。他們在分手前曾經有過親密關係，就是那時候懷孕了。

但是，光平當然無意把這件事告訴任何人。

光平在暗自思考時，香月脫下了大衣，從大衣口袋裡拿出香菸，叼了一根在嘴上。

「聽說你要去旅行。」他說。他嘴裡的菸上下抖動著。

「我想，」光平回答：「我想去看看外面的世界。」

「累積社會經驗嗎？」

「差不多吧。」

香月點了菸，從嘴裡吐出乳白色的煙，勾勒出各種形狀後消失了。

「這次的事似乎對你造成了影響。」

「有一點。」

「旅行回來後有什麼打算？打算找正職的工作嗎？」

「不知道。」光平回答，「但八成不會，我可能會重新考大學。」

「大學？」香月驚訝地問：「你打算回去當學生？」

「可能吧，」光平說：「但這次我不會再犯同樣的失敗，我會決定自己的目標後讀大學。」

「是為了目標而讀書嗎？」

「是啊，但我不會把自己逼得太緊，也不會設定期限。如果找不到目標，就一直尋找，直到找到為止。如果一輩子都找不到，這也是一種人生。」

「這一年，你不是都在尋找嗎？」

「但態度不一樣了，」光平說，「無論如何，都不可能把過去變成一張白紙，所以我無法離開學生街。」

刑警再度抽菸，從他的神情來看，似乎在思考什麼。光平用砂紙磨著球桿前端，等待他開口。

「聽了你的事，我想起三幅畫。」

等了一會兒後，他開了口。他剛才似乎在想畫的事。「你有沒有聽過弗隆（Jean-Michel Folon）這個畫家？」

「弗隆？」

「他是畫家，也是素描畫家、海報畫家和版畫家，他自認為不屬於以上的任何一種身分。他有三幅名為『昨天、今天、明天』的畫作。〈昨天〉是在一望無垠的沙漠中，有一隻指向某個方向的手，那隻手很粗獷，好像用石頭做的，有一種被風化的感覺。」

「原來如此。」光平說。

「名為〈今天〉的那幅畫，中央是一棵有很多樹枝的樹，樹枝的前端，是一隻指向某個方向的手的形狀。」

「我懂，」光平點點頭，「我很想見識一下那幅畫。」

「隨時都可以看。」刑警說。

「那幅名為〈明天〉的畫呢？」光平問。

香月露出遲疑的表情說：「〈明天〉的畫有點難解釋，畫面的空間懸浮著好幾個四方形的物體，空間的一部分有一個大洞，那裡伸出一隻手。那隻手隨意地抓起一個四方形的物體——差不多就是這樣一幅畫。」

「無法刻意挑選明天的內容——」

「嗯，差不多就是這個意思。沒有人知道你的旅程前方有什麼，祝你好運——我只能對你說這句話。」

祝你好運，祝你好運——光平覺得這句話有著神奇的餘韻。
「但是，」刑警不懷好意地笑了笑，用眼神示意一旁的撞球桌，「但是，我們倒是可以占卜一下你未來的前途。」
光平抬起頭，看著香月的臉。香月拿起撞球桿，掀開防塵罩。
「我讓你先打，如果又輸給我，代表你的前途堪慮。」
光平站起身，身體熱了起來。他已經好久沒有這種感覺了。
擺好姿勢，準備出桿時，各種思緒在腦海中盤旋。邂逅、衝擊。
——然後再見。
光平帶著這些思緒，用盡渾身的力氣開球。

☐集滿4個印花贈品（二款任選其一）：

A：【推理謎】LOGO皮質燙銀典藏書套一個
（黑色，25開本適用，限量1000個）

B：【推理謎】吉祥物『獨角獸』圖案皮質燙金典藏書套一個
（咖啡色，25開本適用，限量1000個）

☐集滿8個印花贈品（二款任選其一）：

C：【推理謎】LOGO皮質燙金證件名片夾一個
（紅色，11.5cm x 8.6cm，限量500個）

D：【推理謎】吉祥物『獨角獸』圖案環保購物袋一個
（米色，不織布材質，41.5cm x 38.6cm，限量1000個）

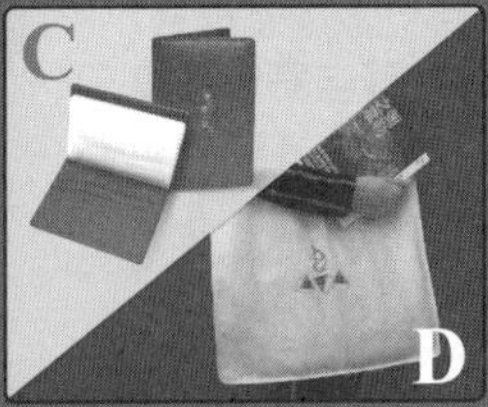

☐集滿12個印花贈品（二款任選其一）：

E：【推理謎】LOGO不鏽鋼繩鑰匙圈一個
（限量500個）

F：【推理謎】吉祥物『獨角獸』圖案馬克杯一個
（白色，320cc容量，限量500個）

謎人俱樂部會不定期推出最新限量贈品提供兌換，
請密切注意活動官網和粉絲專頁。

【注意事項】
◎本活動僅限台灣地區讀者參加。
◎贈品兌換期限自即日起至2025年12月31日止（以郵戳為憑）。
◎贈品圖片僅供參考，所有贈品應以實物為準。
◎所有贈品數量有限，送完為止。如讀者欲兌換的贈品已送完，皇冠文化集團有權直接改換其他贈品，不另徵求同意和通知。
贈品存量將定期在【謎人俱樂部】活動官網上公佈，請讀者在兌換前先行查閱或直接致電：（02）27168888分機114、303讀者服務部確認。
◎皇冠文化集團保留修改或取消謎人俱樂部活動辦法的權利。辦法如有更動，將隨時在【謎人俱樂部】活動官網上公佈。

國家圖書館出版品預行編目資料

學生街殺人 / 東野圭吾著；王蘊潔譯. -- 二版. --
臺北市：皇冠, 2024.11 面；公分. --
(皇冠叢書；第 5195 種)(東野圭吾作品集;19)
譯自：学生街の殺人

ISBN 978-957-33-4226-7(平裝)

861.57 113015792

皇冠叢書第 5195 種
東野圭吾作品集 19

學生街殺人

学生街の殺人

作　　者—東野圭吾
譯　　者—王蘊潔
發 行 人—平　雲
出版發行—皇冠文化出版有限公司
台北市敦化北路 120 巷 50 號
電話◎ 02-27168888
郵撥帳號◎ 15261516 號
皇冠出版社(香港)有限公司
香港銅鑼灣道 180 號百樂商業中心
19 字樓 1903 室
電話◎ 2529-1778 傳真◎ 2527-0904
總 編 輯—許婷婷
內頁設計—李偉涵
行銷企劃—蕭采芹
著作完成日期— 1996 年
初版一刷日期— 2015 年 01 月
二版三刷日期— 2025 年 10 月
法律顧問—王惠光律師

讀者服務傳真專線◎ 02-27150507
電腦編號◎ 527219
ISBN ◎ 978-957-33-4226-7
Printed in Taiwan
本書定價◎新台幣 420 元 / 港幣 140 元

謎人俱樂部贈品兌換卡

我要選擇以下贈品（須符合印花數量）：☐A ☐B ☐C ☐D ☐E ☐F

1	2	3	4
5	6	7	8
9	10	11	12

【個人資料蒐集、利用及處理同意條款】

您所填寫的個人資料，依個人資料保護法之規定，皇冠文化集團將對您的個人資料予以保密，並採取必要之安全措施以免資料外洩。您對於您的個人資料可隨時查詢、補充、更正，並得要求將您的個人資料刪除或停止使用。

本人同意皇冠文化集團得使用以下本人之個人資料建立該集團旗下各事業單位之讀者資料庫，做為寄送出版或活動相關資訊、相關廣告，以及與本人連繫之用。本人並同意皇冠文化集團可依據本人之個人資料做成讀者統計資料，在不涉及揭露本人之個人資料下，皇冠文化集團可就該統計資料進行合法地使用以及公布。

☐同意　　☐不同意

我的基本資料

姓名：________________

出生：________ 年 ________ 月 ________ 日　性別：☐男 ☐女

職業：☐學生 ☐軍公教 ☐工 ☐商 ☐服務業

☐家管 ☐自由業 ☐其他 ________________

地址：☐☐☐☐☐ ________________

電話：（家）________________（公司）________________

手機：________________

e-mail：________________

我對【東野圭吾作品集】系列的建議：

寄件人：

地址：□□□□□

北區郵政管理局登
記證北台字1648號
免 貼 郵 票
〔限國內讀者使用〕

105020
台北市敦化北路120巷50號
皇冠文化出版有限公司　收